Hugo Hamilton

Der irische Freund

Hugo Hamilton

Der irische Freund

Roman

Aus dem Englischen von Henning Ahrens

Luchterhand

Die Originalausgabe erschien 2010 unter dem Titel
Hand in the Fire bei Fourth Estate, London.

MIX
Papier aus verantwortungsvollen Quellen
FSC® C014496

Verlagsgruppe Random House FSC-DEU-0100
Das für dieses Buch verwendete FSC®-zertifizierte Papier *Munken Premium Cream*
liefert Arctic Paper Munkedals AB, Schweden.

1. Auflage

Satz: Greiner & Reichel, Köln
Druck und Einband: GGP Media GmbH, Pößneck
Printed in Germany
ISBN 978-3-630-87300-8

www.luchterhand-literaturverlag.de
Besuchen Sie unseren LiteraturBlog www.transatlantik.de

Für Maria

1

Ihr seid schon komisch hier.

Zum Beispiel, was die Freundschaft angeht.

In diesem Land ist die Freundschaft einmalig, ich kenne nichts Vergleichbares. Sie kommt aus dem Nichts. Mit voller Wucht. Ganz oder gar nicht. Ich habe an Orten gelebt, wo man die Freundschaft wie eine Balkonbepflanzung sorgfältig über einen langen Zeitraum pflegt. Hier scheint sie wild zu wachsen.

Man könnte sagen, dass ich ihm behilflich war. Ich fand sein Handy auf der Straße. Ein Bild seiner Freundin war darauf, sie lachte in die Kamera. Sie hieß Helen. Ich hätte alle ihre Nachrichten an ihn lesen können, aber ich wollte nicht neugierig sein. Ich rief sie an und vereinbarte, ihm das Handy noch am gleichen Abend zurückzugeben. Das war eigentlich schon alles. Eine Selbstverständlichkeit. Ich wartete vor einem Laden mit längeren Öffnungszeiten, und als er auf mich zukam, lächelte er so breit, als würden wir uns schon seit einer Ewigkeit kennen. Er bedankte sich und blieb dann stehen. Er ließ mich nicht gehen. Bevor ich mich versah, revanchierte er sich bei mir und lud mich auf einen Drink in eine Bar ein. Er stellte sich als Kevin vor. Kevin Concannon. Ich kannte seinen Namen schon, aber so war es gewissermaßen offiziell. Er sei Anwalt, erzählte er mir, das Handy sei lebenswichtig für ihn, und er sei froh, dass es nicht in falsche Hände geraten sei.

Er zeigte Interesse an mir und wollte wissen, was ich tat. Als ich sagte, ich sei Bautischler auf Arbeitssuche, versprach er, sich umzuhören. Falls ich interessiert sei, könne er mir vielleicht einen Job verschaffen. Er nahm meinen Namen und meine Nummer in seine Kontaktliste auf. Vid Ćosić. Er wiederholte meinen Nachnamen mehrmals, weil er ihn richtig aussprechen wollte. Ćosić. Wie *Tschos-itsch*.

»Woher kommst du, Vid?«

»Belgrad«, sagte ich, um es kurz zu machen.

Ich hatte wenig Lust, ausführlich zu erklären, warum ich hierhergekommen war und was ich zurückgelassen hatte.

»Serbien«, fügte ich hinzu. »Früheres Jugoslawien.«

Was soll man sagen, wenn sich bei der Nennung seines Heimatlandes jeder nur an eines erinnert? Ich erzählte ihm, ich sei nach einem schweren Autounfall abgehauen. Ich habe reisen, etwas Neues sehen wollen.

»Absolut verständlich«, sagte er.

Ist es wichtig, woher man kommt? Vielleicht ist es ganz egal. Ich wollte mein Heimatland vergessen und neu anfangen. Ich wollte hier Fuß fassen, Land und Leute erkunden. Ich kannte schon ein paar berühmte Namen, zum Beispiel James Joyce und George Best, Bono und Bobby Sands. Ich kannte die wichtigsten Orte wie das General Post Office, den Schauplatz des Osteraufstands, und Burgh Quay, wo der Bus nach Galway abfuhr. Direkt neben der Einwanderungsbehörde. Ich begriff langsam, wie es hier lief, hatte kapiert, wie man »Wie geht's, wie steht's?« und »Wo geht's ab?« sagen musste. Ich begann, die Witze zu verstehen, und versuchte, nicht immer alles bierernst zu nehmen. Ich arbeitete an meinem Akzent, verinnerlichte alle Klischees – zu guter Letzt und in neun von zehn Fällen heilt die Zeit alle Wunden. Um auf keinen Fall falsch verstanden zu werden, benutzte ich nur unverfängliche Ausdrücke. Ich vermied Abkürzungen, verkniff mir Kalauer und die Veralberung von Eigennamen. Ich versuchte, Wörter wie »krass«, »mega« oder »affengeil« möglichst selten zu benutzen. Ich war vorsichtig mit Redewendungen wie »Beine in die Hand nehmen« oder »vor der Glotze hängen«. Ich mied Formulierungen wie »zisch ab« oder »verpiss dich«, weil ich befürchtete, jemanden zu beleidigen. Außerdem konnte ich das Wort »fuck« nicht richtig aussprechen. Aus meinem Mund klang es immer zu hart. In diesem Land wurde es auf so viele Arten ausgesprochen, dass ich irgendwann das Handtuch geworfen hatte.

Er fragte, wie gut ich Irland kennen würde, wo ich schon gewesen sei. Ich erzählte, dass ich den Westen kennenlernen wolle, doch er schlug einen Abstecher nach Süden vor.

»Warst du schon auf Dursey Island?«

»Nein«, antwortete ich.

Er klang ein wenig herrisch und sah mir direkt in die Augen, sein Blick war fest. Er trat einfach so in mein Leben, gab mir Ratschläge, traf Entscheidungen für mich.

»Du musst zuerst nach Dursey Island«, sagte er. »Alles andere kann warten.«

»Warum?«

»Es ist ein einzigartiger Ort«, sagte er. »Heute lebt dort kaum noch jemand. Es gibt nur dich und das Meer.«

Aus welchem Grund sollte ich dorthin? Hatte er eine besondere Beziehung zu dem Ort? Angeblich gab es sechs Grade des Abstands, aber in diesem Land gab es höchstens einen oder zwei. Er schaute zur Tür des Pubs, als könnte er das ganze Land und alle Menschen darin sehen. Er erklärte mir, wie ich auf die Insel kam, die vor dem Südwestzipfel der Beara-Halbinsel in County Cork lag.

»Du setzt mit einer Seilbahn über«, sagte er. »Es dürfte die einzige Strecke im Atlantik sein, die man in einer Seilbahn überquert.«

»Du machst Witze«, sagte ich.

»Nein, im Ernst«, erwiderte er. »Du kannst es nachprüfen, Vid. Es stimmt.«

»Dursey Island.«

»Dursey Island«, wiederholte er. »Erzähl ja niemandem, dass du noch nie dort warst.«

Er gab mir einen Klaps auf den Rücken. Dann stand er auf, bedankte sich noch einmal und ging.

Zwei Tage später befolgte ich seinen Rat tatsächlich. Ich würde ihm erst glauben, wenn ich es mit eigenen Augen gesehen hatte.

Ich fuhr nach der Karte und verfranste mich. Also hielt ich bei einem Pub, um mich nach dem Weg zu erkundigen. Der Mann hinter der Bar schnitt gerade eine Zitrone in Scheiben, unterbrach seine Arbeit aber, um mir den Weg zu beschreiben. Ich verstand seinen Akzent nicht und konnte meinen Blick nicht von dem Filetiermesser lösen, mit dem er herumfuchtelte. Die Wörter ergossen sich über die Theke, und ich war so abgelenkt, weil er das Messer ständig durch die Luft schnellen ließ, dass ich kaum etwas mitbekam. Der Zitronenduft stieg in meine Nase, und ich wartete auf das Ende der Wegbeschreibung. Er schien meine Verwirrung zu bemerken, denn er fing noch einmal von vorn an. Aber ich konnte mich wieder nicht konzentrieren, weil ich immer nur die silbern blitzende Klinge in seiner Hand anstarrte. Er richtete das Messer auf mich und stieß ruckartig zu, erst nach vorn, dann nach oben. »Immer geradeaus«, sagte er. Hätte ich dicht vor ihm gestanden, dann hätte er mich in den Hals gestochen. Ich nickte höflich, weil er zu erwarten schien, dass ich seine Anweisungen wie ein Schuljunge wiederholte. Ich bedankte mich, um zu vermeiden, dass er mir zum dritten Mal wild fuchtelnd den Weg beschrieb, und sagte, ich wüsste jetzt Bescheid.

Dann fuhr ich in einer schwankenden Seilbahngondel nach Dursey Island, hoch über dem Wasser und mit dem Herz in der Hose, wie man so schön sagt. Als ich ausstieg, fragte ich mich, was an dieser Insel so besonders sein sollte. Sie war zwar wunderschön und auch geschichtsträchtig, aber ich wusste nicht recht, was ich hier zu suchen hatte. Ich wanderte eine Weile umher und fotografierte. Einige Meeresvögel kannte ich noch nicht. Die Wolken waren mir auch neu, denn sie waren schneller und niedriger und schienen vom Atlantik aus unbedingt das Land erreichen zu wollen. Die Wellen brachen sich mit einem Geräusch auf den Felsen, das an das wiederholte laute Zuschlagen einer riesigen Kühlschranktür erinnerte. Ich fand, dass es bessere Ausflugsziele gab, noch beeindruckendere und noch einsamere Orte wie beispielsweise Skellig Rock, der sich wie eine gewaltige, schwarze Rückenflosse aus dem Meer erhob. Auf dem Wasser tanzte Sonnenlicht. Es sah nach Regen aus, aber es blieb trocken. Ein heftiger Wind zerrte an meiner Jacke, und ich glaubte kurz, jemand würde hinter mir stehen. Aber da war niemand, und ich kam mir vor wie der letzte Mensch auf Erden.

Nach ein oder zwei Stunden wollte ich auf das Festland zurückkehren. In der Seilbahngondel, die auf mich zukam, konnte ich einen Jungen erkennen. Als die Tür aufglitt, sprangen ein Dutzend wie aus einer Falle befreite Schafe heraus, deren Hufe auf dem Stahl kratzten und klackerten. Sie hatten es so eilig, das Gras zu erreichen, dass sie eine Art Bockspringen veranstalteten.

Ein Schaf blieb mit einem Bein zwischen Gondel und Plattform stecken, und der Junge versuchte, es zu befreien. Das Tier hatte panische Angst und kämpfte mit weit aufgerissenen Augen um sein Entkommen. Ich half dem Jungen, der mir erzählte, dass die Insel heutzutage vor allem als Weide genutzt wurde.

Es gab einige Ferienhäuser, aber die Besitzer waren nur selten da. Die Schafe rupften am Gras, als hätten sie die gefährliche Überfahrt bereits vergessen. Auf der Rückfahrt überwältigten mich die Gerüche von Kötteln und Schafen, und meine Angst legte sich erst, als ich wieder festen Boden unter den Füßen hatte. Ich sah zu, wie die Schwester des Jungen weitere Schafe mit Pfiffen und der Unterstützung ihres Hundes in die Gondel trieb. Dann fuhren sie alle gemeinsam zur Insel. Zwischendurch stellte ich mir vor, wie die Tür aufging und die Schafe ins Meer purzelten, eines nach dem anderen, panisch strampelnd, während sie immer rasanter auf den Tod zustürzten. Aber nichts geschah, und abgesehen von der Tatsache, dass ich dort gewesen war, gab es wenig oder nichts Erinnernswertes.

Das war es also. Dursey Island. Es gab diese Insel. Genau wie mich. Sie war zu einem Teil von mir geworden wie ein eingeordnetes Foto. Ich konnte damit angeben, sie besucht zu haben, und allen Leuten erzählen, dass es nicht nur ein Ort auf der Karte war, an dem früher Menschen gelebt hatten, die inzwischen in alle Winde verstreut waren. Aber was war mit all den Orten, die ich nie besuchen würde? Sollte ich herumreisen, um nachzuprüfen, ob jede Halbinsel und jede Stadt in diesem Land tatsächlich existierten? In den meisten Fällen musste man einfach darauf vertrauen.

Ich musste noch viel mehr herausfinden. Vielleicht brauchte ich eine ganz andere Karte. Einen groben Plan, der mir half, mich so gut wie möglich anzupassen. Einen groben Plan für die Freundschaft. Und einen groben Plan für den Verrat. Für Wut und Hass und Mord.

Es gab so vieles, was ich überprüfen musste.

Verstehen Sie mich bitte nicht falsch. Ich fühlte mich wohl hier. Ich mochte das Land vom ersten Augenblick an – die Landschaft, den Wind, die durch das Wetter hervorgerufenen

Stimmungsschwankungen. Ich wollte nirgendwo anders auf der Welt leben. Ich mochte die Leichtigkeit, mit der man anderen Menschen das Gefühl gab, zu Hause zu sein. Die Redseligkeit. Die Übertreibungen. Die rätselhaften Worte. Ich wollte hierhergehören. Ich wollte mich auf diese außergewöhnliche Freundschaft einlassen.

2

Damals arbeitete ich bei einem Wachdienst, genauer gesagt als Nachtwache in einem Pflegeheim. Für den Anfang gar nicht übel, dachte ich. Und keine schlechte Einführung in dieses Land, denn all die unter einem Dach versammelten Hoffnungen und Enttäuschungen zeigten mir, was sich hinter der Fassade verbarg.

Das Pflegeheim lag in den Außenbezirken Dublins auf dem weitläufigen Gelände einer alten Burg und bot einen Blick auf den von Segelbooten und Fischkuttern genutzten Hafen. Man konnte zuschauen, wie die Schiffe in die Bucht fuhren oder in See stachen. Ein schöner Ort für den Lebensabend, jedenfalls für die Alten, die noch sehen konnten. Nachts warf der Leuchtturm seinen Strahl über das Wasser, und die Küste war von den gelben Lichtern der Stadt gesäumt. Ich lief stündlich mit dem Wachhund Streife und musste mich um Notfälle kümmern, bei denen es sich schlimmstenfalls um brüllende Betrunkene handelte. Mein alter Schäferhund war brav und gehorsam, wenn auch auf eine etwas merkwürdige Art. Er war so gedrillt, dass er nur gehorchte, wenn man zwischen ihm und den Gebäuden ging. Wenn man sich zu weit auf die andere Seite wagte, war man ein ungebetener Eindringling für ihn. Beim ersten Mal musste ich auf einen Öltank fliehen, und er lauerte die ganze Nacht darauf, mich in Stücke reißen zu können. Danach hatte ich kapiert, dass ich nur rechts von ihm gehen durfte.

Doch mir war von Anfang an klar, dass ich nicht für den Wachdienst geschaffen war. Ich war zu lasch. Mir fehlte das Selbstbewusstsein eines Ordnungshüters. Am liebsten wollte ich wieder als Bautischler arbeiten, wenn möglich sogar als Bootsbauer, aber es gab keine freien Stellen. Im Grunde war es nur ein Traum. Ich würde bestenfalls die Möglichkeit bekommen, alte Boote zu restaurieren. Aber ich nutzte weiter jeden Kontakt, um irgendwann in das Baugewerbe einsteigen zu können.

Das Pflegeheim wurde von Nonnen im braunen Habit geführt, die sich aber nicht mehr um die tägliche Pflege kümmerten. Dafür waren herkömmliche Pflegerinnen zuständig. Die paar Nonnen, die es noch gab, gingen am frühen Morgen immer auf dem Gelände spazieren; ihre Hauben standen senkrecht im Wind. Ich lernte eine der Pflegerinnen aus der Nachtschicht näher kennen. Sie hieß Bridie und hatte rote Haare. Sie war in ihren Fünfzigern, also viel älter als ich, aber sie zwinkerte mir immer zu und nannte mich die Liebe ihres Lebens. Sie lachte laut und äffte mich nach, nicht nur wegen meines Akzents, sondern auch wegen meiner Wortwahl. Sie meinte, dass ich manchmal wie ein Schreiben von der Bank klingen würde, weil ich nicht gerade alltägliche Wörter benutzte, die ich aus der Zeitung aufgeschnappt hatte, zum Beispiel »umfassend«, »im Folgenden« oder »bezüglich«.

»Ich lache im Folgenden«, sagte sie dann.

Es dauerte einige Zeit, bis ich die Alltagssprache beherrschte. Zu Anfang sah ich keinen Unterschied zwischen »dann« und »im Folgenden«. Vermutlich klangen meine Sätze wie schlechte Übersetzungen: »Kochen gerade Gerüchte über zu habende Stellen für Zimmermänner?«

Im Pflegeheim waren nicht Einbrecher, sondern Ausbrecher das Problem. Die »Insassen«, wie Bridie sie nannte, besaßen kaum Wertsachen; sie horteten Familienfotos und Bücher, Kekspackungen, Dosen mit exotischen Mintbonbons und Butterscotch. Alle Zimmer rochen nach Apfelstrünken und Gummilaken, manchmal auch nach Banane und Leder. Im Haus galt Alkoholverbot, was einige Leute fast in den Wahnsinn trieb. Eines Nachts ertappte der Hund einen ehemaligen Arzt namens Geraghty dabei, wie er sich über den Rasen davonmachen wollte. Er trug keine Strümpfe, und seine Schnürbänder waren offen. Er stand mit erhobenen Händen da, redete auf mich ein und flunkerte, man habe ihm erlaubt, in den Pub zu gehen. Was sollte ich tun? Ich band ihm die Schuhe zu und ließ ihn laufen. Kurz darauf kam Schwester Bridie herunter, um den Alarm auszulösen, und als man ihn schließlich fand, saß er am Ufer auf einer Bank und sang den Wellen etwas vor.

Als man die Fenster im Erdgeschoss daraufhin mit extra Riegeln sicherte, bat Geraghty mich, ihm eine kleine Flasche Whisky zu besorgen. Schwester Bridie, die wusste, dass ich dafür verantwortlich war, kam nach unten ins Büro, setzte sich auf meinen Schoß und legte mir die Hände um den Hals, als wollte sie mich erwürgen. Doktor Geraghty war oben splitternackt durch die Flure gelaufen, hatte geschrien, er liebe alle Frauen, und war dann in ein Zimmer eingedrungen. Dort klammerte er sich hartnäckig an das Metallbett, während die entsetzte Frau die Decke bis zum Kinn zog und einen Spiegel verlangte, um ihr Haar machen zu können. Als ich ihn auf sein Zimmer bringen wollte, ging er auf mich los. Er hatte vergessen, dass ich ihm den Whisky besorgt hatte. Ich packte ihn beim Arm, und auf einmal war er nicht mehr schlaff und betrunken, sondern drahtig und abwehrbereit. Ich war verblüfft, mit welcher Kraft er sich losriss. Dann starrte er mich wütend an, und ich wusste anfangs nicht, ob er es ernst meinte oder nur Spaß machte.

»Fass mich nicht an«, zischte er. »Woher kommst du? Misch dich hier ja nicht ein.«

»Immer sachte, Doktor«, sagte Bridie energisch.

Sie brachte ihn ohne viel Federlesens weg, einfach kraft ihrer Autorität und Willensstärke. Kurz darauf lag er im Bett, und sie gab ihm einen Kuss auf den kahlen Kopf und schärfte ihm ein, ein braver Junge zu sein. Wie konnte ich einem alten Mann in dessen Heimatland etwas befehlen? Ich kam mir vor wie ein Kind, das Erwachsene zu Bett schicken wollte.

Die meisten Patienten tranken den lieben langen Tag Tee und fanden deshalb nachts keinen Schlaf. Eine alte Frau kam regelmäßig zu mir herunter, und Schwester Bridie riet mir, »mitzuspielen«. Das erwies sich als guter Rat. Die Frau trug ein elegantes, grünes Cape und große Ohrringe, und sie behauptete, ins Theater zu wollen. Unpassend waren nur ihre Hausschuhe, und natürlich war es zwei Uhr früh. Als sie mich bat, ein Taxi zu rufen, wählte ich irgendeine Nummer und sprach mit einer erfundenen Person am anderen Ende der Leitung.

Vielleicht ist jeder bis zu einem gewissen Grad Schauspieler, aber es fiel mir oft schwer, mich in die Person einzufinden, die ich hier darstellen sollte. Während alle um mich herum in ihren Rollen aufgingen, als wären sie dafür geboren, lernte ich noch meinen Text.

Ich konnte gar nicht anders, als die meiste Zeit ich selbst zu sein.

Die auf das Taxi wartende Frau entnahm ihrer Handtasche ein silbernes Zigarettenetui, das angeblich ihrem Vater gehört hatte, einem Veteranen des Unabhängigkeitskrieges. Sie bat mich, einen Zeigefinger auf die von einer Kugel hinterlassene Delle zu legen. Wäre dieses Zigarettenetui nicht gewesen, erzählte sie, dann wäre ihr Vater als junger Mann erschossen worden, und sie hätte nie das Licht der Welt erblickt. Als ich das silberne Etui hielt, dachte ich an den Mann, dem es das Leben gerettet hatte. Der nächtliche Hinterhalt stand mir vor Augen, als hätte ich ihn kürzlich in jenem Krieg erlebt, der mein eigenes Land verheert hatte. Die im Gras verborgenen Kämpfer. Die leere Landschaft. Die gezielt ausgewählte Straßenkurve. Das lange Warten und der Suppengestank, den die Kleider der Männer nach dem Regen ausdünsteten. Die eingebildeten Geräusche in der Ferne und dann, endlich, der Motorenlärm des Lastwagens mit den feindlichen Soldaten, dessen Scheinwerferkegel über das Moor glitten. Die im Torf vibrierende Angst und schließlich die Schüsse, die Schreie von Männern, die schreckliche Stille nach dem Gefecht. Tote lagen auf der Straße, und das Gewehrfeuer hallte wochen- und monatelang über den braunen Moorteichen nach, ja bis heute.

Als sie das Zigarettenetui wieder einsteckte, gestand sie, dass sich ihr Vater so etwas eigentlich nicht habe leisten können, von einer vollen Zigarettenschachtel ganz zu schweigen. Er habe das Etui einem toten britischen Offizier abgenommen und später weitervererbt, weil es ein Talisman für ihn gewesen sei. So sei es mit vielen Denkmälern in diesem Land, die noch von damals stammten, zum Beispiel den Eisenbahngleisen, den aus Granit erbauten Häfen oder dem Obelisken in Form eines »Hexenhuts«, den man ohne ersichtlichen Grund während der Hungersnot auf dem Hügel errichtet habe.

Meine erste Geschichtsstunde. Ich war ihr dankbar dafür, denn sie gab mir das Gefühl, dazuzugehören. Es war, als hätte ich alte Freunde und Feinde. Ich bildete mir ein, mein ganzes Leben hier verbracht zu haben, glaubte, dass Onkel und Tanten von mir sprachen und auf Nachricht von mir warteten. Man konnte so viele Geschichtsbücher über dieses Land lesen, wie man wollte – alles klang erfunden, bis man einen Anknüpfungspunkt fand, der die Geschichte greifbar werden ließ.

Das Taxi kam nicht. Als sie gehen wollte, sagte sie, wie sehr sie sich freue, meine Bekanntschaft gemacht zu haben. Bei ihrem nächsten Besuch wusste sie nicht mehr, dass wir uns schon begegnet waren. Also konnte ich so tun, als hätte ich ihre Geschichte noch nie gehört, und noch einmal das Gefühl genießen, willkommen geheißen zu werden.

Noch häufiger kam Schwester Bridie herunter, um eine Pause von den »unersättlichen Verrückten da oben« zu machen, wie sie sich ausdrückte. Ich erkannte sie schon am Quietschen ihrer weißen Schuhe. Sie setzte sich und versuchte, mich in ein Gespräch zu verwickeln. Sie wollte wissen, warum ich nach Irland gekommen war und welche dunklen Geheimnisse ich verbarg. Sie fragte, ob ich etwas aus meiner Heimat vermisste, von dem Wetter und den Kuchen einmal abgesehen, und ob ich eine Freundin hätte. Als ich den Kopf schüttelte, glaubte sie mir nicht.

»Du wirkst so unschuldig«, sagte sie mehrmals zu mir, und ich glaubte jedes Mal, vollkommen durchsichtig zu sein.

Sie erzählte mir viel über irische Nonnen. Laut ihren Worten waren die meisten Wilde. Sie sei bei den »gnadenlosen« Schwestern zur Schule gegangen. Sie hätten immer nur die Schwächsten eingestellt. Einem Küchenjungen wurde ein Topf mit heißem Frittierfett über den Kopf gekippt. »Du hättest seine Schreie hören sollen«, sagte sie. »Er hatte tassengroße Brandblasen am Hals. Als sie ihm das Hemd ausziehen wollten, löste sich die Haut wie rotes Seidenfutter. Als Entschädigung haben sie ihm eine Messe angeboten. Eine Messe!« Und sie legte mir nahe, lieber rechtzeitig zu verschwinden.

»Hau ab, bevor sie dich mit siedendem Öl übergießen.«

Am Ende warf sie mir spaßeshalber eine Kusshand zu. Dann ging sie wieder mit quietschenden Schuhen. Ich wusste, dass sich hinter ihrem Lachen Traurigkeit verbarg – wie eine Wunde, die nicht heilen wollte. Doch ich wagte nicht, sie danach zu fragen.

Als ich kündigte, meinte sie, sie habe gewusst, dass ich irgendwann gehen und ihr das Herz brechen würde; das sei der rote Faden ihres Lebens. Sie lud mich zum Abschied auf einen Drink ein. Wir trafen uns in einem nahen Pub. Ohne ihre Uniform wirkte sie älter oder jünger, es war schwer zu sagen. Einerseits mütterlicher, andererseits zerbrechlich wie ein junges Mädchen. Sie saß da, im Mantel und mit der Handtasche neben sich, rührte mit einem Plastikstäbchen im Wodka Tonic und redete die ganze Zeit, denn ich hatte nichts zu erzählen und wusste nicht, was ich fragen sollte. Sie legte ihr Handy neben den Drink auf den Tisch und starrte es eine Weile an, als müsste es jeden Moment klingeln. Dann begann sie zu weinen, und ich wusste beim besten Willen nicht, wie ich mich verhalten sollte, zumal sie weder meine Mutter noch meine Schwester war. Schließlich legte sie mir widersinnigerweise eine Hand auf den Arm, als wollte sie mich trösten. Sie kramte in ihrer Handtasche nach Taschentüchern, um ihre Tränen zu trocknen, holte jedoch einen Brief heraus und bat mich, ihn zu lesen.

Liebe Bridie, hieß es darin, *ich schreibe Dir diesen Brief mit schwerem Herzen.*

Er war vor dreißig Jahren von ihrem Verlobten geschrieben worden. Ich las ihn langsam durch und murmelte dabei jedes Wort vor mich hin. Soweit ich verstand, hatte er sich von ihr getrennt. Sie hatten eigentlich heiraten wollen. Der Termin hatte schon festgestanden, die Familien waren benachrichtigt. Doch er machte in letzter Minute einen Rückzieher, weil er meinte, dass er zu viel trank und für die Ehe noch nicht bereit war. Er hielt sich für unfähig, sie zu heiraten, und schrieb, er habe ihre Liebe nicht verdient, und ihm bleibe nichts anderes übrig, als nach Amerika auszuwandern.

Vermutlich hat jedes Land seine eigenen Regeln für Liebe und Unehrlichkeit. Unterschiedliche Arten zu verschwinden und die Vergangenheit abzustreifen. Andere Maßeinheiten für Einsamkeit und Glück. Ich hätte den Mann, der diesen Brief geschrieben hatte, am liebsten ausfindig gemacht, um ihm zu sagen, dass er den schlimmsten Fehler seines Lebens begangen hatte. Aber eine Einmischung kam nicht mehr in Betracht, weil die Zeit uns in entrückte Beobachter verwandelt hatte.

Sie erzählte, dass sie kurz nach seiner Abreise ein Kind zur Welt gebracht habe, doch man habe sie überredet, es zur Adoption freizugeben. Während der letzten Jahre hatte sie versucht, Kontakt zu ihrem Sohn aufzunehmen, aber er wollte sich nicht mit ihr treffen. Sie fragte, ob er meiner Meinung nach klug und hübsch sei, was ich natürlich bejahte. Sie wollte wissen, ob er ihr rotes Haar geerbt haben könnte, und dann beantwortete sie alle ihre Fragen selbst und meinte, dass ihr Junge in seiner neuen Familie sicher glücklich sei, dass es besser sei, wenn er die Vergangenheit auf sich beruhen lasse. Er war längst erwachsen und hatte sein eigenes Leben, aber sie sprach von ihm wie von einem Baby. Sie sah mir in die Augen und sagte, sie hoffe, dass er ein wenig wie ich sei, und plötzlich hatte ich das Gefühl, ihr Sohn zu sein, und versprach, mein Bestes zu geben.

Sie hatte den Abschiedsbrief all die Jahre aufbewahrt; sie war nicht an der Endstation aus dem Bus gestiegen, sondern fuhr die Strecke in ihren Träumen immer wieder hin und her.

»Tu, was du für richtig hältst«, sagte sie zu mir, indem sie den Brief wieder einsteckte. Ich fragte mich, ob sie dies auch zu ihrem Verlobten gesagt hatte, nur um ihre Großherzigkeit zu zeigen und sicherzustellen, dass sie als Freunde und ohne Groll auseinandergingen. Sie gab mir einen Knuff mit dem Ellbogen, weil sie es nicht mehr neben mir aushielt, stand auf und nahm mich in die Arme.

»Besuch mich bei Gelegenheit.« Sie lächelte mit geröteten Augen. Dann setzte sie sich wieder und überprüfte ihr Handy auf Nachrichten. Sie winkte mit beiden Händen und riet mir, gut auf mich aufzupassen. Ich verließ den Pub und ging so unachtsam über die Straße, als würde ich mich für unsterblich halten.

3

Um ehrlich zu sein, rechnete ich nicht damit, je wieder von Kevin zu hören, zumal es in der Stadt von Bautischlern nur so wimmelte. Deshalb war ich überrascht, als er mich eines frühen Abends anrief, weil er mit mir über einen kleinen Auftrag im Haus seiner Mutter reden wollte. Noch seltsamer war die Dringlichkeit: Wir müssten uns sofort treffen, sagte er. Danach war alles entspannt, und die Grenzen zwischen Job und Freundschaft verschwammen. Ich fand, dass man beides besser trennte. Man ging manchmal nach der Arbeit zusammen einen trinken, vorausgesetzt, alle waren zufrieden, aber Kevin machte es genau umgekehrt. Er wollte einen mit mir trinken, noch bevor ich die Kosten auch nur ansatzweise abgeschätzt hatte.

Damals hatte ich eine Festanstellung in einer kleinen Baufirma. Da ich mich irgendwann selbständig machen wollte, erledigte ich gern Aufträge nebenbei. Ich kannte einen litauischen Bautischler namens Darius, der seine eigene Werkstatt und einen Transporter besaß. Ich hatte kaum Werkzeuge, und er lieh mir seine, wann immer ich sie brauchte.

Kevin holte mich ab und fuhr mich zu seiner Mutter. Sie bewohnte ein schönes, geräumiges Reihenhaus in einer zum Meer hinabführenden Straße, nicht weit von dem Pflegeheim, in dem ich gearbeitet hatte. Das Haus war eindeutig nicht im besten Zustand, und als er das Auto parkte, bezeichnete er es in Anlehnung an eines der Lieblingslieder seiner Mutter als »Desolation Row«.

Er ließ mich in der Küche stehen und ging nach oben, um seine Mutter zu holen. Doch sie kam mit Handschuhen und Rosenschere aus dem Garten hinter dem Haus herein und starrte mich an wie einen Einbrecher, der den Ausgang nicht mehr fand.

»Darf ich fragen, wer Sie sind?«

Als er kurz darauf wiederkam und uns einander vorstellte, klärte sich alles auf. Sie zog die Handschuhe aus, um mir die Hand zu geben.

»Vid Ćosić«, sagte er, und sie wiederholte den Namen langsam: *Tschos-itsch.*

Dann standen wir oben im Schlafzimmer und sprachen über Einbauschränke. Als ich fragte, was sie sich vorstelle, sprach sie von Schwarzesche.

»Schwarzesche«, wiederholte ich und lächelte sie warnend an. »In einem Schlafzimmer. Das könnte ein bisschen nach Leichenhalle aussehen.«

Sie schwiegen. Ich war in ein Fettnäpfchen getreten. Seine Mutter seufzte; es klang wie Luft, die einem aufgeschlitzten Reifen entwich. Sie wirkte sehr ernst, und vielleicht war sie ja in Trauer, dachte ich. Sie hatte während der ganzen Zeit nicht gelächelt.

Kevin sprang mir bei und sagte: »Schwarzesche hat etwas sehr Würdevolles.«

»Sicher«, sagte ich, um die Scharte auszuwetzen. »Es kommt immer auf die Verarbeitung an. Was schwebt Ihnen vor? Furnier oder gebeiztes Massivholz?«

In meinen Augen war ein Einbauschrank in einem solchen Zimmer fast eine Travestie. Es handelte sich hier um ein älteres Haus, und der Schrank würde nicht gut aussehen. Aber ich begriff bald, dass man nicht ehrlich sein durfte. Vieles war Geschmackssache, und man musste sich darauf gefasst machen, Schwarzesche als elegante Wahl zu bezeichnen, obwohl es das übelste Holz war, mit dem zu arbeiten man je das Missvergnügen gehabt hatte. Außerdem konnte ich sie nicht umstimmen. Sie hatte ein Bild aus einer Zeitschrift vor Augen. Sie wollte einen Einbauschrank aus Schwarzesche, der von der Fußleiste bis zur Decke reichte.

Sie ahnten offenbar, dass ich günstig war, denn sie erwähnten keinen anderen Handwerker. Weder Geld noch Zeit waren von Bedeutung. Ich wies sie darauf hin, dass ich die Arbeit in meiner Freizeit erledigen musste.

»Ich brauche einen Vorschuss für das Material«, sagte ich.

»Sicher«, sagte er. »Wie viel?«

»Ich kläre die Kosten und melde mich dann.«

»Sag mir einfach Bescheid.«

»Selbstverständlich«, erwiderte ich, weil ich das Wort als gut und neutral empfand.

Damit war die Sache erledigt, und er beförderte mich sofort in den nächsten Pub. Während er auf seine Freundin wartete, mit der er essen wollte, setzte er mich über seine Mutter ins Bild. Ich merkte, dass er sie sowohl bewunderte als auch fürchtete, als wäre er noch ein Schuljunge. Sie sei Lehrerin, erklärte er, und deshalb müsse man sich ihr Lächeln erst verdienen. Manchmal sei sie etwas streng, fügte er hinzu, aber sie könne auch ausgesprochen lustig sein. Und sie sei sehr patent.

Er nannte ein Beispiel, das eher wie eine Warnung klang. Seine Mutter war kürzlich auf der Straße von einem Junkie überfallen worden, der es auf ihre Handtasche abgesehen hatte. Sie lenkte ihn ab, indem sie sagte, was ihr gerade durch den Kopf ging: »Sie haben die Mauer abgerissen.« Der Angreifer sah sich verwirrt um. Wer? Welche Mauer? Und er vergaß die Handtasche und floh mit leeren Händen.

»Keine Sorge«, versicherte Kevin mir. »Ihr werdet prima miteinander auskommen.«

Ein Kostenvoranschlag für diesen Job war keine einfache Sache, denn es gab gewisse Unwägbarkeiten. Bezahlung in Naturalien. Er wusste, dass ich in diesem Land Fuß fassen wollte, und unterstützte meinen Wunsch, mich selbständig zu machen. Er erklärte mir die Regeln, riet mir, wie ich meine Zukunft planen musste, gab mir alle möglichen Tipps für den Anfang.

Ich fühlte mich ernst genommen. Wenn man nicht von hier war, kam man sich nämlich oft vor wie ein ungebetener Gast. Man hatte das Gefühl, auf einer Party zu sein, deren Gäste sich fragten, woher man kam und wer einen eingeladen hatte. Man nahm alles für bare Münze und missverstand die Leute deshalb oft. Es war nicht immer leicht, zwischen Gut und Schlecht zu unterscheiden. Deshalb war es großartig, wenn einem jemand zur Seite stand. Jemand, der einem erklärte, was auf einen zukam.

Er stellte mich sogar seiner Freundin Helen vor. Sie gab mir die Hand und erinnerte sich daran, dass wir kurz telefoniert hatten. Ich freute mich, sie persönlich kennenzulernen, und wusste sofort, warum er sich in sie verliebt hatte. Ihre Augen strahlten Lebendigkeit aus. Ihr Lächeln war offen. Sobald sie erfahren hatte, woher ich stammte, stellte sie Fragen.

»Belgrad«, sagte sie. »Ich bin ein großer Fan der Musik des Balkans. Diese schnellen Trompeten und Trommeln.«

Das Zusammentreffen mit einer Person, die sich so für mein Land interessierte, weckte kurz mein Heimweh. Sie sagte, sie habe einige CDs aus der Gegend und wolle unbedingt einmal dorthin reisen.

»Ich würde alles geben, um diese Musik live zu hören.«

Sie waren ziemlich gut über das frühere Jugoslawien und den

Krieg informiert. Ich konnte ihnen nicht viel Neues erzählen, sondern nur bestätigen, dass Milošević und Karadžić und all die anderen alles zerstört und eine große Verheerung auf der Landkarte hinterlassen hatten. Was sollte man da noch hinzufügen?

Sie erkundigten sich nach meiner Familie. Also erzählte ich ihnen, dass meine Eltern lange nach dem Krieg bei einem Autounfall umgekommen waren. Der Unfall ereignete sich irgendwo auf dem Land während der Fahrt zur Hochzeit meiner Schwester. Meine Eltern waren sofort tot, und ich musste froh sein, dass ich noch am Leben war, falls man das so sagen konnte. Ich nahm an der Beerdigung teil, musste wegen meiner Verletzungen aber über Monate hinweg immer wieder ins Krankenhaus. Seither hatte ich Gedächtnisprobleme.

In Wahrheit wollte ich mich an nichts erinnern. Ich hatte über Frauen gelesen, die aus eigenem Willen erblindeten, nachdem sie Augenzeugen von Kriegsgräueln geworden waren. Sie wollten keine weiteren Schrecken miterleben, und ihre Blindheit schien ein unbewusster Selbstschutz zu sein. Indem sie die Augen vor dem Schlimmsten verschlossen, verloren sie ihr Augenlicht. Vielleicht war es in meinem Fall ähnlich. Ich wollte bestimmte Kindheitserlebnisse vergessen. Man konnte es als freiwilligen Gedächtnisverlust bezeichnen. Die einfachere Erklärung bestand natürlich darin, dass ich bei einem schweren Autounfall am Kopf verletzt worden war und seitdem an Amnesie litt.

Ich bildete mir gern ein, dass ich reinen Tisch gemacht hatte und hier ganz von vorn begann. Früher hatte ich kein Leben gehabt, und ich konnte mich an kaum etwas erinnern.

»Warum hast du dir ausgerechnet dieses Land ausgesucht?«, fragte Kevin, der es vermutlich nicht böse meinte.

»Ich finde es sehr sympathisch«, antwortete ich vorsichtig,

weil ich nicht wieder in ein Fettnäpfchen treten wollte. »Und ziemlich neutral.«

»Neutral?«

Ich erzählte nach kurzem Zögern, dass ich eine Weile in Deutschland gelebt hatte. Aber ich hatte mich dort nicht wohlgefühlt. Ich hatte zwar nichts gegen die Deutschen, sah mich aber immer gezwungen, ihr Land zu loben. Hier seien die Menschen vorurteilsfreier, vielleicht auch nachsichtiger, sagte ich. Sie würden offener mit Fehlern aus der Geschichte umgehen.

»Lass ihn in Ruhe«, sagte Helen lächelnd.

Sie diskutierten kurz miteinander, als wäre ich gar nicht da. Sie führten eine vertraute Diskussion, der ich nicht folgen konnte. Helens Tonfall verriet mir, dass sie mich verteidigte, mir Wörter in den Mund legte. Dann verstummten sie, als wäre die Sache nicht so wichtig. Er lachte und legte mir einen Arm um die Schultern.

»Das ging schnell.«

Da fiel mir ein, dass ich noch nichts von meiner Reise an die Südküste erzählt hatte.

»Übrigens habe ich deinen Rat befolgt und bin nach Dursey Island gefahren«, sagte ich.

Das überraschte sie. Helen sah Kevin an, doch er schien zu grübeln und hielt den Kopf gesenkt.

»Dursey Island«, sagte sie. »Du hast ihn nach Dursey Island geschickt?«

»Wohin denn sonst?«, sagte er und sah ihr endlich in die Augen.

»Bist du in der Seilbahn mit den Schafen übergesetzt?«

»Nein, nicht mit den Schafen«, antwortete ich, als bedürfte dieser Punkt besonderer Klärung.

»War es zugleich sonnig und regnerisch?«

Doch sie erwartete nicht, dass ich antwortete. Sie sah nur

Kevin an. Ich blieb stumm, denn sie hätten ebenso gut allein dasitzen können, am Rand der Klippen mit Blick auf den Ozean. Sie schauten einander an, und ich hatte das Gefühl, in ihr Schlafzimmer geplatzt zu sein.

4

Einige Tage später rief ich Kevin an, um das Honorar für den Job bei seiner Mutter auszuhandeln. Er lachte über einen meiner Fehler: Ich sagte, es würde »doppelt so wenig« kosten, wie ich zu Anfang geschätzt hatte. Er wies mich auf den Fehler hin und bot an, mir den Vorschuss am gleichen Abend zu geben, so dass ich das Material kaufen und am nächsten Morgen mit der Arbeit beginnen konnte.

Es war ein Freitagabend, und ich trank nach Feierabend mit einigen Arbeitskollegen ein Bier. Ich arbeitete bei einer mittelgroßen Baufirma, die ein gutes Dutzend fest angestellter Mitarbeiter hatte. Wohnhaussanierung. Ich verbrachte meine Zeit mit dem Einsetzen renovierter Türen, dem Einbau neuer Türschwellen, dem Austausch schadhafter Holzdielen und Fußleisten. Der Chef nannte mich beharrlich Vim. Ich berichtigte ihn mehrmals und wies ihn darauf hin, dass ich Vid hieß, doch er blieb bei Vim. Andere Arbeiter nannten mich Viddo. Da mein Vorname nicht mehr weiter abgekürzt werden konnte, zum Beispiel zu Pat oder Joe, konnten sie ihn nur verlängern. Also hieß ich Viduka, Vidukalic oder Vidulator, manchmal auch Vib, der Vibrator, oder eben Vim, das ätzendste Desinfektionsmittel gegen Keime im Haushalt. Der Chef sagte, er werde mich behalten, weil ich die Dinge zu einem Abschluss brachte, und nicht, weil ich so ein guter Bautischler war. Er hätte problemlos bessere Tischler als mich finden können, aber ich hatte ein

Händchen dafür, eine runde Sache aus einem Job zu machen. Ich glaube, dass meine Sorgfalt manche Kollegen irritierte, aber das hielt sie nicht davon ab, mich nach Feierabend einzuladen, mit ihnen einen zu zischen, wie sie es nannten.

Ich wurde vom Höhepunkt ihrer Feier aufgesogen. Es kam mir so vor, als feierten sie eine große Party anlässlich des Endes der Welt, um noch einmal so richtig einen draufzumachen. Sie kannten jede Menge Ausreden und Phrasen, die darauf hinausliefen, dass sie jung und noch lange nicht tot waren. Sie waren wild entschlossen, ihr Leben zu genießen, sich für all die hinter ihnen und vermutlich noch vor ihnen liegenden schlechten Zeiten zu entschädigen. Sie sagten ständig an, wie viel sie noch saufen und wie viel Spaß sie haben würden. Sie amüsierten sich königlich, das war offensichtlich, aber ich hatte den Verdacht, dass sie nicht den Augenblick genossen, sondern nur der Wirklichkeit entkommen wollten; vielleicht traten sie einfach einen Schritt zurück und bliesen alles zu einer tollen Geschichte auf, vielleicht konnten sie nur zuschauen, wie ihr Leben an ihnen vorbeizog.

Ich weiß beim besten Willen nicht mehr, wie der Laden hieß. Es war eine Bar im traditionellen Stil, mit einer Bühne, auf der drei Gitarristen standen und Lieder schmetterten, die die meisten Gäste auswendig kannten, ob jung oder alt.

Ein Lied handelte von einer Frau namens Nancy Spain. Es ging um einen Ring, der ihr geschenkt worden war und den sie verloren hatte. Bei jedem Refrain stimmte der ganze Pub in die große Frage ein, wo Nancy Spains Ring geblieben war. Hatte sie ihn verloren? Hatte sie ihn verschenkt? Ich fragte die neben mir sitzenden Männer, wer die Frau war und was mit dem Ring passiert war. Sie wussten es genauso wenig wie ich, ahnten aber, dass die Frage offenbleiben musste. Manche Dinge existieren nur, weil nach ihnen gefragt wird. Alle konnten sich vorstellen, was ein verlorener Ring bedeutete, und sie machten fröhlich mit, zeigten auf den Ringfinger und wiederholten bei jedem Refrain die Geste des Wegschenkens.

Ich traf einen Elektriker, der auf der neuen Baustelle die Kabel verlegt hatte. Ein cooler Typ, Ende fünfzig und mit Ziegenbärtchen. Er unterhielt sich fast geistesabwesend mit mir, ließ die Band nicht aus den Augen und erzählte mir schließlich von einem Kerl namens Dev, der alles »total ruiniert« habe. Ich glaubte zunächst, es wäre ein Kollege vom Bau, und wollte wissen, ob es sich um einen anderen Elektriker handelte. Alle lachten. So war es oft: Man sagte etwas, ohne zu ahnen, dass es komisch war. Sie klärten mich darüber auf, dass Dev die Abkürzung für De Valera war, eine historische Persönlichkeit, ein Mann, über den ältere Leute redeten, als könnte er jederzeit in den Pub schneien und ein Bier bestellen.

Der Elektriker nutzte die Gelegenheit, um mir einen Überblick über die irische Geschichte zu geben. Ich hörte aufmerksam zu, während er von Internierungslagern und Hungerstreiks erzählte. Er nannte Orte und Daten, die mir nichts sagten, aber manche Frauen zusammenzucken ließen. Offenbar hatten die Sorgen der Nation immer noch einen gewissen Sexappeal – nicht nur in meiner Heimat, sondern auch hier. Sie sprachen davon, wie schlecht die Dinge »da oben« in Nordirland stehen würden. Eine Frau meinte, es sei wunderbar, dass es die Checkpoints und die Razzien in aller Herrgottsfrühe nicht mehr gebe, ganz zu schweigen von den Autobomben und zerschossenen Kniescheiben. Trotzdem schien die Vergangenheit immer noch einen großen Reiz auf sie auszuüben. Da gab es viel Leidenschaft. Viele Männer auf der Flucht. Seit dem Beginn des Friedensprozesses, sagte sie, liege ein Geruch nach Desinfektionsmitteln in der Luft, und sofort lachten wieder alle.

Ich verkniff mir weitere dumme Fragen, und sie nannten mich Freund, jedenfalls vorübergehend.

»Wenn dir jemand Ärger macht, polieren wir ihm die Fresse.«

Das Wort »polieren« verwirrte mich anfangs, denn ich dachte dabei an den Polier auf der Baustelle. Sie brachten mich ständig zum Lachen. Jeder lachte schallend oder hielt sich den Bauch vor Lachen. Ich merkte nicht, dass ich dabei war, mich in Ärger hineinzureiten, und war deshalb vollkommen verblüfft, als mir der Elektriker am Ende die Fresse polieren wollte.

Sie nannten einander den ganzen Abend »Knackers«, was ich erst für einen Scherz hielt, denn es bedeutete eigentlich Abdecker. Ich merkte erst nach einer Weile, dass es sich um eine andere Bezeichnung für die »Travellers« handelte, umherziehende Leute wie die Roma in meiner Heimat. Anders als die in Häusern wohnenden braven Bürger lebten sie am Straßenrand in Wohnwagen, jedenfalls bevor dies für illegal erklärt wurde. Ich hatte sie auf meinen Reisen durch das Land gesehen, und man hatte mir erklärt, dass sie von einem gewissen Cromwell vertrieben worden waren, noch so eine verhasste Gestalt aus der irischen Geschichte. »Knacker-drinking« war ein Begriff, mit dem man beschrieb, dass jemand in aller Öffentlichkeit soff.

Allmählich begriff ich, dass Dev, Cromwell und Margaret Thatcher zu den verhasstesten Menschen in diesem Land gehörten. Danach kamen »Knackers« und »Drecksäcke«, dann Junkies, Drogenlords und die Leute, die Krallen an Autos anbrachten, und zu guter Letzt Künstler und Umweltschützer. Am verhasstesten schien eine alte, vor langer Zeit verstorbene Frau namens Peig Sayers zu sein, die in ärmlichen Verhältnissen auf den Blasket Islands gelebt, stets ein Kopftuch getragen und alle gezwungen hatte, Gälisch zu sprechen. Die gefährlichsten Leute waren laut ihren Worten die Schizophrenen, denn sie waren schwer zu erkennen. Sie erglühten nachts leider nicht grün wie Zombies, denen auch noch alle Haare ausfielen. Man konnte nie wissen, wann man sich in Gesellschaft eines Schizos befand. Noch verhasster als alle zusammen waren allerdings die Schmarotzer, denen man nicht über den Weg trauen konnte, wie es hieß.

Ich hatte keine Ahnung, zu welcher Kategorie ich gehörte. Mein Problem bestand darin, dass ich die Einheimischen nicht einordnen konnte. Ich vertraute allen im gleichen Maße. Ich wusste nicht, wem ich aus dem Weg gehen und welche Straßen ich ganz meiden musste.

Im Laufe des Abends schloss ich Bekanntschaft mit einem Mädchen namens Sharon. Sie hatte viele Strähnchen, der Nabel ihres nackten Bauches war mit einem Diamanten dekoriert, und sie hatte Tätowierungen auf den Armen und direkt über dem Po, die alle nach unten wiesen. Sie fragte, ob ich auch tätowiert oder gepierct sei, was ich zu meiner Beschämung verneinen musste. Im Pub gab es jede Menge Typen mit Tätowierungen auf dem Hals, aber sie schien nicht an ihnen interessiert zu sein.

Ihr Lachen klang wie Gewehrfeuer, und ich hielt sie anfangs irrtümlich für eine alte Frau. Sie brachte mich immer wieder zum Lachen, und schließlich bat ich sie, damit aufzuhören, weil ich das Gefühl hatte, platzen zu müssen. Sie lobte mein Englisch und lotste mich vor die Tür, obwohl ich nicht rauchte.

So kam es zu dem Missverständnis. Sie entpuppte sich als Tochter des Elektrikers, mit dem ich mich unterhalten hatte, und er war nicht gerade begeistert über unser Techtelmechtel.

»Komm bloß nicht auf falsche Gedanken«, zischte er mir im Vorbeigehen zu.

Ich hatte vermutlich einen über den Durst getrunken, deutete die Signale nicht richtig und ahnte nichts von der drohenden Gefahr.

Die Band spielte den Song der Bee Gees über einen Mann im Todestrakt, was ich wohl als Warnung hätte auffassen müssen. Im Fernseher, der in einer Ecke der Bar stand, lief ein Spielfilm ohne Ton, weil jeder die Geschichte kannte. Ich glaube, es war *Der Pate*. Al Pacino versuchte seiner Schwester weiszumachen, dass er ihren Mann nicht hatte ermorden lassen.

Und ich wurde durch die Hintertür des Pubs in einen Unterstand geführt, den man für die Raucher errichtet hatte. Sharon nannte ihn Pagode. Wir setzten uns, doch sie holte keine Zigaretten, sondern einige in Alufolie verpackte Pillen heraus. Sie schluckte eine und bot auch mir eine an, doch ich lehnte ab.

Dann stand sie auf und tanzte zu einem imaginären Techno-Beat, der viel kraftvoller als die im Pub erklingenden Pop-Balladen war. Sie schien mich nicht mehr wahrzunehmen. Schließlich wollte sie mich küssen, packte mich am Nacken und stieß mir die Zunge in den Mund. Mit der anderen Hand griff sie nach meinen Eiern.

»Zeig deinen Schwanz«, verlangte sie.

Ich zögerte so lange, bis sie ungeduldig wurde und nach dem Reißverschluss tastete. Ich stand neben mir, wusste nicht, ob es eine Störung oder eine Rettung war, als ihr Vater erschien, flankiert von zwei Freunden.

»Sharon«, brüllte er. »Rein mit dir.«

»Ah, verpiss dich, Dad.«

Er kam auf uns zu. Seine Freunde blieben für den Fall der Fälle in der Tür stehen. Sharon stritt sich laut schreiend mit ihrem Vater. Es ging um mich. Sie behauptete, alt genug zu sein und es mit jedem treiben zu dürfen, der ihr gefalle, und dies sei nicht mehr das »heilige, katholische Irland«, in dem man seine Tochter nur mit einem bewaffneten Anstandswauwau aus dem Haus lasse.

»Dein Baby ist sechs Monate alt, Sharon«, sagte er.

»Schon gut«, unterbrach ich die beiden und schwankte zur Tür. Ich wollte einfach nur, dass alle der Musik lauschten und Freunde waren. Doch ich war hier überhaupt nicht mehr gefragt.

»Bleib, wo du bist, Polackenschwein.«

»Ich fasse es nicht«, sagte Sharon.

»Der Typ ist nur ein Penner und Schmarotzer.«

Der Elektriker verpasste mir einen Schlag, der mich gegen ein Mülltonnenspalier schleuderte. Ich hatte zunächst keine Angst, sondern war beleidigt. Ich hätte ihm gern erklärt, dass ich nicht aus Polen stammte, aber hier ging es wohl nicht um die Nationalität. Außerdem gefiel mir der Irrtum, denn es musste nicht jeder von meiner serbischen Herkunft wissen. Ich rappelte mich auf und sah mich nach einem Fluchtweg um.

Aber da war schon alles vorbei. Sharon verschwand mit ihrem Vater und den zwei anderen Männern im Pub wie ein Popstar, der von seiner Eskorte durch eine Hintertür in die Arena geführt wurde. Wahrscheinlich fand sie es toll, auf diese Art gerettet zu werden. Drinnen erschollen Applaus, Pfiffe und Jubel, und die Band stimmte ein Stück der Gipsy Kings an.

In diesem Augenblick rief mich Kevin an. Es hätte nicht besser passen können, und wir verabredeten uns in einer Bar auf der anderen Straßenseite, in sicherem Abstand zu dem Elektriker und dessen Tochter. Ich kam mir ein bisschen mies vor, weil ich meine Kollegen sitzen ließ, aber ich wollte nicht, dass Kevin auch noch Ärger bekam.

Er brachte Helen mit, und bei meinem Anblick schauten beide besorgt aus.

»Alles in Ordnung?«

Ich hatte Blut auf dem Hemd, und sie fragten immer wieder, was passiert war. Ich redete die Sache klein und meinte, ich hätte die Lage in der Bar falsch eingeschätzt. Wie hätte ich ahnen können, dass Sharon ein kleines Baby hatte oder dass ihr Vater an diesem Abend ihr Aufpasser war, von den zwei Leibwächtern ganz zu schweigen?

»Ich würde einen solchen Laden nie im Leben betreten«, sagte Kevin.

»Meine Arbeitskollegen haben mich mitgenommen«, erwiderte ich.

»Du kannst mir vertrauen«, versicherte er.

Diese Leute seien keine Freunde, sagte er. Ein wahrer Freund lege für den anderen die Hand ins Feuer. Er erklärte mir, was ich zu erwarten hatte und was es hieß, wenn jemandem die Fresse poliert wurde. Es hieß, dass man einige Zähne verlor. Es hieß, dass das Gesicht gezeichnet war.

Er gab mir das Geld für das Material und schmiss eine Runde. Er war schon bald ziemlich blau und erzählte tolle Geschichten, bei denen Helen schallend lachte. Ich auch. Ich mochte ihn. Es gefiel mir, wenn ich die beiden traf, denn es gab mir das herrliche Gefühl, zu Hause zu sein.

5

Später am Abend waren wir zu dritt unterwegs, Kevin, Helen und ich. Er in der Mitte, einen Arm um Helen, den anderen um mich gelegt. Wir gingen im Gleichschritt. Ein exotisches Tier mit sechs Füßen und drei lachenden Gesichtern, zu zwei Dritteln männlich, zu einem Drittel weiblich. Nachdem wir das Auto erreicht hatten, stolperte jeder in eine andere Richtung. Wir verloren das Gleichgewicht, das wir als Einheit gehabt hatten, und mussten es als Individuen wiederfinden. Kevin drückte Helen gegen das Auto, um sie zu küssen, doch sie schüttelte ihn ab und meinte, sie müsse jetzt an den Heimweg denken. Er sank anbetungsvoll auf die Motorhaube. Sie lachte, während sie die Schlüssel aus der Handtasche kramte. Dann stieg sie ein und ließ den Motor an, während er auf die Knie fiel und mit einem der Scheinwerfer sprach. Sein Gesicht war grellweiß erleuchtet. Er hatte die Augen geschlossen und grinste. Sie rief, er solle endlich einsteigen, und als er aufstand, warf er einen endlos langen Schatten auf die Straße.

»Ich kann mit dem Taxi fahren«, sagte ich.

Zahlreiche leere Taxis fuhren Richtung Stadtzentrum.

»Wartet kurz, ich platze gleich«, sagte Kevin.

Er drehte uns den Rücken zu und beugte sich vor, als würde er Geld abzählen. Vor ihm ragten die mit Graffiti besprühten Rollläden einiger Geschäfte auf. Dann wirbelte er lachend herum und pinkelte gegen ihr Auto.

»Du Mistkerl«, rief sie.

Ich trat auf dem Bürgersteig ein paar Schritte zurück, als gehörte ich nicht dazu. Ich fand es peinlich für Helen, denn er pinkelte quer über die Motorhaube. Sie nannte ihn ein mieses Schwein. Schwer zu sagen, ob sie wirklich so wütend war oder ob sie vor meinen Augen einfach nur eine Show abzogen. Sie wusste bestimmt, dass er die Autowäsche bezahlen würde. Später versuchte er sie sogar davon zu überzeugen, dass es ein Ausdruck von Zuneigung gewesen sei. Es war typisch für ihn, alles mit überbordender Liebe und Großzügigkeit zu tun, und vielleicht mochte sie genau das an ihm, sein Temperament, seine Gabe, andere zu überraschen. Eines Tages würden sie heiraten und sich häuslich niederlassen. Danach würden diese verrückten Aktionen ein Ende haben.

Er pinkelte gegen die Windschutzscheibe. Sie verfluchte ihn wieder, aber das schien ihn nur anzustacheln. Sie ging zum Gegenangriff über, schaltete die Scheibenwischer ein und ließ zwei Fontänen aus den Düsen schießen, so dass eine Mischung aus Seife und Urin auf der Scheibe verteilt wurde.

Dann kam es mir vor, als würde sie weinen, denn sie lehnte sich stumm zurück und starrte durch die Seitenscheibe. Ob dieser Vorfall in ihren Augen ein schlechtes Omen war?

Segnete oder entweihte Kevin das Auto? Hätte er es auch getan, wenn ich nicht Zeuge ihres Kräftemessens gewesen wäre? Sie schienen an mich zu appellieren wie an einen Schiedsrichter.

Aber durfte ich mir ein Urteil erlauben?

Ich wusste nicht genau, wo die Grenze zwischen Scherz und Beleidigung verlief, und redete mir ein, dass alles nur Spaß sei. Für die Leute hier galten Regeln, die ich noch nicht ganz durchschaut hatte. Oder ging es um etwas anderes? Demonstrierte er seine Macht über sie? Über mich? Bezog er mich in diese verrückte, sowohl private als auch öffentliche Tat ein, um mir vor Augen zu führen, dass ich nicht mitmachen durfte?

Ein Auto mit offenen Fenstern raste vorbei, und drei auf der Rückbank sitzende Mädchen sangen einen Song im Radio mit. Sie ließen das Bruchstück eines bekannten Hits auf dem Bürgersteig, in Torwegen und Gassen zurück – wie Katzen, die sich unter parkenden Autos verbargen.

Da erschien der Elektriker wie aus dem Nichts und stieß mich gegen den Rollladen eines der Geschäfte.

»Wo ist sie?«, schrie er.

Vielleicht hat er noch mehr gesagt. »Du Polackensau.« Im Nachhinein, wenn man Erklärungen braucht, schmückt man die Ereignisse gern aus. Der Elektriker glaubte offenbar, dass ich allein war, denn er schlug auf meinen Kopf ein und warf mir vor, seine Tochter entführt zu haben.

Kevin reagierte rasch. Er eilte herbei und riss den Elektriker am Kragen zurück.

»Hände weg von meinem Freund.«

Sie rangen auf dem Bürgersteig. Es war eher ein Tanz als ein Kampf. Kevin trat dem Elektriker mit Schwung zwischen die Beine, und als sich der Mann krümmte, schlug er ihn heftig ins Gesicht.

Ich hörte, wie Helen schrie: »Kevin!«

Offenbar kam das unerwartet für sie. Sie hatte ein anderes Bild von ihm, verstand diese Gewalt nicht. Vermutlich hatte sie das Gefühl, als würde sich alles in weiter Ferne, außerhalb ihrer Kontrolle abspielen. Kevin riss den Elektriker herum und schleuderte ihn gegen den Rollladen. Der Aufprall klang wie ein Gewehrschuss und scheuchte mehrere Tauben auf.

Mir kam es vor, als würde der Elektriker über dem Boden schweben. Seine Füße hingen in der Luft. Dann fiel er und knallte mit der Hüfte auf den Beton. Ich hörte ein Knacken wie das Zerbrechen eines wertvollen, in einem Samtbeutel steckenden Porzellangegenstands.

Sein Kopf ging zuletzt zu Boden, vielleicht aus Selbstschutz. Kevin trat noch einige Male zu, dann war es vorbei. Der Elektriker regte sich nicht mehr. Wenn ich mich recht erinnere, dauerte die ganze Sache nur wenige Sekunden. Kevin stieß mich zum Auto und brüllte, ich solle einsteigen. Dann stieg er auch ein und knallte die Tür so heftig zu, als wäre er immer noch auf hundertachtzig.

»Fahr los«, schrie er.

Doch Helen stieg aus. Sie rannte zu dem reglos daliegenden Mann. Aus seinen Nasenlöchern lief Blut. Seine rechte Hand lag auf dem Bürgersteig, als würde er betteln.

»Komm schon«, rief Kevin mit zusammengebissenen Zähnen und sprang aus dem Auto.

Sie fiel auf die Knie, als hätte sie die Pflicht, sich um den Mann zu kümmern. Kevin zog sie weg und schob sie in das Auto, dieses Mal auf den Beifahrersitz. Dann lief er auf die andere Seite und setzte sich ans Steuer.

»Nein«, sagte sie. »Du kannst nicht mehr fahren.«

Als würde das größte Problem darin bestehen, dass er zu viel getrunken hatte.

Das Auto schoss davon. Ich drehte mich um, wusste nicht, ob der Mann tot oder lebendig war. Dann hörte ich, wie Helen Kevin anschrie, er solle anhalten.

»Du bist ein Anwalt, verdammt noch mal!«

Kevin fuhr sehr schnell. Nach einer Weile hielt er an einer Stelle mit Blick auf das Meer. Der Leuchtturm blinkte gemächlich in der Ferne. Draußen ankerten Schiffe, die darauf warteten, am Montagmorgen in den Hafen einlaufen zu können. Das vertraute orangefarbene Band der Lichter der Stadt und ein Nieselregen erweckten den Eindruck, als würden die Schiffe davontreiben. Wir saßen da, atmeten, lauschten, versuchten, nüchtern zu werden und zu überlegen, was zu tun war.

»Was ist bloß in dich gefahren?«, fragte sie. »Du hast den Mann wegen nichts zusammengeschlagen.«

»Ich habe ihn nur angetippt, und dann ist er umgefallen.«

»Und jetzt haust du ab.«

»Rassistenschwein«, sagte er. »Er ist selbst schuld.«

»Wir müssen zurück«, sagte sie.

»Auf gar keinen Fall.«

»Wir müssen die Polizei rufen.«

»Ich habe es im Affekt getan«, sagte er. »Ich musste Vid beschützen.«

Schweigen trat ein, aber es war wohl nicht der passende Zeitpunkt, um mich zu bedanken.

Wir saßen reglos da. Jeder von uns versuchte, in Gedanken alles ungeschehen zu machen. Als könnte man im Nachhinein den Lauf der Geschichte ändern. Soldaten, die ihre Verbrechen unter dem Kopfkissen hervorholten, um sie an geheimen Orten zu verstecken. Kugeln, die aus dem Kopf der Opfer ploppten, oder Tote, die wieder zum Leben erwachten und rückwärts davongingen.

Wir standen ganz vorn auf dem Kai. Etwas weiter, und wir wären im Wasser gelandet. Am Morgen hätten sie uns dann mit dem Kran aus dem Treibgut von Kondomen und leeren Bierdosen gefischt.

»Manchmal muss man einfach weitergehen«, sagte er. »Die Umkehr kann ein schwerer Fehler sein.«

»Hast du diese Weisheit von deiner Mutter?«

Sie starrte ihn an, als müsste sie seine Worte deuten. Er schien plötzlich ein Fremder für sie zu sein.

Wir saßen da, schauten auf das schwarze Hafenwasser, und die schwarzen Augen des tiefen Wassers erwiderten unseren

Blick. Wir hörten, wie kleine Wellen auf die Granitstufen schwappten und zurückfluteten. Wir warteten, was passieren, ob Kevin über die Kante fahren würde. Im Augenblick hätten wir ebenso gut abtauchen und auf dem Meeresgrund durch braune Seetangfelder brausen können, wo Seebarben und prächtige Garnelen an der Windschutzscheibe vorüberglitten, durch eine stille Landschaft mit Felsen und Entenmuscheln, Ankern und im Wasser schwebenden Hummerkörben. Ich hatte das Gefühl, als würden wir nur auf den Elektriker warten, der dann in das Auto kroch oder humpelte, sich neben mich setzte und anschnallte. Das Blut würde sich wie dunkle Würmer aus seinen Nasenlöchern ringeln, der Atem würde in seiner Brust stocken. Dann würden wir ihn nie mehr loswerden, dachte ich. In meiner Vorstellung sprach er gelassen und mit nasaler Stimme, bereitete sich auf die lange Unterwasserfahrt vor, die wir nun gemeinsam antreten wollten. »Ich habe mich doch nur amüsiert«, würde er sagen, denn im Grunde wollte er mit allen gut Freund sein und die Unterhaltung nicht einschlafen lassen.

Der Motor sprang wieder an. Mir kam der Gedanke, dass Kevin in die falsche Richtung fuhr – rückwärts statt vorwärts. Daran kann ich mich noch erinnern. Er fuhr jedenfalls, als säße ihm der Teufel im Nacken. Er hielt vor Helens Souterrainwohnung und scheuchte uns hinein.

»Bleibt hier«, sagte er. »Rührt euch ja nicht vom Fleck.«

Dann verschwand er. Wir hörten seine Schritte, wussten nicht, wohin er ging. Wir standen da und starrten einander an. Nach einer Weile erwachte Helens Gastfreundlichkeit und sie bot mir einen Stuhl an.

»Entschuldige«, sagte sie.

Ich wusste nicht, was ich darauf erwidern sollte.

»So habe ich ihn noch nie erlebt«, sagte sie, wenn auch mehr zu sich selbst.

Sie kochte zur Beruhigung einen Tee. Dann legte sie Musik auf. Ausgerechnet Hochzeitsmusik vom Balkan. Sie wollte, dass ich mich zu Hause fühlte, aber die Musik war mir so vertraut, dass mich sowohl Heimweh als auch Entsetzen ergriffen.

Mir fiel die Hochzeit meiner Schwester ein, die Hochzeit, die nie stattfand, weil auf der Fahrt dorthin der Autounfall geschehen war. Die Gewalt auf der Straße hatte alles wieder hervorgeholt, was ich hinter mir lassen wollte. Jetzt beförderte mich die Musik zurück zu der Szene des Unfalls, bei dem meine Eltern gestorben waren, bürgerte mich wieder in das Land ein, dem ich erst kürzlich entflohen war. Aber wie sollte ich Helen das erklären? Auf jeden Fall hörten wir beide der Musik nicht richtig zu. Stattdessen starrten wir zu Boden, ließen im Stillen die nächtlichen Ereignisse Revue passieren, fragten uns, was auf uns zukam.

Sie meinte, ich solle am besten hier übernachten, und richtete mir das Sofa her.

Als Kevin endlich zurückkehrte, betrachtete er uns so misstrauisch, als hätten wir die ganze Zeit nur über ihn geredet.

»Was ist das für Musik?«, fragte er.

»Wo zum Teufel bist du gewesen?«, wollte sie wissen.

Er brauchte eine Weile für die Antwort. Erst holte er sich ein Bier aus dem Kühlschrank, das er mit den Zähnen öffnete, als wollte er sie ärgern, denn sie zuckte zusammen und sagte: »Mein Gott, Kevin, ich habe einen Öffner.« Er nahm einen tiefen Schluck, dann sprach er.

»Je weniger ihr wisst, desto besser«, sagte er.

»Was ist mit dem Mann passiert?«, fragte sie.

»Er steht draußen und wartet auf dich«, sagte er zu mir.

»Himmel«, stieß sie hervor.

»Nur ein Scherz«, sagte er. »Er lebt. Und ist kerngesund, um genau zu sein.«

Helen verschwand im Schlafzimmer. Er folgte ihr, und sie stritten weiter, brüllten sich an, nannten hin und wieder meinen Namen.

Ich wollte mit alledem nichts zu tun haben und hätte mich am liebsten verdünnisiert, aus dem Staub gemacht. Ich bildete mir ein, dass die Polizei jeden Moment eintreffen würde. Ich überlegte sogar, den Vorschuss für die Arbeit dazulassen.

Die beiden stritten sich ziemlich lange. In Abständen trat Stille ein, aber dann hob Helen wieder die Stimme, nannte Kevin einen Schläger und verbat sich, von ihm angefasst zu werden.

»Es geht um das Pinkeln«, hörte ich ihn sagen. »Das hat dich gekränkt, oder?«

»Als ob dich das interessieren würde!«

»Na, komm, Helen. Gib es zu. Du spielst nur verrückt, weil ich gegen dein Auto gepinkelt habe. Richtig?«

»Komm zu dir, Kevin«, sagte sie. »Überleg mal, was du getan hast. So etwas nennt man Körperverletzung. Du hast gerade deine ganze Karriere aufs Spiel gesetzt und glaubst auch noch, das wäre komisch.«

Er schwieg. Er schien über ihre Worte nachzudenken.

»Tut mir leid, dass ich gegen dein Auto gepinkelt habe«, sagte er schließlich. »Wirklich, Helen.«

»Arschloch!«, schrie sie.

Dann kam er grinsend heraus, und sie knallte die Tür hinter ihm zu. Er hatte in gewisser Weise gewonnen. Seine Freundin hatte ihn zwar aus ihrem Schlafzimmer geworfen, doch er konnte sich als Sieger betrachten. Ringsumher ging die Welt in Stücke, aber er war froh, denn er lachte als Letzter. Er sagte nichts zu mir, sondern setzte sich in einen Sessel und nickte ein, versank im Schlaf, während sich ein Lächeln auf seinem Gesicht ausbreitete.

6

Am nächsten Morgen stand er vor mir, die Sonne im Rücken, bereit zum Aufbruch. Er leerte ein Glas Wasser und stellte es mit einem Klacken auf den Tisch, was so viel hieß wie: »Komm, wir brechen auf.« Es gab keinen Blick zurück. Keine Kehrtwende. Kein Nachdenken über Vergangenes.

»Irre, was letzte Nacht passiert ist«, sagte er.

Mir blieb schleierhaft, warum er so sorglos war. Aber dies war ein neuer Tag, und es war an der Zeit, ihn in Angriff zu nehmen. Kurz darauf saß ich in seinem Auto, und wir brausten zum Haus seiner Mutter.

»Hör zu, Vid: Denk nicht weiter über das nach, was letzte Nacht passiert ist.«

Doch meiner Erfahrung nach verfolgte einen so etwas bis in alle Ewigkeit.

»Ich arbeite mit diesen Leuten«, sagte ich. »Sie kennen mich.«

»Er ist nicht tot«, sagte er im Brustton der Überzeugung. »Du hast keinen Grund zur Sorge.«

»Und wenn sie zur Polizei gehen?«

»Du hast nichts Unrechtes getan, Vid.«

»Ja. Aber was ist mit dir?«

»Pass auf. Eines ist wichtig«, sagte er und hielt kurz am Straßenrand. »Du darfst meinen Namen nicht erwähnen. Ich darf auf keinen Fall in diese Sache verwickelt werden.«

Er hatte mir einen Gefallen getan, und nun war es an mir,

diesen Gefallen zu erwidern, meine Hand für ihn ins Feuer zu legen.

»Du hast einen Auftrag im Haus meiner Mutter. Mehr musst du nicht sagen. Ruf mich an, wenn dich jemand ausquetschen will. Sag kein Wort. Solange dein Rechtsbeistand nicht da ist, kann dich niemand zu einer Aussage zwingen. Verstehst du?«

Er fuhr weiter, den Ellbogen im offenen Fenster, gab mir Tipps und versicherte mir, alles würde gut werden.

»Du kannst dich an nichts erinnern, klar?«

Er lächelte mich an, legte mir eine Hand in den Nacken.

»Alles okay, mein Freund?«

Wir waren jetzt untrennbar miteinander verbunden. Nur wusste ich nicht, ob er mich brauchte oder ob ich für ihn ein Klotz am Bein geworden war.

Er hielt an, um eine Zeitung zu kaufen, blätterte sie hastig durch und zeigte mir dann einen kurzen Bericht über den Vorfall, in dem es hieß, das Opfer des brutalen Überfalls sei ein Mann Anfang sechzig. Er erhole sich im Krankenhaus, und die Polizei suche Zeugen. Man fahnde nach zwei Angreifern, höchstwahrscheinlich Ausländer, eventuell Polen.

»Alles Unsinn«, sagte er lachend und warf die Zeitung auf die Rückbank.

Auf der Fahrt fiel mir auf, dass er jede Frau musterte, an der wir vorbeifuhren. Er sprach ganz offen über seine Vorlieben und Abneigungen, über das, was ihn anmachte, und über das, was ihn langweilte oder abstieß. Er begann, von seinem Leben, von Helen und von seiner Familie zu erzählen. Er entledigte sich seiner Lebensgeschichte gewissermaßen in einem Atemzug, als wäre sie nichts, mit dem er im Laufe der Jahre verwachsen war, sondern etwas, das er unbedingt hinter sich lassen musste.

Irgendjemand hat einmal gesagt, dass einem die Kindheit

folgt wie ein kleiner Hund. Er erzählte mir Einzelheiten aus seiner Familie, die er vergessen wollte, vertraute sich mir an, weil er wusste, dass ich als Ausländer alles für mich behalten würde.

Seine Eltern hatten sich in London kennengelernt. Sie waren vermutlich Hippies gewesen, denen Irland nicht mehr genug Drogen und Rockmusik geboten hatte. Sie gehörten der letzten Generation an, die mit dem Schiff fuhr, denn bald darauf gab es günstige Flüge, erzählte er. Leute, die die Tradition des Auswanderns zwar als Zwang und Druck empfanden, die Ankunft in der Fremde aber auch genossen. Denn das lag ihnen im Blut. Sie hatten nur getan, was viele andere vor ihnen getan hatten. Er wuchs zuerst in England auf und kehrte mit neun nach Irland zurück. Angesichts der Unruhen im Norden und des Misstrauens, das den Iren in London entgegenschlug, beschloss seine Mutter, daheim in Dublin einen Neuanfang zu wagen. Im Laufe der Jahre hatte sich sein englischer Akzent abgeschliffen. Vielleicht konnte er sich deshalb so gut in mich hineinversetzen. Er hatte in der Schule erlebt, was es hieß, ausgegrenzt zu werden, und er hatte versucht, sich anzupassen und zu tarnen. Er wollte so irisch wie möglich sein. Da er die Nachteile kannte, die das Dasein als Fremder mit sich brachte, verleugnete er seine frühe Kindheit und verschloss die Augen vor dem Hund, der ihm nachlief.

»Man darf nie zurückblicken, mein Freund.«

Diesen Satz wiederholte er häufig. Er war jedem seiner Gedanken, jeder seiner Entscheidungen eingeschrieben.

»Du musst imstande sein, allem den Rücken zu kehren«, sagte er. »Glaub mir. Du darfst nicht zulassen, dass dich etwas fertigmacht.«

Er sprach mir aus der Seele. Ich stimmte aus persönlichen Gründen allem zu, was er sagte, auch bei mir ging es darum, zu verschwinden und nie mehr zurückzukehren. Er schien in meiner Lage etwas zu sehen, das seine Situation schlüssig erklärte; mein Leben war nur eine andere Version des seinen. Er hatte genau wie ich das Ziel, zu entkommen. Nur, dass er es wie Spaß aussehen ließ. Alles Schlechte war getilgt. Alles strotzte nur so von Optimismus und Tatkraft. Alles war zum Lachen. Das war es wohl, was die Frauen so an ihm reizte: nicht nur sein blendendes Aussehen, sondern auch seine Gabe, die ihn umgebende Welt in eine großartige Geschichte zu verwandeln.

Seine Mutter hieß Rita, und ich merkte sofort, dass er sie vergötterte. Sie war die geborene Lehrerin. Wenn sie sprach, hörte man die Kreide auf der Schultafel quietschen. Sie hatte stets das letzte Wort und duldete keinen Widerspruch. Ende, aus. Sie hatte alles erlebt, einschließlich Drogen, Sex und allem, was sich junge Leute ausdenken konnten. Und all das wurde im Laufe der Generationen lediglich wiederholt, wenn auch in neuen Variationen, mit neuem Slang, neuer Energie und neuer Langeweile. Nachrichten und aktuelle Ereignisse nahm sie zur Kenntnis, als habe sie alles schon lange kommen sehen. Auf private Schicksalsschläge reagierte sie so stoisch und gelassen, als würden sie sich auf der anderen Seite der Welt abspielen.

Kevin erzählte mir, dass sie ein Gedächtnis wie ein Elefant habe. Ein Unrecht, das man ihr antat, vergaß sie nie. Ein Beispiel: Seine jüngere Schwester war auf den Namen ihrer Tante getauft worden, Eilish. Dann gab es einen Streit, es geschah etwas Unverzeihliches, und seine Mutter änderte den Namen des Babys zu Ellis.

Er sagte, sein Vater sei ein »Versager« aus Connemara, der sich »verpisst« und seine Mutter mit den drei Kindern allein in Dublin zurückgelassen habe. Sie habe glücklicherweise das Haus geerbt und sei von ihrem Bruder, einem Priester, unterstützt worden, aber es sei nicht einfach gewesen, die Familie über Wasser zu halten. Sein Vater sei der klassische Auswanderer, einer jener Menschen, die gegangen seien, aber immer die Rückkehr in die alte Heimat besungen hätten.

»Heimweh«, sagte er. »Das ist eine Pest. Eine psychische Verfassung, die man seinen Kindern früher bei der Geburt mitgegeben hat.«

Er konnte sich an einige Besuche seines Vaters erinnern. Als Kevin und seine Schwestern klein gewesen waren, hatte die Familie ab und zu zusammengelebt, aber jedes Mal war sein Vater wieder nach London verschwunden. Kevin erinnerte sich daran, dass er mit geschlossenen Augen gesungen und die alte Sprache gebraucht, auf Gälisch mit seinen Freunden geredet hatte. Dann war er für immer abgetaucht, und der einzige Kontakt hatte in ein oder zwei Telefonaten bestanden, die abbrachen, wenn seinem Vater in der Telefonzelle die Münzen ausgingen. Die Leitung war plötzlich tot, und er hörte nur noch das Regenrauschen am anderen Ende.

»Alles Vergangenheit«, sagte er. »Heimweh. Tränenreiche Nostalgie. Wie Polio. Oder Tuberkulose. Heutzutage sehr selten.«

Sein Vater hatte sich aus der Familiengeschichte gestrichen. Ich wurde darin eingetragen. Gut möglich, dass ich mich genau danach sehnte: in das Familienalbum zu kommen, egal zu welchem Preis. Kevin sah mich als Freund, gab mir wertvolle Informationen, rekrutierte mich aber auch als Fußsoldaten und verlangte unausgesprochen einen Treueschwur.

Nach unserer Ankunft im Haus stellte er mich seinen beiden jüngeren Schwestern vor, Jane und Ellis. Seine Mutter kochte Tee und stellte frische Scones auf den Tisch. Ich kam mir vor wie ein Gast, nicht wie ein Arbeiter. Kevin fasste meinen Lebenslauf zusammen, damit seine Mutter mich nicht mit Fragen löcherte. Belgrad, Eltern bei Autounfall gestorben, dadurch

Gedächtnisverlust, Auswanderung nach Irland, um neu anzufangen. Keine weiteren Fragen.

»Sehr tragisch«, sagte seine Mutter höflich.

Dann fuhr er wieder, und ich begann oben im Schlafzimmer mit der Arbeit. Zuerst zerlegte ich einen alten, freistehenden, schiefen Kleiderschrank. Ich stapelte die Bruchstücke hinten im Garten als Feuerholz auf. Danach ging ich zum örtlichen Baustoffhandel und besorgte einige Schrägbalken, um das Gerüst für den neuen Schrank zu bauen. Es war keine besonders schwierige Arbeit. Das Furnierholz aus Schwarzesche sollte im Laufe der Woche geliefert werden. Ich schätzte, dass ich nicht mehr als ein oder zwei Wochen nebenher arbeiten musste, um den Schrank fertigzustellen.

Während ich die Balken an der Wand befestigte, brachte mir Kevins Mutter einen Becher Tee und ein paar Kekse. Sie war neugierig und wollte sehen, wie ich vorankam. Nachdem ich fertig war, machte ich sorgfältig sauber, damit sie sich nachts keinen Splitter in den nackten Fuß zog. Ich trug Becher und Teller nach unten und stellte beides in die Spüle.

»Sie haben etwas von einem Perfektionisten«, sagte sie. »Das merke ich.«

»Danke«, erwiderte ich.

»Das begegnet einem hier nur selten.«

»Na ja. Ich tue einfach mein Bestes.«

Sie besaß eine Sammlung aufziehbarer Blechspielzeuge. Ein kleiner Junge auf einem Fahrrad. Eine Ente auf Rädern mit einem Windrad auf dem Kopf. Blechmäuse. Hüpfende Blechfrösche und ein Blechkarussell mit Blechkindern darin. Sie zeigte mir alles und erlaubte mir, einige Spielzeuge auf dem Küchentisch auszuprobieren. Ich musste die Ente auf Rädern auffangen, weil sie beinahe vom Tisch gekippt wäre. Wir kamen ins Gespräch, denn wegen der scharfen Teile und der

Metallbügel, von denen sie gehalten wurden und die für Kinder gefährlich waren, konnte man diese Spielzeuge hier nicht kaufen. Doch in meiner Heimat, auf dem Kontinent, fand man sie immer wieder in Läden und auf Märkten. Nur für Erwachsene, nur unter Aufsicht der Eltern und so weiter. Ich verspach ihr, etwas für ihre Sammlung zu kaufen, wenn ich wieder einmal zu Hause war.

Während der folgenden Woche arbeitete ich an den Regalen und fand etwas mehr über die Familie heraus. Nicht, dass ich meine Nase in die Angelegenheit anderer Leute gesteckt hätte. Nein, ich bin sehr diskret. Ich erledige meine Arbeit sozusagen mit verbundenen Augen. Aber wenn man sich in fremden Häusern aufhält, fallen einem nolens volens gewisse Dinge auf.

Im Schlafzimmer standen alle Sachen vorübergehend auf dem Fußboden. Kevins Mutter wollte nicht nur einen Kleiderschrank, sondern auch einen Ort, an dem sie ihre Dokumente aufbewahren konnte. Sie waren neben dem Erkerfenster gestapelt, in Kisten, großen Umschlägen und Aktenordnern, die mit Bändern verschnürt waren. Zeitungen aus einer anderen Zeit. Fotos. Alben mit Hochzeitsbildern. Sämtliche Zeugnisse ihres Lebens, die sie vermutlich nicht sehr oft zur Hand nahm, in deren Gesellschaft sie aber jede Nacht allein in ihrem Zimmer schlief. All das stand jetzt auf dem Fußboden, wartete darauf, nach der Fertigstellung des Schranks wieder eingeräumt zu werden.

Ich kramte nicht in ihren Privatsachen. Das lag mir fern. Doch eines Abends kippte ein Karton mit Briefen um. Das Band hatte sich gelöst, und die Briefe lagen auf dem Fußboden. Es sah aus, als hätte ich ihre Sachen durchwühlt, und mir blieb nichts anderes übrig, als sie aufzusammeln und in der ursprünglichen Reihenfolge wieder in den Karton zu legen. Auf den Briefen stand ihr Name: Rita Concannon. Kevins Mutter hatte noch in der Ära der Briefe gelebt, vor dem Siegeszug der Technik. Sie sah zwar noch relativ jung aus, aber diese Briefe bewiesen, dass sie in der Zeit handschriftlicher Kommunikation aufgewachsen war, einer Zeit, als Nachrichten lange bis zum Empfänger gebraucht hatten.

Ich stellte beim Einpacken fest, dass alle Briefe in England abgeschickt worden waren; keiner war geöffnet, alle waren ungelesen.

Was, fragte ich mich, hatte es mit Briefen in diesem Land auf sich? Eine E-Mail oder einen Anruf konnte man ignorieren. Doch Briefe hatten Substanz. Sie waren echt. Man konnte sie zur Hand nehmen, so wie ich es jetzt tat. Ich wollte mehr über den Menschen erfahren, der sie geschrieben hatte. Ob sie von dem abwesenden Vater stammten, dem Mann, der sich aus der Familie ausgeschlossen hatte? Was mochte nur darin stehen? Warum waren sie nie geöffnet worden? Die geheimsten Gedanken konnte man nur in Briefen offenbaren.

Wie grausam von ihr, sie ungelesen aufzubewahren. Sie war die Perfektionistin, dachte ich. Sie hortete diese kostbaren, handschriftlichen Briefe, geknebelt und versiegelt, und verweigerte ihnen das Recht auf Antwort. Der in der Fremde lebende Absender hatte sich bestimmt immer wieder gefragt, ob man sie vergessen hatte.

Das brachte mich ins Grübeln. Hoffentlich glich meine Anwesenheit in diesem Haus nicht dieser einseitigen Korrespondenz. Ich wollte nicht irgendein Arbeiter sein, sondern jemand, den sie vermissten, wenn ich aus irgendeinem Grund für immer verschwinden musste.

7

Gegen Mittag erschienen Polizeibeamte auf der Baustelle. Unter den Blicken der anderen Arbeiter, die ihr Take-away-Essen verzehrten, fragten sie mich nach Namen und Adresse. Laute mein richtiger Name Vid oder Vim? Sei ich gebürtiger Pole? Sie argwöhnten, dass ich meine Identität verschleiern wollte, und verlangten Pass und Arbeitserlaubnis, die ich nicht dabeihatte. Ich versprach, sie so bald wie möglich zu holen, doch sie wollten sie sofort sehen. Sie waren höflich, brachten mich zu meiner Wohnung und dann, zwecks weiterer Befragung, auf die Wache.

Dort baten sie mich, mir eine bestimmte Nacht in Erinnerung zu rufen. Sie wollten wissen, ob ich etwas mit einem Vorfall zu tun hatte, bei dem ein Mann schwer verletzt worden war. Sie nannten Datum, Ort, ungefähre Tatzeit. Sie fragten, wo ich in der fraglichen Nacht gewesen sei. Hätte ich anonym bei der Polizei angerufen und den Vorfall gemeldet? Der Anrufer habe seinen Namen nicht genannt, aber mit ähnlichem Akzent wie ich gesprochen. Ich antwortete, dass ich nicht der Anrufer gewesen sei und nichts mit dem Vorfall zu tun habe.

»Sehr seltsam«, sagte einer der Beamten. Sie erklärten, dass das Opfer erklärt habe, mich zu kennen. Wir seien uns in der fraglichen Nacht in einer Bar begegnet, was mehrere Zeugen bestätigen könnten. Angeblich hätte ich mich an seine Tochter herangemacht und ihn später auf dem Heimweg tätlich angegriffen. Er habe unter anderem eine gebrochene Hüfte und einen gebrochenen Kiefer. Er habe mich und einen weiteren Unbekannten polnischer Herkunft angezeigt, der noch identifiziert werden müsse.

»Hat Ihr Freund angerufen?«, wollten sie wissen.

Die Fragen kamen so schnell, dass ich nicht folgen konnte. Ich war entsetzt, weil ich der Hauptverdächtige war. Ich wusste nicht, was ich antworten sollte. Ich bestritt, jemanden tätlich angegriffen zu haben. Sie fragten, ob ich rechtlichen Beistand brauche. Als ich antwortete, dass ich schon einen Anwalt habe, erlaubten sie mir, ihn anzurufen.

Kevin kam so schnell wie möglich, im dunklen Anzug und mit braunem Aktenkoffer. Er kannte einige der Beamten und sprach so locker mit ihnen, als wären sie Freunde. Er zwinkerte mir zu, und wir durften ein paar Worte unter vier Augen wechseln.

»Ich weiß, dass das ein ziemlicher Schock ist, Vid«, sagte er. »Aber mach dir keine Sorgen. Solche Verhöre verlaufen immer im Sand. Sie tasten im Dunkeln. Du musst einfach alles leugnen. Du hast niemanden angegriffen. Du kannst dich an nichts erinnern, egal, was sie dir vorwerfen, klar?«

»Ich muss die Wahrheit sagen«, erwiderte ich. »Ich kann nicht lügen.«

»Niemand verlangt, dass du lügst, Vid.«

Er lächelte mich an, legte mir eine Hand auf die Schulter. Ich war froh, ihn zu sehen. Durch seine Anwesenheit wuchs mein Selbstvertrauen um ein Vielfaches.

Außerdem wollte ich ihn nicht hängen lassen. Er hatte zu mir gehalten. Ich hatte endlich einen Freund und begann, mich hier zu Hause zu fühlen, und ich konnte es mir nicht leisten, all das zu verlieren. Trotzdem fühlte ich mich dem Gesetz hilflos ausgeliefert. Ich war eine zu ehrliche Haut. Ich hatte nicht die

Gabe, Fragen auszusitzen oder Tatsachen zu verdrehen. Mit so etwas musste man geboren werden, es war wie mit dem Kartenspielen. Ich war ein Neuling am Tisch, fahrig und unsicher, bereit, alles auf eine Karte zu setzen und dann die ganze Wahrheit auszuspucken.

»Du hast das Recht zu schweigen«, erinnerte er mich. »Das ist dir bewusst, oder?«

»Ich fürchte, dass sie durch ihre Fragen alles auf den Kopf stellen.«

»Du musst nicht einmal ja oder nein sagen.«

Er wirkte entspannt und zog immer wieder das Handy aus der Innentasche seines Sakkos, um nach Nachrichten zu schauen. Sein sandfarbenes Haar fiel ganz natürlich zu einer Seite der Stirn. Seine Nase, über die sein offenherziges Lächeln wanderte, war ein klein wenig schief.

»Sie wollen wissen, wer in jener Nacht bei mir war«, sagte ich.

»Ich weiß, was du meinst, Vid.« Er nickte gelassen. »Aber Tatsache ist, dass du dich an nichts erinnern kannst. Stimmt doch, oder? Du hast ein sehr schlechtes Gedächtnis, richtig? Du hattest zu Hause in Serbien einen schlimmen Autounfall. Du hast Kopfverletzungen davongetragen, die ein schweres Gehirntrauma zur Folge hatten. Was wiederum zur Folge hatte, dass du bis heute immer wieder an Amnesie leidest.«

»Stimmt«, sagte ich.

»Zeig ihnen die Narbe auf deinem Kopf«, sagte er. »Du leidest sowohl an kurzzeitigen als auch an längerfristigen Gedächtnisverlusten. Du kannst dich nur bruchstückhaft an deine Kindheit erinnern. Du weißt nichts mehr von deiner Schulzeit und kaum noch etwas von deiner eigenen Familie.«

»Na ja.«

»Du weißt nicht einmal mehr genau, woher du stammst. Richtig?«

»So ungefähr.«

»Erklär ihnen das«, sagte er. »Führ ihnen vor Augen, wie schmerzhaft es ist, wenn man sich nicht einmal mehr an die eigene Vergangenheit erinnern kann. Weißt du denn, was in deiner Heimat passiert, wer vor dem Gerichtshof für Menschenrechte angeklagt ist und so weiter?«

»Nicht genau«, stimmte ich zu.

»Manche Tage sind komplette Leerstellen«, sagte er. »Wie klingt das?«

Er ging wieder die Details der Nacht durch, fasste sie knapp und klar zusammen. Ich konnte mich daran erinnern, dem Opfer im Pub begegnet zu sein. Ich konnte mich daran erinnern, draußen einen freundlichen Schwatz mit seiner Tochter gehalten zu haben, während sie eine geraucht hatte, aber von dem Punkt an erinnerte ich mich an nichts mehr.

»Soll ich ihnen sagen, dass er mich geschlagen hat?«, fragte ich.

»Besser nicht. Sonst hättest du ein Motiv.«

Er klang überzeugend. Ich bewunderte ihn, weil er alles so klar sah. Er begriff sofort und behielt den Überblick. Er kannte das Ende eines jeden Satzes, noch bevor er ihn begonnen hatte. Ich dagegen redete fast nur in Anfängen oder Enden, und nichts klang rund oder glaubwürdig.

»Noch ein guter Rat, Vid. Lass dir nichts in den Mund legen. Und spiel nicht den großen Geschichtenerzähler. Das liegt dir nicht. Erinnere dich an so wenig wie möglich.«

So weit, so gut. Er sprach wieder mit den Beamten und meinte, es müsse eine Verwechslung vorliegen. Ich sei gar kein Pole, sie hätten also den Falschen erwischt. Sie diskutierten eine Weile darüber, bestanden aber darauf, eine Aussage aufzunehmen. Eine Polizeibeamtin tippte sie in den Computer, druckte sie aus und zog einen Stift aus ihrem Haar, damit ich unterschrieb. Kevin sagte später zu mir, sie sei ziemlich hübsch, trotz der Uniform und obwohl sie ziemlich klein geraten sei.

»Sehr praktisch«, bemerkte einer der Beamten, als es um meinen Gedächtnisverlust ging. Kevin widersprach dem mit Nachdruck und sagte, eine solche Bemerkung sei absolut unpassend. Es sei eine Frechheit, eine Behinderung praktisch zu nennen. Sie hätten den Falschen, wiederholte er, und diese Vorstellung gefiel mir. Ich war froh, dass er mir zur Seite stand. Das Verhör brachte keine Fortschritte. Schließlich teilten sie mir mit, dass ich wiederkommen müsse, um dem Opfer gegenübergestellt zu werden, aber bis dahin könne ich tun, was mir beliebe.

Zwei Wochen später musste ich zur Gegenüberstellung. Die Männer waren meist Immigranten wie ich. Ganz am Rand stand ein Nigerianer und in der Mitte ein Mann, der sich als Polizist in Zivil entpuppte. Sie sollten für ein wenig Abwechslung sorgen. Der Elektriker ging noch an Krücken, erkannte mich aber sofort und wollte mir nicht in die Augen schauen.

Es kam mir vor, als wäre ich zu der einzigen Person erkoren worden, die nicht in dieses Land gehörte.

Am gleichen Tag wurde ich dem Gericht vorgestellt und wegen des Angriffs angeklagt. Ich kann mich nicht mehr an die genauen Worte erinnern. Wahrscheinlich schaltete ich ab, weil ich nichts hören wollte, und klammerte mich innerlich an Vertrautes aus meinem Leben, an Bilder aus der Heimat, der ich entflohen war, die mir aber immer noch Trost bot. Ich dachte an die Straßen Belgrads, die Bäume im Sommer, den Klang der Sprache, die in der Schule gelernte kyrillische Schrift. Die Leute in den Cafés, die Wespen auf den Torten. Nichts von alledem hatte mich auf das vorbereitet, was hier im Gericht vorging. Ich konzentrierte mich auf die Umrisse der Häuser in meiner Straße, erinnerte mich an die Busfahrten zur Schule und zurück.

Ich sah mich am Kino vorbeikommen, konnte mich tatsächlich noch an manche Filme erinnern, die ich dort gesehen hatte, an die Plakate draußen, die Aufregung beim Bezahlen, an das Lochen der Eintrittskarte und den Weg in den kühlen, dunklen Kinosaal, der manchmal der einzige Schutz vor der Hitze zu sein schien. Mein Leben verdichtete sich zu einigen wenigen Schlüsselerinnerungen wie dem Klappern der zufallenden Bustüren, dem Dieselgestank des abfahrenden Busses, in den sich Gerüche von Leder und Kaffee und tausend anderen Dingen mischten. Ich konnte mich an die Stände erinnern, an denen Schmuggelware verkauft wurde. Ich konnte die Sommerhitze spüren, die sich in den stillen Straßen ballte und mir beim Verlassen des Kinos wie ein Kissen ins Gesicht schlug. Nach einem Film dauerte es lange, bis ich wieder in der Wirklichkeit ankam. Ich erinnerte mich an das Gesicht einer alten Frau, die an einer Ecke neben der Bäckerei gebettelt hatte. Wahrscheinlich saß sie jetzt noch auf der kleinen Holzkiste, während ich tausend Meilen weit weg vor Gericht stand, vollkommen fehl am Platz.

War es falsch, die Heimat zu verlassen? Hier hatte anfangs alles einen wohlhabenden, einladenden Eindruck erweckt. Die Fassaden der Geschäfte waren neu, die ausgestellten Waren sauber und ordentlich, die Auswahl war groß. Belgrad kam mir vergleichsweise öde vor. Ich erinnerte mich, am Schaufenster eines Damenmodegeschäfts vorbeigekommen zu sein, in dem eine Schaufensterpuppe mit nur einem Arm stand. Ihre Wangen waren rosig, doch ihre Nase sah aus wie abgebissen, die Nasenlöcher waren mit Gips ausgebessert, als hätte auch hier der Krieg gewütet.

Ich hörte mehrmals meinen Namen, stets falsch ausgesprochen, und als Nächstes stand ich auf der Straße. Bis zum Prozess durfte ich mich frei bewegen. Alles war so schnell gegangen, dass ich kaum ein Wort mitbekommen hatte. Wäre Kevin nicht da gewesen, der mir Mut machte und auf den Rücken klopfte, als hätte ich einen Preis gewonnen, wäre es noch schlimmer gewesen. Doch er versuchte nach Kräften, mir zu helfen.

»Wir stecken gemeinsam drin, Vid. Ich lasse dich nicht hängen, das schwöre ich.«

Er erinnerte mich daran, dass ich ihm einen riesigen Gefallen tat, und versprach mir, er werde mich rauspauken. Er werde die besten Juristen der Stadt für diesen Fall einspannen. Er holte mir eine Tasse Kaffee und bat mich, die Sache eine Weile zu vergessen. Doch ich konnte an nichts anderes denken und überlegte sogar, in mein Heimatland zurückzukehren, um dem Prozess zu entgehen. Als ob das meine Probleme gelöst hätte!

»Wir hauen dich raus«, versicherte er mir. Bei seinen Worten fasste ich sofort wieder Vertrauen. Ich fühlte mich wie üblich geborgen und willkommen, jedenfalls bis ich wieder auf dem Heimweg war.

Am Nachmittag nach meinem Gerichtstermin goss es in Strömen. Das Wetter konnte man nicht ändern. Als der Regen endlich abflaute, tropfte es von den Bäumen, die Giebel der Häuser hatten dunkle Wasserflecken. Ich spürte die Nässe im Nacken und auf den Ärmeln. Die ganze Welt ächzte unter dem Gewicht des Unglücks, am Himmel schlossen sich Wolken wie ein Vorhang. Autoreifen rauschten auf der Straße, als würden alle in einem Aquarium leben. Fahrgäste schwebten in Bussen mit beschlagenen Fenstern vorbei. Die Schaukeln im People's Park waren nass. Die Zweige waren nass. Die Rasenflächen waren vollgesogen wie grüne Schwämme. Man wollte weder draußen noch drinnen sein. Kinder drückten ihr Gesicht gegen Fenster, als würden sie auf einen Lichtblick warten. Würde ich mich je daran gewöhnen? Hier schien die Feuchtigkeit alles zu durchdringen. Die Haare der Kinder ringelten sich. Türen quollen auf und schrammten über den Boden. Geländer rosteten. Fahrradschlösser rosteten. Leute husteten. Sie klagten, dass nicht einmal die Kleider trockneten.

Als ich in einem Hauseingang Schutz suchte, kam eine Frau auf der Straße vorbei, die zu jedem Passanten »Übel!« sagte. Ich war wie in Trance, starrte in den Regen, hörte, wie das Wort »Übel!« in der Straße nachhallte. Ich lauschte dem Wasser und hatte das Gefühl, als würden Räder in meinem Kopf kreisen. Wasser strömte durch die Regenrohre, gurgelte in die Gosse, floss in Grätenmustern in Gullis. Fontänen sprudelten aus kaputten Regenrinnen auf den Bürgersteig, bis die ganze Stadt unter Wasser zu stehen schien.

Ich war wütend. Ich fühlte mich sogar verraten. Unzählige unbeantwortete Fragen gingen mir durch den Kopf. Wer war der nächtliche anonyme Anrufer gewesen? Ich mochte nicht einmal in Erwägung ziehen, dass Kevin mit vorgetäuschtem polnischem Akzent bei der Polizei angerufen hatte. Ein Freund tat so etwas nicht.

Am nächsten Tag kündigte ich bei der Baufirma. Ich wollte auf keinen Fall dem Elektriker oder seinen Kumpanen über den Weg laufen. Stattdessen ließ ich mich zum Abschleifen von Fußböden einstellen, nicht gerade ein idealer Job, zumal ich besser ganz aus dem Baugewerbe hätte aussteigen sollen. Es war ratsamer, abzutauchen, bis Gras über die Sache gewachsen war.

Also nahm ich wieder einen Job beim Wachdienst an. Aber es passte nicht zu mir, im schwarzen Anzug vor Bars und Nachtclubs herumzustehen, Leute zu mustern und ihnen den Eintritt zu verwehren. Den ganzen Tag vor einer Apotheke zu stehen war auch nicht besser. Ich hängte auch diesen Job an den Nagel und begann, in einem Restaurant zu arbeiten. Doch ich hielt Kontakt zum Baugewerbe und erledigte mit meinem Freund Darius gelegentlich ein paar Zimmermannsarbeiten.

Am Ende war es Kevin, der mir aus der Patsche half, indem er mich wieder bei seiner Mutter beschäftigte. Sie war so glücklich über den Einbauschrank aus Schwarzesche, dass sie mir weitere Aufträge erteilte. Zuerst die Hintertür, die auseinanderfiel und keinen Einbrecher mehr abschreckte. Man konnte eintreten, ohne die Klinke drücken zu müssen. Also baten sie mich, eine Massivholztür mit Sicherheitsschloss einzusetzen.

So konnte ich mich eine Weile über Wasser halten und hatte wenigstens weiter das Gefühl, zur Familie zu gehören.

8

Die Verhandlung sollte erst in neun Monaten stattfinden. Ich hatte also viel Zeit, herumzusitzen und mich mit der Sache zu quälen. Kevin riet mir, auszugehen und mich zu amüsieren. Was mich schließlich auf andere Gedanken brachte, war eine Freundin. Sie hieß Liuda, stammte aus Moldawien und arbeitete mit einem befristeten Visum als Kosmetikerin. Ich kam in der Apotheke mit ihr ins Gespräch, wo sie für Hautpflegeprodukte warb, und wir begannen, zusammen auszugehen.

Ich hatte Gewissensbisse, weil ich ihr die Anklage wegen Körperverletzung verschwieg, aber es war besser für sie, wenn sie nichts wusste.

Wir kamen prima miteinander aus. Vielleicht sollten Immigranten unter sich bleiben, dachte ich, weil sie mehr Gemeinsamkeiten hatten. Schließlich wussten wir beide, was es bedeutete, fern der Heimat zu leben, und wie tröstlich es war, sich gegenseitig in den Armen zu halten. Was den Sex betraf, so sprachen wir dieselbe Sprache. Manches, was sie mit ihrem Körper tat, ließ mir das Blut so rasant zu Kopf steigen, dass ich alles andere vergaß. Sie hatte so viel Phantasie und ein so gutes Gespür für Dramaturgie, dass ich immer nur daran dachte, mit ihr zu schlafen. Ihre Beine. Ihr Mund. Ihre Brüste bogen sich sanft nach oben, schienen auf Baumwipfel zu zeigen. Im Bett verlangte alles an ihr eine so große Aufmerksamkeit, dass ich mich auf nichts anderes als die Details ihres Körpers konzentrieren konnte. Die weichen Innenseiten ihrer Oberschenkel. Die Art, wie ihre Brustwarzen über meine Wange strichen. Die in mein Ohr gehauchten Laute. Das Zusammensein mit ihr schien meine Erinnerung zu trüben. So konnte ich mich zum Beispiel an keine alten Menschen mehr erinnern. Auch nicht an Verstorbene. Sie lenkte mich von den Nachrichten ab, und ich dachte weder an Klimawandel und Kriege noch an Katastrophen wie Hungersnöte, Armut oder Menschen, die an AIDS starben. Sie erzeugte einen so mächtigen Trieb in mir, zog mich so kraftvoll in sich hinein, dass ich an nichts mehr dachte. Anders gesagt: Wir fickten, um zu vergessen. Wir schufen eine kleine Enklave der Liebe und des Sex, die uns daran hinderte, in der Wirklichkeit Fuß zu fassen.

Ja. Man konnte es Liebe nennen, aber sie hatte keine Zukunft. Denn angesichts meines bevorstehenden Prozesses und ihres befristeten Visums hatte es wenig Sinn, gemeinsame Erinnerungen anzuhäufen.

Wir machten alles richtig. Wir picknickten im Phoenix Park. Wir besuchten den Zoo. Wir gingen auf dem Pier spazieren. Wir fotografierten uns gegenseitig vor dem Hintergrund der wichtigsten Sehenswürdigkeiten. Ihre Augen im Sonnenschein – glänzende, haselnussbraune Kieselsteine auf dem Grund eines Bachs. Sie kam aus einem Land, in dem es noch Bären und Wölfe und tiefe Wälder gab, wo die Natur vielleicht irgendwann ein großes Comeback feiern würde. Wir hörten den Klang des Akkordeons im Wind. Wir kamen an einem Rumänen vorbei, der einen Walzer der Roma spielte, und fragten uns, warum wir unsere Heimat überhaupt verlassen hatten. Wir hatten ähnliche Erinnerungen an Dörfer und Kirchtürme, an Kopftücher und offene Hemden, an das stoppelbärtige Lächeln auf den Feldern. Wir fühlten uns einander nahe – die gleiche Nostalgie, der gleiche quälende Selbsthass, das gleiche

Zusammenzucken, wenn wir etwas Vertrautes aus der Heimat rochen oder sahen, der wir entflohen waren.

Langfristig hinderten wir uns aber gegenseitig daran, uns zu integrieren und voranzukommen. Das stand uns ins Gesicht geschrieben, war an dem zu erkennen, was wir auswählten, welche Orte wir besuchten, was wir kauften – meist günstige Dinge wie ein Eis in der Waffel.

Da war zum Beispiel der Tag, an dem ich sie nach Howth ausführte, ein wunderschöner Ort, wie man hörte. Und auch berühmt, denn an diesem Ort hatte der Schriftsteller James Joyce angeblich zum ersten Mal mit Nora geschlafen, seiner späteren Frau, was jedes Jahr am sechzehnten Juni mit einer Feier der Literatur, des Sex und der ersten Liebe begangen wurde. Die Iren sollen früher sehr prüde gewesen sein, was man heute kaum noch glauben kann.

Howth war im Grunde nur ein Hügel mit einem großen Golfplatz, einigen protzigen Villen und Einfahrten. Flugzeuge zogen auf dem Weg zum nahen Flughafen über uns hinweg. Der Ort bedeutete uns nichts. Als ich Liuda die wichtigsten Informationen mitteilte, zuckte sie mit den Schultern, als würde ich von einer Verflossenen erzählen. Wir wanderten umher und setzten uns auf eine Bank. Die Feuchtigkeit in der Luft kroch uns in die Schultern. Wir betrachteten die rasch vorbeiziehenden Wolken und hatten das Gefühl, uns an der Bank festhalten zu müssen. Wir küssten und streichelten uns, fanden aber keinen Bezug zu diesem Hügel. Er gehörte jemand anderem, und es war ein Fehler gewesen, ihn zu besuchen. Wir waren Nachzügler. Liuda wirkte blass und einsam, und wir blieben nicht lange.

»Komm, Vid. Mir ist kalt«, sagte sie.

Es war ziemlich windig, und sie rieb ihre Arme. Auf dem Rückweg entdeckte ich ein Kondom, das wie eine leere, rosa

Obstschale im Ginster hing. Ich lenkte Liuda ab, zeigte eifrig wie ein Kind auf den Leuchtturm, aber sie hatte das Kondom sicher auch gesehen und schwieg aus Höflichkeit.

Wir kamen nicht vom Fleck. Wenn man aus dem Ausland stammt, hält man die Einheimischen irrtümlicherweise für überlegen, witziger und sprachgewandter. Liuda fand die Irinnen stark und unabhängig. Sie wollte von ihnen lernen. Wenn wir einander in die Augen sahen, wurden uns immer nur unsere Mängel bewusst. Wir mussten wohl realistisch sein. Wir suchten beide etwas Besseres. Irgendetwas fehlte, irgendetwas verhinderte, dass wir uns in diesem feuchten Klima ganz und gar unserer Liebe hingaben.

Unsere Beziehung hielt ein gutes halbes Jahr. Wir sprachen nie davon, auf Dauer zusammenzuziehen, und die Gründung einer Familie kam sowieso nicht in Frage. Man stelle sich das nur mal vor. Wir wären für unsere eigenen Kinder Fremde geblieben. Wir wären zwei heimwehkranke, in einer Phantasiewelt lebende Eltern gewesen, denen jegliches Wissen über ihr Lebensumfeld fehlte. Alltagsdinge, die hier jeder kannte. Unsere Kinder hätten uns ausgelacht und berichtigt. Sie hätten mit uns gesprochen, als wären wir taub und blind und hätten keine Ahnung, was in der wahren Welt los war. Wir hätten in einer fremden Sprache mit ihnen geredet, und sie hätten sich nie daran gewöhnt, wie unsere Stimmen in der Muttersprache klangen. Es wäre ein Dasein in ständiger Verwirrung, in ewigen Widersprüchen und unvermeidlichen Blasphemien gewesen.

Ich versuchte, Liuda so gut wie möglich in mein Leben zu integrieren, aber es funktionierte nicht. Einmal stellte ich sie Kevin und Helen vor, aber der Abend war eine ziemliche Katastrophe. Außer Kevin wusste niemand etwas zu sagen. Er konnte seinen Blick die ganze Zeit nicht von Liuda lösen. Redete mit ihr, als wären Helen und ich nicht da.

Liuda war ihm gegenüber sehr schüchtern und sprach kaum ein Wort. Helen war noch stiller, fast entrückt. Sie erwähnte nur einmal Dursey Island.

»Ich glaube, die Seilbahn ist kaputt«, sagte sie, und Kevin sah sie verständnislos an. »Sie haben in Deutschland eine neue bestellt«, fügte sie hinzu. »Stand in der Zeitung.«

Liuda und ich hatten mehr Spaß, wenn wir allein waren. Dann hatten wir immerhin Liebe und Sex, die Grenzen unserer eigenen kleinen Insel. Wir konnten auch über die Beobachtungen reden, die wir als Außenseiter machten, ohne jemanden zu beleidigen. Wir unterhielten uns über Witziges, zum Beispiel über die hiesigen Widersprüche. Ich hörte sehr gern zu, wenn sie von ihren Kundinnen erzählte, die sie um ihren Teint beneideten. Sie sagte, dass viele Irinnen ihre Haut hassten. Sie wollten viel Make-up. »Finden Sie nicht auch, dass mein Gesicht wie ein Teller Pommes frites aussieht?«, scherzten sie manchmal. Was sollte man darauf antworten? Bei der Kosmetik ging es ja nicht darum, ehrlich zu sein, sondern den Kundinnen ein gutes Gefühl zu geben.

Wir fanden beide, dass die Einheimischen das offene Wort nicht sehr schätzten. Sie brauchten viel Lob. Sie liebten die Übertreibung. Sie benutzten Komplimente wie bewusstseinsverändernde Drogen. Liuda musste Produkte zur Hautpflege verkaufen, und so gewöhnte sie sich daran, den Frauen zu sagen, dass sie super, blendend, gigantisch und absolut phantastisch aussahen – wie nicht von dieser Welt.

Sie erzählte mir, wie sie hier gelandet war. Sie war einem irischen Geschäftsmann begegnet, der in Moldawien Holz hatte kaufen wollen. Sie traf ihn in einer Bar, und er bot ihr einen Job an. Bezahlte ihren Flug und brachte sie hier unter. Sie war nervös, denn sie hatte von Mädchen gehört, denen man nach der Ankunft den Pass weggenommen hatte. Doch der Pass war unwichtiger als das Visum, und so war sie ihrem Arbeitgeber ausgeliefert. Sie konnte für niemand anderen arbeiten. Also wohnte sie bei ihm, schlief mit ihm, kochte für ihn und arbeitete im Büro seiner Schreinerei.

Als er genug von ihr hatte, ließ er ihr Aufenthaltsvisum auslaufen. Und als er von einer Geschäftsreise aus São Paulo mit einer Frau und einer Ladung Harthölzer zurückkehrte, die, wie er schwor, nicht aus dem Regenwald stammten, musste Liuda ausziehen und sich einen neuen Arbeitgeber suchen, der ihr ein Visum besorgte. Sie nannte ihn Arschloch, und ich musste lachen, weil sie das Wort falsch betonte: Arsch-LOCH.

Doch es kam, wie es kommen musste, und sie wurde mir genommen.

Eines Abends waren wir gemeinsam in einer Bar, und auf der Herrentoilette sprach mich ein Typ auf Liuda an. Er torkelte, pinkelte gefährlich schief in das Nachbarbecken und trieb die grünen, nach Kiefern duftenden Würfel mit seinem Strahl im Kreis herum.

»Heh, du«, sagte er, als er den Reißverschluss zuzog. »Ist das deine Freundin?«

»Was?«

Draußen im Flur packte er meinen Arm und lächelte mich treuherzig an. Er hatte mir offenbar etwas Wichtiges mitzuteilen.

»Ich will dir nur sagen, dass deine Freundin den schönsten Arsch hat, den ich je gesehen habe. Im Ernst. Ich habe in meinem ganzen Leben keinen schöneren Arsch gesehen.«

Was sollte ich darauf erwidern? Mich bedanken?

»Ich will dich nicht beleidigen. Ich sage es nur, falls es dir noch nicht aufgefallen ist.«

Er hatte mich in die Ecke gedrängt.

»Sag schon. Ist sie Model oder so?«

Ich lächelte und wollte mich davonstehlen, doch er schüttelte weiter meine Hand, als wollte er mir gratulieren.

»Ich hoffe, du glaubst nicht, dass ich sie anbaggern will oder so. Ich sage dir nur die Wahrheit, mehr nicht. Ihr Arsch ist absolut umwerfend. Du kannst stolz auf dich sein.«

Er hatte natürlich recht. Liuda trug eine hautenge Jeans mit Reißverschlüssen auf den Gesäßtaschen, die wie silberne Wimpern aussahen. Und kniehohe Stiefel. Ich begriff nie wirklich, warum sie diese Stiefel oder diese Jeans trug, aber der Sinn bestand wohl darin, möglichst viel Aufmerksamkeit zu erregen.

»Nur ein Spaß«, sagte er und legte einen Arm um mich. »Ich mache nur Spaß.«

Er benutzte mich auf dem Weg zur Bar als Stütze. Ich konnte das schwerlich als Aggression deuten, denn er war sehr nett.

»Wie ich gerade zu deinem Mann gesagt habe«, fuhr er fort und nickte mir zu, obwohl er sich an Liuda wandte, »hast du den prachtvollsten Arsch, den dieses Land je gesehen hat.«

Er wartete darauf, dass sie lächelte.

»Du stellst jede Frau hier in den Schatten.«

Vielleicht war sie um meinetwillen sogar beleidigt. Aber dies war endlich ihre Chance, richtig Fuß zu fassen, und ich durfte ihr dabei nicht im Weg stehen.

Ich wurde ein Ex. Ich fühlte mich wertlos. All meine Mängel waren für jeden sichtbar wie Torten in einer Vitrine. Ich versuchte, mir einzureden, dass sie eine traditionelle Frau war, die ihre Weiblichkeit betonte und die Aufmerksamkeit genoss, die sie bekam, nicht nur von Männern, sondern auch von eifersüchtigen Frauen, die ihr am liebsten das Gesicht mit den falschen Fingernägeln zerkratzt hätten. Ich redete mir ein, dass ich ein fortschrittlicher Mann war, der das Auf und Ab der Liebe kannte, sie jedoch eine Frau, die sich nach der Zeit zurücksehnte, als Männer noch Männer und Frauen noch Frauen gewesen waren. Vielleicht wollte sie, dass ich männlicher wirkte. Sie beschützte. Wusste, was im Notfall zu tun war.

Ich hätte ihr gern gesagt: Ich bin dein Geliebter und kein Feuerwehrmann. Ich wusste nicht, wie ich sie im Streitfall schützen sollte.

Ich versuchte, sie zu warnen, und sagte: »Er spielt nur mit dir.«

»Ach, Vid«, erwiderte sie lächelnd, »wir wissen doch beide, dass unsere Beziehung eine Sackgasse ist. Dies ist der falsche Ort dafür.«

Es war keine große Hilfe, dass ich damals in einem Restaurant arbeitete. Nach Feierabend hatte ich einen Fettfilm auf dem Gesicht, und meine Kleider stanken nach Hühnchen. Ich war ein Huhn auf zwei Beinen. Ich konnte mich noch so oft duschen, die Restbestände des Küchendunstes wurde ich nicht los. Die Pommes frites auf den Tellern türmten sich wie Schwellen auf einem Rangierbahnhof. Dazu das viele Salz, damit es besser schmeckte. Dann kam eines Abends der Manager auf mich zu, ein vielleicht neunzehnjähriger Mann, der wie fünfzehn wirkte, und teilte mir mit, dass ich die Klos putzen müsse. Sie schwammen in Erbrochenem. Die ganze Speisekarte war sozusagen in kleiner Schrift auf den Wänden und dem Fußboden zu lesen. Ich weigerte mich. Das sei verständlich, sagte er, doch eine Ablehnung komme nicht in Frage. Er drohte mit Entlassung, und als er erklärte, dass jeder abwechselnd mit dem Putzen der Klos an der Reihe sei, erwiderte ich, dass er jetzt an der Reihe sei, und ging.

Ich schlenderte am Pier des Hafens von Dún Laoghaire entlang. Ich hatte dort eine kleine Wohnung, nicht weit von Kevins Mutter. Das war praktisch, denn ich hatte immer mehr in ihrem Haus zu tun.

In jener Nacht war es sehr windig. Die Segelboote wurden

hin und her geworfen, die Spannseile klimperten melodisch an den Masten. Alle möglichen Dinge flatterten und klapperten und quietschten. Ich fragte mich, ob Liuda schon die Fotos auf ihrem Handy gelöscht hatte, die der Akkordeonspieler aus Sighişoara beim Musikpavillon gemacht hatte. Das Meer war aufgewühlt, und als ich den Pier hinter mir ließ, hatte ich das Gefühl, als würde mir der Wind eine Hand gegen die Brust drücken. Wie ein riesiger Rausschmeißer, der mich am Weitergehen hinderte und mir die Worte zurück in den Mund schob.

9

Als der Prozesstermin näher rückte, bestellte Kevin mich in das Haus seiner Mutter, um einen größeren Job mit mir zu besprechen. Etwas sehr Aufwändiges. Seine Mutter beklagte sich seit Jahren darüber, dass die Dielen im Wohnzimmer verkehrt herum verlegt worden waren. Sie wollte, dass sie nicht längs durch das Zimmer zum Kamin, sondern quer in Richtung Fenster verliefen. Das war beim Bau des Hauses falsch gemacht worden, und das Zimmer wirkte klein und beengt.

Ich stimmte aus ästhetischen Gründen zu, aber mir war auch bewusst, dass eine Berichtigung dieses Fehlers im Nachhinein viel zu teuer war. Ich wies sie darauf hin, doch Geld schien keine Rolle zu spielen. Kevins Mutter hatte kürzlich von einem Verwandten in den USA etwas geerbt, und deshalb hatte sie das Gefühl, dass es der passende Zeitpunkt war.

Ich war begeistert, weil es endlich wieder eine richtige Tischlerarbeit war, noch dazu eine anspruchsvolle, bei der ich meine Fähigkeiten unter Beweis stellen konnte. Doch ich zweifelte am Sinn der Sache. Mir kam der Gedanke, dass ich nur wegen des bevorstehenden Prozesses immer wieder neue Aufträge bekam. Was die Verhandlung betraf, so war Kevin die Ruhe selbst, aber er brauchte meine unbedingte Treue zur Familie. Er wusste, dass ihn die Polizei zu diesem Zeitpunkt nicht belangen konnte, außer ich würde umkippen und im Zeugenstand über den wahren Tathergang berichten. Ich musste ganz auf seiner

Seite stehen, und vielleicht war dieser Auftrag ein Vorschuss für den Gefallen, den ich ihm erwies.

Er ermahnte mich immer wieder, die Sache für mich zu behalten. Vielleicht wollte er auch verhindern, dass ich neue Freunde fand und damit neue Risiken einging. Er erklärte mir vieles über Irland, zum Beispiel, dass sich hinter Freundschaften oft nur Neugier verberge. Er versuchte, mir die Kunst beizubringen, wie man eine Frage mit einer Gegenfrage beantwortete. Hier gebe es eine Geheimsprache, sagte er, nicht die alte irische Sprache oder das Englische, sondern etwas, das wie ein Code zwischen den Zeilen stand.

Es wies mich darauf hin, dass Irland eine Insel sei, und sagte: »Du kannst dem, was du hörst, nie ganz vertrauen. Du musst ahnen, was hinter den Worten steckt. Du musst Gedanken lesen können. Du musst sofort schalten und den Leuten immer einen Schritt voraus sein.«

Vielleicht sprach er dabei nicht nur zu mir, sondern auch zu sich selbst. Ich hörte sehr genau zu. Aber Gewieftheit konnte man sich nicht theoretisch aneignen. Man konnte sie nicht lernen wie Schach oder Tennis. Deshalb meinte er, die Pflicht zu haben, mich zu beschützen und mich anzuleiten.

Seine Mutter schien ahnungslos zu sein, denn sonst hätte sie mich im Haus nicht geduldet. Sie stand mit verschränkten Armen da, während wir uns vorn im Wohnzimmer umsahen. Kevin saß auf einem Heizkörper und überließ mich der vollen Wucht der Hartnäckigkeit seiner Mutter.

»Das wäre eine gewaltige Geldverschwendung«, beharrte ich, aber sie setzte schon wieder zu einem ihrer Seufzer an, die wie ein auffrischender Wind klangen.

Ich versuchte, sie durch einen groben Kostenvoranschlag abzuschrecken. Ich sagte, die Arbeit könne Monate dauern. Man müsse den Fußboden ganz herausreißen und die Träger darunter neu ausrichten. Das bedeute viel Müll, neue Träger, die Ersetzung kaputter Dielenbretter. Jede Menge Krach. Sägemehl überall im Haus.

Vielleicht brachte ich mich um einen Auftrag, aber ich glaubte, sie darauf hinweisen zu müssen, wie verrückt dieses Vorhaben war. Das sagte ich natürlich nicht so direkt, denn dazu fehlte mir der Mut. Es gab noch etwas, das ich lernen musste: nein zu sagen. Ausflüchte vorzubringen, Zeit herauszuschinden, Leuten vorzumachen, dass ich zustimmte, obwohl ich in Wahrheit »Auf gar keinen Fall!« oder »Nie im Leben!« meinte. Für mich war es unmöglich, das zu lernen, denn aus meinem Mund klang es immer falsch. Sie müssen verrückt sein, Mrs. Concannon. Die Dielenbretter anders ausrichten? Sind Sie noch bei Trost? Ich zerbrach mir den Kopf und benutzte schließlich eine Phrase, die ich auf einer Baustelle aufgeschnappt hatte.

»Ah, machen Sie halblang, Mrs. Concannon.«

Aber das schreckte sie auch nicht ab. Sie sah mich nur tief enttäuscht an.

»Mir wäre es lieber, wenn Sie ehrlich mit mir wären«, sagte sie. »Wenn Sie den Job nicht wollen, geht das in Ordnung.«

»Du wirst es hier gut haben«, fügte Kevin hinzu.

Wie konnte ich ablehnen? Sie hatte sich an dem Vorhaben festgebissen, und es gab kein Zurück. Sie bat mich, einen Preis zu nennen. Ich erwiderte, ich müsse erst die Maße nehmen. Ich versuchte, einen Rückzieher zu machen, indem ich darauf hinwies, dass ich für ein so großes Projekt nicht qualifiziert sei. Aber das brachte die beiden nur zum Lächeln. Kleiderschränke, Hintertür und einige kleinere Aufträge, die ich in der Zwischenzeit erledigt hatte, bewiesen mein Können mehr als ausreichend. Ich erinnerte sie daran, dass dieser Job sehr lange dauern würde.

»Sie werden mich nie mehr los«, sagte ich scherzhaft.

»Das ist egal. Wir haben es nicht eilig.«

Es gab Tausende von Bautischlern, die sich die Finger nach diesem Auftrag geleckt hätten. Und Kevins Mutter hatte genug Geld, um sich den besten in ganz Irland aussuchen zu können. Aber sie wollten mich, weil ich inzwischen ein treuer und vertrauenswürdiger Freund war.

»Du gehörst doch schon zur Familie«, sagte Kevin. Seine Mutter nickte, und ihre Herzlichkeit überwältigte mich so sehr, dass ich mir vorstellte, eine aufgerollte, mit einem Band verschnürte Urkunde überreicht zu bekommen, die bestätigte, dass hier mein Platz war.

So erhielt ich bei den Concannons quasi eine Festanstellung. Ich machte mich selbständig und bezahlte sogar Steuern, damit alles seine Richtigkeit hatte. Ich bekam einen Schlüssel und konnte nach Belieben kommen und gehen.

Zuerst räumte ich die zwei vorderen Zimmer aus. Ich war froh, dass Darius mir half, die Sideboards, Bücherregale und Sofas hinauszuschleppen, irgendwo im Haus abzustellen und mit Laken zu bedecken. Der Esszimmertisch kam ins Gewächshaus. Porzellan und andere kostbare Dinge trug ich selbst.

Darius war schon viel länger hier als ich. Er hatte ein Kind mit einer Irin, von der er inzwischen getrennt lebte. Er sah den Jungen einmal in der Woche, das war sein ganzer Anteil an der Erziehung. Man merkte zwar, dass ihn dies belastete, aber er war immer heiter, verdrängte seine Traurigkeit und scherzte bei der Arbeit, wobei er oft unverständliche Redewendungen benutzte.

»Läuft wie geschmiert«, sagte er sinnloserweise ständig.

Wie alle anderen wollte auch Darius wissen, was ich vor meiner Ankunft in Irland gemacht hatte. Er erkundigte sich nach dem Beruf meines Vaters, und ich antwortete, dass er vor seinem Tod im Import-Export-Geschäft tätig gewesen sei.

»Import-Export«, wiederholte er und sah mich an. »Willst du damit sagen, dass er bei der Geheimpolizei war?«

Wie sollte ich das abstreiten? Er lachte und meinte, seine Familie sei auch mit der Geheimpolizei im Bunde gewesen.

»Meine Mutter hat sich als Dorfspitzel entpuppt«, sagte er.

Dabei beließen wir es. Wir hatten genug anderen Gesprächsstoff. Ich würde Darius' Hilfe später bei einigen heikleren Arbeiten benötigen, begann aber erst einmal allein, während er sich seinen eigenen Aufträgen widmete.

Ich lernte Jane und Ellis kennen, Kevins jüngere Schwestern. Mir fiel auf, dass Ellis sich mit ihrer Mutter nicht gut verstand. Sie sollte sich eigentlich auf den Schulabschluss vorbereiten, tat aber nichts. Sie stritten immer wieder, und ich versuchte, die Ohren vor ihrem Geschrei zu verschließen. In Ellis' Zimmer hing ein großes Schaubild des männlichen Geschlechtsorgans an der Wand. Ich hatte es schon während der Arbeit am Kleiderschrank gesehen. Jetzt spürte ich jedes Mal ihren Blick im Nacken, wenn sie mir im Haus begegnete. Außerdem drang der Geruch von Gras aus ihrem Zimmer nach unten, wenn ihre Mutter weg war. Jane, die ältere Schwester, hatte eher männliche Gesichtszüge; sie lernte fleißiger und war ausgeglichener, vielleicht auch normaler.

Wenn Mrs. Concannon nachmittags aus der Schule zurück war, tranken wir meist eine Tasse Tee und plauderten. Schließlich bat sie mich sogar, sie mit ihrem Vornamen anzureden, Rita. Aber diese Vertraulichkeit fiel mir schwer, weil ich ja streng genommen immer noch ein Angestellter war.

Eines Nachmittags stolperte ich in der Küche über einige ihrer persönlichen Habseligkeiten, die auf einem Stuhl lagen. Seit ich die ungeöffneten Briefe in ihrem Schlafzimmer entdeckt hatte, befürchtete ich, weitere Dinge zu finden. Dinge, die ich, nachdem ich sie bemerkt hatte, nicht mehr vergessen konnte.

Auf dem Stuhl lag gefaltete Unterwäsche, ein Paar Strümpfe und ein BH. Mir fiel zwangsläufig auf, dass ein Körbchen mit Silikon gefüllt war. Eine falsche Brust.

Ich arbeitete weiter, und als Rita später Kaffee kochte, waren die Sachen verschwunden. Sie starrte mich an und kam darauf zu sprechen.

»Tut mir leid, dass du das Zeug sehen musstest«, sagte sie.

»Was denn?«, fragte ich.

»Die Sachen auf dem Stuhl«, antwortete sie. »Ich muss um Entschuldigung bitten.«

Ich probierte es mit den Regeln des Schweigens, die ich von Kevin gelernt hatte. Ich tat so, als wüsste ich nicht, was sie meinte, aber meine Dummheit schien ihr auf die Nerven zu gehen.

»Der BH, verflucht noch mal.«

»Ach, der«, sagte ich.

»Ich hatte Brustkrebs.«

»Tut mir sehr leid, das zu hören«, erwiderte ich.

»Meine alten Schulfreundinnen haben mich zu einer Pilgerfahrt nach Lough Derg mitgenommen.«

Sie erzählte mir, dass sie ein von Nonnen geführtes Internat in Dublin besucht hatte. Sie traf sich immer noch einmal im Monat mit ihren Klassenkameradinnen zu einem Leseabend. Man hielt sie durch E-Mails über Todesfälle und Hochzeiten auf dem Laufenden. Jede Woche starben eine Nonne oder die Mutter einer Freundin. Wenn jemand erkrankte oder in Schwierigkeiten war, wurde sie benachrichtigt. Dann wurde bei ihr Krebs diagnostiziert, und sie wurde zum Thema der E-Mails. Man unternahm mit ihr einen Tagesausflug nach Lough Derg. Nicht, dass viele noch gläubig gewesen wären, aber es war eine gute Art, in Verbindung zu bleiben und sich in Notfällen umeinander zu kümmern.

Es hatte an den vielen Zigaretten gelegen, den »Kippen«, die sie auf Drängen ihres Ehemannes als junge Frau in London hatte rauchen müssen. Sie hatte ihren Mann vorher nie erwähnt, und jetzt sprach sie nur in der Vergangenheitsform von ihm. Sie sagte, er sei ein großer Raucher und ein großer Sänger, und das meinte sie nicht unbedingt als Kompliment. In ihren Augen war er ein Mann, der sein Leben mit Rauchen und Singen verplemperte.

Während ich die Maße der Dielen genommen hatte, war mir eine Schachtel Marlboro-Zigaretten aufgefallen, die in einer Glasvitrine im Wohnzimmer gelegen hatte. Sie sagte, das sei ein Symbol. Zur Abschreckung. Die letzte und ungerauchte Schachtel Zigaretten ihres Lebens. Vielleicht halte sie auch ihren Mann fern.

»Haben Sie die Sache gut überstanden?«, fragte ich.

»Ich habe noch keinen endgültigen Bescheid«, antwortete sie. »Aber die Prognosen sind gut.«

Das Schlimmste, erzählte sie, seien die ersten Untersuchungen und die damit verbundene Sorge für die Familie gewesen. Sie fürchte sich nicht vor dem Tod, sondern davor, ihre Kinder zurücklassen zu müssen, die sie noch bräuchten. Nach der Diagnose sei es ihr leichter gefallen, stark zu bleiben und zu kämpfen. Und nun, da sie diese Krankheit besiegt habe, könne sie alles besiegen, was sich ihr in den Weg stelle.

Sie betrachte es als Glück, noch am Leben zu sein, sagte sie, und ich stimmte ihr zu. Es war gut, am Leben zu sein.

Sie wirkte immer noch jung, schön und stark. Manchmal musste ich an sehr ungehörige Dinge denken, vielleicht, weil ich so weit weg von meiner Heimat und den dort geltenden Regeln war. Ich dachte an die geisterhafte Silikonbrust in meiner Hand. Und auf einmal sah ich sie nackt vor mir, mit nur einer Brust, als wäre die andere abgerissen worden. Eine Operationsnarbe wie ein roter Reißverschluss links auf ihrem Oberkörper. Aus irgendeinem Grund dachte ich, dass eine Brust genauso schlimm war wie gar keine. Manche Dinge funktionierten nur paarweise. Brüste brauchten einander, und das galt auch für zwei Augen, zwei Ohren oder zwei Hände. Es war eine Frage des Gleichgewichts. Diese absurden Gedanken gingen mir durch den Kopf, doch ich behielt sie für mich, obwohl das Schweigen so lang war, dass ich es gut und gern mit unpassenden Bemerkungen hätte füllen können. Die Sache war uns beiden peinlich.

»Ich hoffe«, sagte ich nervös, »dass Sie bald positiven Bescheid bekommen.«

»Vielen Dank, Vid«, sagte sie.

Und vielleicht ist es der wahre Beweis für Zugehörigkeit, wenn jemand erlaubt, dass man sich Sorgen um ihn macht und sich freut, weil er noch am Leben ist.

10

Das Fußbodenprojekt war weit vorangeschritten. Das war etwas ganz anderes, als in Restaurants zu arbeiten oder den lieben langen Tag als Wächter in einer Apotheke zu stehen und Kinder daran zu hindern, die Bude zu stürmen. Noch schlimmer war es, wenn gar nichts passierte, weil ich dann immer nur über mich selbst nachdachte und mich fragte, was wohl als Nächstes passieren würde.

Obwohl mir die Arbeit im Haus der Concannons manchmal sinnlos vorkam, war ich mit Freude bei der Sache. Die neue Verlegung der Dielen war eigentlich nicht das Wichtigste. Ich hätte zig andere Verbesserungen vorschlagen können, in die man das Geld des irischstämmigen Ranchers hätte investieren können, zum Beispiel die Isolierung. Das große Flügelfenster im Erdgeschoss war wie ein Sieb, und der vom Meer kommende Wind blies ungehindert ins Wohnzimmer. Das Haus hatte viel Charme, aber es war zugig und kalt. Und feucht. Hinter den Sofas und Bücherregalen kamen dunkle Schimmelflecken zum Vorschein. Man hätte die Mauern dämmen müssen, um die Energieeffizienz zu verbessern.

Ich arbeitete und verdrängte alle Zweifel. Manchmal war es besser, einfach weiterzumachen und nicht zu viele Fragen zu stellen.

Es ging um zwei große Zimmer mit hölzerner Verbindungstür. Aus Neugier fragte ich ein paar Nachbarn in der Reihenhaussiedlung, so auch die alte Frau nebenan, ob die Dielen bei ihnen in derselben Richtung verliefen. Wie sich herausstellte, war das Haus der Concannons in dieser Hinsicht eine Ausnahme. Der ursprüngliche Bauherr hatte die Dielen im Erdgeschoss offenbar auf besonderen Wunsch längs verlegen lassen. Im Flur verliefen die Dielen ganz normal in Richtung Haustür. Im Obergeschoss liefen sie auch auf die Fenster zu. Die Häuser waren über hundert Jahre alt, und ihre Erbauung hatte ein Jahrzehnt gedauert. Und nun, ein gutes Jahrhundert später, kassierte ich gutes Geld dafür, den Fehler zu korrigieren.

Ich löste erst die Fußbodenleisten, dann die Dielen an den Rändern. Ich ging in umgekehrter Reihenfolge vor – verfolgte die Schritte gleichsam in der Geschichte zurück. Die Dielen am Rand wurden natürlich beschädigt, aber das war nicht so schlimm, weil ich sie wieder neu anordnen musste. Außerdem hatten die Monteure beim Einbau von Zentralheizung und Heizkörpern einige Dielen verstümmelt. Man hätte die Leute an den Ohren wieder hereinschleifen müssen, damit sie sahen, was sie angerichtet hatten. Diese Art von Zerstörung war vollkommen überflüssig.

Sobald ich die äußeren Dielenbretter gelöst hatte, konnte ich die übrigen problemlos mit dem Hammer heraushebeln, ohne dass sie Schaden nahmen. Mit einer kleinen Brechstange ging es sogar noch leichter.

Ich entfernte immer gleich die Nägel aus den Dielenbrettern. Das Quietschen klang herrlich, fast wie das Entkorken einer Flasche. Manche Nägel waren wie mit dem Holz verwachsen. Ich musste höllisch aufpassen, weil die Bretter auch noch mit Feder und Nut verlegt waren und weil das über die Jahre ausgetrocknete Holz leicht splitterte. Doch ich konnte später alles reparieren und die Risse zuspachteln. Ich stapelte die Bretter sorgsam im Flur vor der Haustür. Ich kam mir vor wie ein Archäologe des Häuslichen, denn unter dem Fußboden fand ich alles Mögliche: uralte, von Mäusen angeknabberte Zigarettenschachteln der Arbeiter, die das Haus einst erbaut hatten. »Craven A« – ein schöner Name. Alte Bierflaschen. Münzen. Einen schwarzen Würfel. Haarspangen, Kämme und eine Stricknadel, die wohl durch ein Loch im Fußboden gefallen war. Leere Zementsäcke aus alten Zeiten. Eine tote, mumifizierte Ratte, die wie ein staubiger Lederhandschuh aussah.

Das Heikelste war die Entfernung der Halterungen, die andersherum wieder eingesetzt werden mussten. Am einfachsten war es, sie längs der Wand abzutrennen. Man hatte sie zwischen kleine Stützwände gesetzt, die sich in der Mitte erhoben, was praktisch war, weil es bedeutete, dass ich einen Teil des Holzes wiederverwenden konnte. Die voller Granitblöcke steckenden Außenwände rührte ich nicht an, spritzte die Hohlräume aber gegen Feuchtigkeit aus. Dann musste ich ein neues Fundament bauen, einen fußbodenhohen Grat, aber nicht zu dicht vor der Außenwand, damit die Luft zirkulieren konnte. Anderenfalls würde es ein Problem mit dem Kondenswasser geben.

All das war mir neu. Ich brauchte Rat. Und weil auch Darius keine Erfahrung mit dieser Arbeit hatte, beschloss ich, mit einigen örtlichen Bauunternehmern zu sprechen, die diese alten Häuser kannten.

In Dún Laoghaire gab es eine Bar, in der ich diese Probleme ungezwungen erörtern konnte. Ich nannte sie insgeheim den Ratgebertreff, denn dort kamen alle möglichen Fachleute zusammen. Die Bar wurde von drei in die Jahre gekommenen Brüdern geführt. Die Gäste bestanden aus älteren, an der Bar hockenden Männern und aus Frauen, die die Sitzecken mit Beschlag belegten. Am Sonntagabend wurde gesungen, der Weihnachtsschmuck das ganze Jahr nicht abgenommen. Hinter der Bar hing ein Porträt von Jack Charlton, und es gab eine Gipsbüste von Laurel und Hardy. Die Herrentoilette lag hinten auf dem Hof. Immer der Nase nach, sagte man mir. Die Damentoilette befand sich offenbar im Nachbarhaus, wo zwei der Brüder wohnten. Ihr Wohnzimmer beherbergte einen turniergroßen Snookertisch.

In diesem Pub gab es für alles einen Fachmann, von der Rattenjagd bis zum Putzen diverser Materialien – Leder, Kacheln, Leinen, egal. Außerdem Experten für alte Handwerkskünste wie das Stuckatieren. Die Frauen waren Expertinnen für Swing, für Texte von Sinatra-Songs und Biographien von Berühmtheiten, die vor Jahrzehnten, also lange vor meiner Geburt, verstorben waren. Sie erinnerten sich noch an das Stopfen von Strümpfen und an Pferde auf der Straße. Und an Strandschnecken. Eine erzählte, dass früher eine Frau auf der Straße welche feilgeboten hatte; heute aßen so etwas nur noch Chinesen, und manchmal konnte man sie am Strand beim Sammeln der Schnecken sehen.

Alle waren Fachleute für Fußball, Neuigkeiten des Tages und Geschichte, und sie verstanden sich darauf, weltpolitische Ereignisse auf handliche Größe zurechtzustutzen.

»Hast du die Barhocker gesehen?«, fragte mich einer der Männer eines Abends. »Sie haben zwei Weltkriege überstanden.«

Wenn es sich um bauliche Probleme drehte, konnten sich die Ratschläge widersprechen. Nachdem ich dargelegt hatte, dass es darum gehe, die Fußbodendielen in einem hundert Jahre alten Haus so zu verlegen, dass sie in eine andere Richtung zeigten, entbrannte im Pub eine Diskussion, an der sich alle beteiligten, auch der Barkeeper, sogar die Frauen.

»Möge Gott dir gewogen sein, mein Sohn.«

»Sie sollen von der Tür zum Fenster verlaufen.«

»Oho, lass mal deinen Kopf untersuchen.«

Vermutlich ahnten sie, dass ich gutes Geld dafür bekam. Einige meinten, sie würden die Finger davon lassen, selbst wenn man sie mit Gold überschüttete.

»Ein Wahnsinn«, sagte einer.

»Gut, dass ich das nicht machen muss, Gunga Din.«

Ob sich hinter diesen Worten etwas verbarg? Eine Botschaft, die nicht dem Job, sondern der Familie galt, mit der ich zu tun hatte? Ein Wink mit dem Zaunpfahl, der mir sagen sollte, dass man nicht ganz dicht sein konnte, wenn man einen solchen Auftrag annahm? Wie als Warnung begann einer, von einem Job in einem Haus in der Nähe zu erzählen, bei dem man ihn »wie einen Familienangehörigen« behandelt hatte. Alle lachten. Ich begriff erst nicht, was so komisch daran war, aber schließlich dämmerte mir, dass es nicht immer wünschenswert war, wie ein Familienangehöriger behandelt zu werden.

»Herrgott, können wir zur Abwechslung nicht mal über etwas anderes reden?«, murmelte einer. Denn sie waren ja auch Experten für Skandale, Korruption und Verbrechen, für Jahre zurückliegende aufgeklärte oder ungelöste Mordfälle und für Serienmörder, vor allem aber für DNA-Beweisführungen und Sexualstraftaten, über die sie in der Zeitung gelesen hatten und die sie auswendig kannten. Sie konnten die Einzelheiten und den zeitlichen Ablauf eines jeden Falles mit forensischer Genauigkeit schildern.

Manchmal hatte ich das Gefühl, auf der falschen Seite zu stehen. Wenn sie sich über ein bestimmtes Verbrechen unterhielten, eine verstümmelte Leiche oder rätselhafte Todesumstände, kam ich mir vor wie ein Tatverdächtiger. Ich nickte ununterbrochen und gab ihnen zu verstehen, dass ich mir auch Sorgen wegen der Verbrechensrate machte, fühlte mich aber stets schuldig und stand kurz davor, ein Geständnis abzulegen.

Kevin schärfte mir immer wieder ein, in der Öffentlichkeit

nicht über die Familie Concannon zu reden, weil Neuigkeiten in diesem Land die Angewohnheit hatten, sich selbständig zu machen. Man erzählte etwas in einer Bar, und wenn man in die nächste Bar kam, wussten schon alle Bescheid. Er nannte dies den »großen Gerüchtesprung«. Außerdem erhielt ich durch meine Arbeit im Haus Zugang zu sehr persönlichen Informationen, über die ich besser Stillschweigen bewahrte. Die Regeln der Freundschaft beinhalteten einen Code der Vertraulichkeit, wie er zwischen Anwalt und Klient galt.

»Und pass ja auf, dass meine Mutter dich nicht aushorcht«, sagte er. Das klang wie eine Sicherheitswarnung, und ich beteuerte, auf keinen Fall etwas auszuplaudern.

Dummerweise konnte man den Fragen seiner Mutter nicht wirklich ausweichen. Nachmittags kochte Mrs. Concannon – oder Rita, wie ich sie nennen sollte – manchmal einen Tee in der Küche und brachte mir dann einen Teller mit Scones, um mir Informationen zu entlocken. Das war schlimmer als auf der Polizeiwache, denn dort hatte man wenigstens das Recht zu schweigen.

Vielleicht war sie etwas enttäuscht, weil ich so wenig von mir erzählte. Vielleicht fand sie auch, dass ich das Vertrauen, das ihre Familie in mich setzte, nicht erwiderte.

»Meine Eltern sind bei einem Autounfall gestorben«, erzählte ich, doch es klang wie auswendig gelernt. »Ich habe überlebt, musste aber monatelang wegen eines Schädeltraumas behandelt werden.«

»Erinnerst du dich denn gar nicht an deine Kindheit oder deine Familie?«

»Ich wünschte, ich könnte.«

»An gar nichts?«, fragte sie. »Das ist schwer zu glauben.«

»Ich weiß noch, dass ich meinen ersten Job an einer Tankstelle bekommen habe«, sagte ich. »Ich kann mich daran erinnern, dass ich für einen Kunden einen Liter Benzin in einen Kanister füllen sollte, der nur einen halben Liter fasste. Das Benzin ist quer über die Straße gelaufen.«

»Jeder kann sich an Benzingestank erinnern«, erwiderte sie wegwerfend.

Diese Information war nutzlos für sie. Sie starrte mich an, als wollte sie meine Schale knacken. Ich hätte erzählen können, wie ich als Kind auf dem Rückweg von der Schule im Bus eingeschlafen und jedes Mal mit einer Erektion aufgewacht war. Beim Aussteigen musste ich die Beule hinter meinem Schulranzen verstecken.

»Du hast doch bestimmt noch Verwandte. Stehst du mit ihnen in Verbindung?«

»Ich habe eine ältere Schwester, Branka«, sagte ich. »Wir bleiben durch E-Mails in Kontakt.«

»Willst du sie nicht wiedersehen?«, fragte sie. »Oder das Grab deiner Eltern besuchen? Den Ort sehen, an dem du aufgewachsen bist? Deine Freunde?«

»Ich hatte gute Freunde in Belgrad«, sagte ich. »In der Stadt gibt es ein tolles Nachtleben und viel Musik.«

Meine Antworten frustrierten sie, weil sie unter dem Strich kaum etwas besagten. In ihren Augen war ich dadurch nicht mehr ganz so vertrauenswürdig. Konnte es einen Menschen geben, der weder eine Familie noch Erinnerungen an seine Vergangenheit hatte, so als wären sämtliche Archive durch einen Brand zerstört worden? Ich wollte sie nicht verärgern, aber andererseits durfte man nicht vergessen, dass sie immer noch eine Chemotherapie bekam.

»Verflucht! Ich glaube, du verschweigst mir etwas«, sagte sie.

»Ganz ehrlich, Mrs. Rita«, sagte ich. »Ich kann mich wirklich an nichts mehr erinnern.«

»Da gibt es doch etwas, über das du nicht reden willst, Vid.«

»Bitte glauben Sie mir. Meine Schwester erzählt oft von früher, aber ich kann mich leider an nichts erinnern.«

»Du brauchst dringend eine Freundin«, sagte sie und lächelte bitter, weil sie mir nichts entlocken konnte. »Sie wird deinem Gedächtnis auf die Sprünge helfen. Warte ab. Irgendeine hübsche, junge Irin wird alles aus dir herausbekommen.«

Ihre Augen hatten etwas sehr Strenges, fast Männliches. Sie war verärgert, weil ich unfähig war, in den ganz alltäglichen Austausch persönlicher Informationen einzutreten, bei dem man etwas preisgab und im Gegenzug etwas erfuhr. Leute erzählten von ihren Schicksalsschlägen, als wären diese eine kurzzeitige Investition, die sich sofort auszahlen musste. Ich begriff, dass ich eine große Enttäuschung für sie war, weil ich so gut wie keine familiären Katastrophen bieten konnte, von dem Tod meiner Eltern und meiner Auswanderung einmal abgesehen.

Ich versuchte, meine Defizite beim Tratsch durch kleine Gefälligkeiten auszugleichen. Ich riss mir fast ein Bein bei dem Versuch aus, eine silberne Teekanne zu reparieren, die sie zur Hochzeit bekommen hatte. Die Ehe war kaputt, aber die Teekanne gab es noch. Oben war der Holzknauf gesprungen und abgebrochen, so dass man den heißen Deckel nur noch mit Hilfe eines Löffels abnehmen konnte. Ich brachte den schwarzen Würfel, den ich unter den Dielen gefunden hatte, als Ersatzknauf an. Das sah natürlich etwas seltsam aus, aber die sechs Augen zeigten nach oben. Sie lachte und nannte mir das Wort dafür: Blätterknauf. Er war ursprünglich genau wie der Griff aus Birnbaumholz gefertigt worden. Ich bat Darius, einen neuen Blätterknauf für mich zu drechseln, aber erst einmal hatte sie den Würfel, der beim Teekochen immer die höchste Zahl zeigte.

Wir kamen recht gut miteinander aus. Sie kontrollierte ab

und zu meine Arbeit, und manchmal fragte sie mich etwas, zum Beispiel, ob es sich bei einem Fleck auf der Grundmauer um Schimmel handelte. Doch es war nur weißer Zementstaub.

Dann wieder lachte sie, weil ich überall im Gesicht schwarze Stellen hatte. Die Dielenbretter waren auf der Unterseite von einem feinen, schwarzen Flaum bedeckt, der von den Kohlefeuern der vergangenen hundert Jahre herrührte – Rauch und Ruß, vom Luftzug nach unten gedrückt.

Eines Tages fiel mir auf, dass sie eine neue Frisur hatte. Es wäre wohl unhöflich gewesen, darüber hinwegzugehen. Ihr Haar hatte jetzt einen sandfarbenen Ton, und ich fand, dass sie richtig gut aussah. Als ich später am Nachmittag in der Küche war, bemerkte ich diskret, dass sie eine schöne und sehr natürlich wirkende Farbe ausgesucht habe.

»Danke«, sagte sie.

Im Laufe unseres Gesprächs erzählte ich ihr, dass meine Mutter einmal ihre Haare gefärbt hatte. Damals war ich noch ein Kind gewesen, und ich hatte sie nicht wiedererkannt. Ich musste ganz dicht an sie herantreten, die Augen schließen und an ihrem Arm riechen, um mich zu vergewissern, dass sie meine Mutter war.

»Ich dachte, du kannst dich an nichts erinnern«, blaffte sie.

Ich war zu weit gegangen. Ihre Haare gingen mich nichts an, ich war nichts anderes als ein Arbeiter. Sie gab mir zu verstehen, dass ich kein Recht auf den freien Austausch von Informationen hatte. Sie starrte mich mit ihrem Lehrerinnenblick an, der mir das Blut in den Adern gefrieren ließ, als wüsste sie längst über mich Bescheid und würde nur darauf warten, dass ich endlich reinen Tisch machte und alles gestand. Sie hatte keine Lust, an den Herd gelehnt dazustehen und naiven Anekdoten aus meiner Kindheit zu lauschen, die wertlos für sie waren. Sie wollte harte Fakten. Die ganze Geschichte, ohne

Lügen oder Flunkereien. Ohne Ausflüchte. Sie war auch nicht auf Komplimente aus. Sie wollte nicht, dass ich um Mitgefühl bettelte und sagte, ich hätte im Krankenhaus gelegen und somit einen guten Grund, mich an nichts zu erinnern. Sie verlangte nackte Tatsachen.

Ein Gespräch würde es nur zu ihren Bedingungen geben, und dann ginge es nicht darum, freiwillig und gern etwas zu geben. Nein, dann wäre es so, als würde man Mineralien aus einem Berg schürfen.

11

Kurz vor der Verhandlung zog Kevin einen weiteren Rechtsanwalt hinzu. Er fuhr mich zu einer Kanzlei im Stadtzentrum, wo ich einem Mann namens Barrington vorgestellt wurde. Der Mann war älter als Kevin, und er wirkte müde. Nachdem Kevin gegangen war, bat Barrington mich, Platz zu nehmen, und blätterte eine Weile in meiner Akte. Dann sah er mich mit weit aufgerissenen Augen an und legte seine Stirn in Falten, die an ein zusammengeknautschtes Akkordeon erinnerten.

»Vid«, sagte er und schüttelte den Kopf, als wäre mein Name vor Gericht ein Problem, als müsste er respektabler klingen. »Ist das eine Abkürzung?«

»Nein, einfach Vid.«

»Vielleicht David?«

»Wenn Ihnen das besser gefällt«, sagte ich.

»Wir haben ein Problem, Vid. Laut der Staatsanwaltschaft gibt es noch einen Zeugen.«

»Unmöglich«, erwiderte ich.

»Und wieso?«

»Er war allein«, antwortete ich überzeugt. »Der Elektriker. Außer ihm und uns war niemand da.«

Er starrte mich an, ließ die Akte fallen. Ich begriff, dass ich mir gerade selbst ins Knie gehackt hatte.

»Wir warten ab, wie es vor Gericht läuft, und entscheiden dann, ob wir Sie in den Zeugenstand bitten.«

Er wies mich darauf hin, dass man mich nicht zu einer Aussage vor Gericht zwingen könne.

»Wenn ich die Sache richtig sehe, stammen Sie aus Serbien und haben nicht das allerbeste Gedächtnis.«

»Richtig«, sagte ich.

Er schaute verzweifelt in die Akte, schätzte das Gewicht der Vorwürfe und die Schwere der Verletzungen des Elektrikers ab.

»Wir werden unser Bestes tun«, sagte er. »Der Ausgang ist schwer vorherzusagen. Möglicherweise droht Ihnen eine Haftstrafe, Vid. In diesem Fall würden wir natürlich auf Bewährung plädieren, aber wer weiß? Es handelt sich um eine ernste Angelegenheit.«

»Und meine Aufenthaltsgenehmigung?«, fragte ich.

»Die bleibt unberührt. Im Falle einer Verurteilung müssten Sie Ihre Haftstrafe abbüßen und wären vorbestraft. Aber man wird Sie nicht ausweisen, falls Sie das meinen.«

»Danach wäre ich also wieder frei.«

»Ja. Außer das Opfer fordert Schadenersatz, aber das ist sehr unwahrscheinlich. Sie haben weder Vermögen noch Besitz?«

»Nein«, sagte ich.

Damit hatte sich die Sache. Das Gespräch war beendet, und ich ging wieder mit Kevin durch die Straßen. Ich hatte das Gefühl, als würde der Ausgang der Gerichtsverhandlung bereits feststehen, doch Kevin ließ sich nicht beirren. Er verlangte von mir, bei der Verhandlung mehr Selbstvertrauen zu zeigen.

»Lass die traurige Immigrantenmiene, Vid. Das funktioniert sowieso nicht.«

Dies sagte er mit einem erfundenen Akzent, der halb polnisch und halb russisch klang. Ich fragte mich, ob nicht doch er der anonyme Anrufer gewesen war. Was sollte er sonst getan haben, nachdem er damals verschwunden war? Doch ich wischte den Verdacht beiseite. Ich wollte es nicht glauben. Ich machte mich wieder an die Arbeit und versuchte, an nichts anderes zu denken.

Manchmal unterhielt ich mich kurz mit Kevins Schwestern, Jane und Ellis, wenn sie kamen oder gingen. Jane war eher schweigsam. Sie wirkte sehr streng und lernte fleißig. Sie studierte, hatte ein Forschungsstipendium in Limerick in der Tasche und würde bald ausziehen. Ellis stand kurz vor dem Schulabschluss. Sie war netter und hübscher und erinnerte mit ihren dunklen, das Gesicht umkränzenden Locken an ihre Mutter.

Ellis sollte für die Abschlussklausuren büffeln, aber nach allem, was ich mitbekam, hockte sie während ihrer ganzen Freizeit oben in ihrem Zimmer und rauchte Joints. Laut ihrer Mutter hatte sie immer wieder depressive Schübe. Ich machte sehr viel Lärm, wenn ich die Halterungen mit der Elektrosäge kappte, und verbreitete einen Sägemehlgeruch im ganzen Haus, aber Ellis stellte einfach die Musik lauter. Sie spielte etwas sowohl Melancholisches als auch Aufheiterndes von Curt Cobain oder Leonard Cohen, nur um ihrer Mutter auf die Nerven zu gehen. Dann wieder saß sie still und stumm in ihrem Zimmer, und man hörte nur das Radio in der Küche, das Boy-Group-Texte mit obszönen Glücksversprechen die Treppe hinaufschallen ließ – irgendjemand flehte seine Freundin an, den Mund zu halten, weil das für alle besser war. Im Haus fand ein Musikkrieg statt, und wenn Ellis die Nase voll hatte, kam sie halb die Treppe herunter, beugte sich über das Geländer, brach ihr selbstauferlegtes Schweigegelübde und brüllte ihre Mutter an, sie solle die »dämliche Scheiße« sofort abstellen, denn sie bekomme Kopfschmerzen davon, und es gebe nichts Ätzenderes als irische Boy-Groups.

Einmal schaute sich Ellis meine Arbeit an und sagte mir auf den Kopf zu, dass sie absolut nutzlos sei. Sie lief über die Halterungen, balancierte darauf wie eine Seiltänzerin. Wie sollte ich sie daran hindern? Sie sagte, der Kamin sehe lustig aus, wie er da ganz allein auf seinen Pfeilern stehe; wie ein Puppenhaus. Sie setzte sich auf einen Balken, ließ die nackten Beine baumeln und stellte mir viele dumme Fragen, zum Beispiel, warum ich hierhergekommen, wieso ich Tischler geworden und wie ich in diesem beschissenen Haus gelandet sei.

Eines Abends, ihre Mutter war bei ihrem Lesetreff und Kevin und ich tranken noch schnell ein Bier, bevor wir zum Pub aufbrachen, machte sich Ellis an mich heran. Sie kam ohne Vorwarnung quer durch die Küche auf mich zu und umarmte mich.

»Ich liebe dich«, sagte sie, beide Arme um meinen Hals geschlungen.

Was sollte ich tun? Ich konnte sie nicht wegstoßen, als würde sie mich anwidern. Aber ich durfte auch nicht untätig dasitzen. Ich hatte das Gefühl, als würde sie um Hilfe rufen, als wollte sie vor irgendetwas gerettet werden.

»Ich liebe dich. Ich liebe dich. Ich liebe dich.«

Kevin stand auf und zog sie weg.

»Entschuldige, Vid.« Dann führte er sie sanft, aber fest am Arm nach oben.

Er redete über zwanzig Minuten mit ihr. Ich konnte sie weinen hören.

Erwartete sie, dass ich sie rettete? Gemeinsam mit ihr in den Westen Irlands floh, um dort ökologische Landwirtschaft zu betreiben und ein autarkes Leben zu führen? Mich mit ihr an der Natur zu berauschen, den Klang von Nirvana in den Ohren und ihre dunklen Locken im Gesicht?

»Sie ist noch ein Kind«, sagte Kevin später zu mir.

»Entschuldige.«

»Ist ja nicht deine Schuld, Vid.«

Wie er mir im Pub erklärte, vermisste sie ihren Vater. Es quälte sie, dass er sie im Stich gelassen hatte. Sie hatte während ihrer gesamten Jugend eine Therapie gemacht, alles vergeblich. Sie ging daran zugrunde, dass er nicht da war. Sie malte sich sein Leben in London aus, phantasierte davon, dass er zurückkehren und ihr Spielzeug schenken werde, wartete nachts am Fenster auf ihn, horchte auf seine Schritte.

Mir wurde bewusst, dass es im ganzen Haus kein einziges Foto des Vaters gab, von dem Hochzeitsbild, das oben im Schlafzimmerschrank lag, einmal abgesehen.

»Wir befürchten, dass sie sich in der Hoffnung, einen Vater zu finden, dem nächstbesten Mann an den Hals wirft, Vid.«

Wie sollte ich das verstehen?

Ich fragte ungern. Was wohl daran lag, dass ich Gegenfragen befürchtete. Ich mochte es lieber, wenn andere von sich aus erzählten. Irgendwann bekam man sowieso alles zu Ohren, das war ein ungeschriebenes Gesetz.

Und genauso war es. Als wir später am Abend, die Bars hatten schon zu, noch einen Spaziergang machten, folgte die Enthüllung – sie kam zielstrebig auf mich zu, als wir auf dem Pier standen.

Wir gingen auf dem unteren Rand des Piers spazieren und kamen an Leuten vorbei, die tranken, und ein paar Mädchen kreischten laut Kevin wie Reiher. Wir schlenderten zum Musikpavillon, wo ich ein paar Fotos von Liuda gemacht hatte, und gelangten zur Messingplakette, die man zu Ehren von Samuel Beckett an einer Wand angebracht hatte. Das sagte mir nicht viel, bis Kevin mich darüber aufklärte. Die Plakette markierte einen Ort, an dem der Schriftsteller angeblich eine Epiphanie erlebt hatte; vielleicht hatte sie auch anderswo stattgefunden, aber der Pier war irgendwie passend. Kevin las den Text der Plakette in Auszügen vor und wies mich auf einiges hin, das sich ganz in der Nähe befand, zum Beispiel Leuchtturm und Windmesser. Der Text endete mit den Worten: »… wurde mir endlich bewusst …«

»Das Wichtigste fehlt«, sagte Kevin ironisch. »Sie haben das Entscheidende ausgelassen. Entweder, weil sie nicht kapiert haben, was Beckett meinte, oder weil sie die Leute nicht erschrecken wollten, die hier im Sommer spazieren gehen: ›… wurde mir endlich bewusst, dass das Dunkel, das ich stets krampfhaft verdrängen wollte, in Wahrheit mein größtes …‹«

Kevin erzählte vom Dunkel und wie man es in Schach hielt. Wir gingen bis zum Leuchtturm und setzten uns.

»Auf den Aran Islands gibt es einen Ort namens *Bean Bháite*, das ist Gälisch für ertrunkene Frau«, sagte er unvermittelt.

Wir sahen einander nicht an, sondern saßen Seite an Seite, was die Wahrheitsfindung einfacher machte. Kevin sprach zum Wasser, und seine Worte schienen ebenso große Kreise zu beschreiben wie der über der Bucht kreisende Lichtstrahl des Leuchtturms.

»Ich war dort«, erzählte er. »Auf Inishmore, der größten Insel. Der Ort, den ich meine, liegt in der Nähe des Hafens von Kilronan. Dort wurde die Leiche einer Frau angespült, und zu ihrem Gedächtnis hat man den Ort nach ihr benannt.«

Er erzählte mir, dass er väterlicherseits mit der ertrunkenen Frau verwandt sei.

»Sie war eine Tante«, sagte er. »Aus Furbo in Connemara, der Heimat meines Vaters. Niemand weiß, ob es Selbstmord oder Mord war. Damals gab es Streit wegen ihr. Sie war schwanger, aber unverheiratet. Der Gemeindepfarrer klagte sie von der Kanzel aus an. Er sagte, wenn die Männer schon nicht genug Mut hätten, sie zu ertränken, solle sie wenigstens den Anstand haben, selbst ins Wasser zu gehen.«

Er bat mich, dieses Thema gegenüber seiner Mutter nicht

anzuschneiden, aber vielleicht war es eine Erklärung für das Dunkel in seiner Familie. Ellis' Probleme stammten von der väterlichen Seite. Ich fragte mich, ob es auch etwas über ihn aussagte.

Der Ort, an dem man seine Tante gefunden habe, sei weder auf Karten eingetragen noch durch ein Hinweisschild gekennzeichnet. Nicht wie das Black Fort am Rand der Klippen, erläuterte er, das eine Sehenswürdigkeit sei. Nein, dieser Ort sei mehr oder weniger anonym und lebe nur durch das Ereignis fort, nicht durch den Namen der Frau, die man dort gefunden habe. Ihr Tod habe etwas Unaussprechliches, das sich dem Gedächtnis der Landschaft eingeprägt habe.

»Wenn du einen Blick auf die Karte wirfst«, sagte er, »siehst du, welche Strömungen sie von Furbo quer durch die Bucht von Galway und bis zur Ostküste von Inishmore getrieben haben.«

Ich stellte mir vor, wie sie der Gemeindepfarrer am Sonntag von der Kanzel aus verfluchte. Ich erinnerte mich an manche Dinge, die mir Schwester Bridie aus ihrem Leben erzählt hatte – dass sie ihr Baby weggegeben und ihren Sohn dann nie wiedergesehen hatte. Was Kevin erzählte, erinnerte mich auch an die Vorgehensweise der Geheimpolizei in meiner Heimat und die Lähmung, die Menschen angesichts von Autorität überkam.

Wenn die Männer schon nicht genug Mut hätten, um sie zu ertränken, solle sie wenigstens selbst den Anstand haben, ins Wasser zu gehen. Das war sicher auf Gälisch gesagt worden, erzählte Kevin, und in der alten Sprache müsse es noch schrecklicher geklungen haben.

Erfahrungsgemäß gebe das Meer einen Toten, neun Tage nachdem er ertrunken und auf den Grund gesunken sei, wieder frei. Oft geschehe dies auch nach einundzwanzig Tagen.

Die auftauchende Leiche sei häufig kaum noch zu erkennen, in Auflösung begriffen, von Meeresgetier zerfressen. Inzwischen gebe es Methoden, mit denen man bestimmen könne, ob jemand vor dem Eintritt ins Wasser gestorben sei, aber sie seien nicht immer eindeutig. Ja, man könne bis heute nicht mit hundertprozentiger Gewissheit feststellen, ob die Verletzungen, die eine Leiche aufweise, vor oder nach dem Ertrinken entstanden seien. Auf der Suche nach Ertrunkenen halte man Ausschau nach Stellen, wo sich Meeresvögel sammelten. Ob seine Tante von den Gezeiten so rasch durch die Bucht befördert worden sei, dass sie noch einigermaßen unversehrt ausgesehen habe?

»Das Meer kennt keine Gnade«, sagte er.

Ich stellte mir vor, wie man sie auf den Felsen liegend gefunden hatte. Ihr Haar hatte die Farbe von Seetang und wimmelte von Seeflöhen. Ihr Gesicht war durchscheinend und grün wie Marmor. Ihre Augen waren aufgequollen, fehlten vermutlich schon, waren nur noch schwarze Höhlen, die entsetzt in den Himmel starrten. Der Wind blies einen hohlen, traurigen Ton auf ihrem Mund, die Lippen hatte sie vielleicht zuerst verloren, so dass ihre Zähne wie eine weinerliche Grimasse wirkten. Ihr Körper war von den Felsen zerschnitten, auf die sie das Meer geworfen hatte. Klaffende Schnitte und Fleischwunden, die nicht mehr bluteten. Zerrissene Kleider. Nackte, aufgequollene Füße. Bleiche Gliedmaßen, auf demütigende Art verrenkt.

Wer weiß? Vielleicht war ihr ein letzter Rest Würde geblieben, ein Arm, der sanft und schützend auf ihrem runden, nackten Bauch mit dem ungeborenen Kind ruhte.

Doch auf die wichtigste Frage gab es keine Antwort. Hatte sie sich selbst ertränkt, oder war sie ertränkt worden? Mit anderen Worten: War es Mord oder Selbstmord? Denn sie schien kraft der Worte des Pfarrers ertrunken zu sein.

All dies konnte nur der abwesende Vater beantworten.

12

Am Tag der Verhandlung traf ich mich zuerst mit Kevin in einem Café in der Nähe des Gerichts, weil er mir noch einmal gut zureden wollte. Ich war nervös, zerstreut und unkonzentriert und starrte die ganze Zeit einen riesigen Korb mit frischen, dampfenden Scones an, der auf dem Tresen stand. Ich fragte mich, warum man sie nicht auf einem Blech abkühlen ließ, denn so wurden sie durch ihr eigenes Gewicht wieder zu matschigem Teig. Dann wurde mir bewusst, dass die meisten Angestellten Immigranten wie ich waren; sie machten vermutlich alles so, wie es hier üblich war, und stellten keine Fragen.

»Barrington wird das Kind schon schaukeln«, sagte Kevin so zuversichtlich, dass ich plötzlich einen Kloß im Hals hatte. Ich hustete, weil ich kein Wort hervorbringen konnte.

Die Behauptungen der Staatsanwaltschaft seien absurd, sagte er. Man habe sich auf mich eingeschosssen, weil der Elektriker den Angreifer nicht zweifelsfrei identifizieren könne. Ich sei leichte Beute, und deshalb habe man mich und einen unbekannten zweiten Ausländer wegen Körperverletzung angeklagt. Der Elektriker werde behaupten, dass ich von seiner Tochter abgewiesen worden sei und mich deshalb an ihm habe rächen wollen. Meinen Namen und meine Adresse habe er problemlos von Arbeitskollegen bekommen. Sein Zeuge werde bestätigen, dass ich ihn beim Kragen gepackt, gegen den Rollladen geschleudert und dann wiederholt gegen Kopf und Brust getreten hätte. Nachdem er sich bei dem Sturz die Hüfte gebrochen und wochenlang im Krankenhaus gelegen hatte, würde er argumentieren, dass seine Lebensqualität jetzt stark eingeschränkt sei.

Unsere Verteidigung werde erstens darauf aufbauen, dass er mich verwechsele, und zweitens darauf, dass ich kein Motiv für den Überfall gehabt habe.

»Die Anklage steht auf wackeligen Beinen«, sagte Kevin, doch er weckte nur falsche Hoffnungen in mir.

Er zwinkerte mir zu, und mir wurde wieder einmal bewusst, dass ich meinen Kopf für ihn hinhielt. Ich tat ihm einen sehr, sehr großen Gefallen. Dieses Opfer würde er nie vergessen. Unsere Freundschaft glich nun der von Soldaten, die bereit waren, ihr Leben füreinander zu geben. Millionen von Orden waren dafür verliehen worden, dass mutige Männer keine andere Wahl gehabt hatten, als bei der Verteidigung ihrer Kameraden ihr Leben zu opfern. Ich spürte, wie sich die Freundschaft weiter festigte, und ich durfte nicht vergessen, dass er mich in der fraglichen Nacht verteidigt hatte, ja, dass es diesen Ärger ohne mich gar nicht gegeben hätte.

Kevin trug einen sehr schönen Anzug. So gut hatte er noch nie ausgesehen. Helen kam auch, was ihn zu überraschen schien, denn er fragte, was sie hier zu suchen habe. Er schärfte ihr ein, dass sie nicht nebeneinander im Gerichtssaal sitzen durften. Sie dürften nicht einmal zu erkennen geben, dass sie einander kannten.

»Wenn er für dich büßt«, sagte sie leise zu ihm, »werden wir uns das nie verzeihen.«

Ich war glücklich, dass beide gekommen waren, um mir beizustehen, obwohl sie nicht für mich aussagten. Helen trug eine hellbraune Leinenjacke und einen dazu passenden Rock, der ihren Körper fast vollständig verhüllte, als sie vor uns herging.

Ich hatte meinen Anzug billig bei eBay gekauft. »Made by

Savile Row«. Er saß nicht richtig, aber wer würde das schon merken? Als wir uns über den Kai dem Eingang des Gerichtsgebäudes näherten, kam mir der Anzug plötzlich viel zu groß vor. Und angesichts der Leute, die sich draußen ängstlich zusammengeschart hatten, rauchten und flüsterten und jeden anstarrten, als wollten sie in ihre eigene Zukunft schauen, stellte ich mir zwangsläufig vor, wie viele Verbrecher diesen Anzug vor mir getragen, im Schritt geschwitzt und sich für wer weiß wie schreckliche Untaten verantwortet hatten.

Wir trafen uns in einem Beratungsraum mit dem Verteidiger. Ich war nicht ganz bei mir, während Kevin und Barrington über den möglichen Ausgang diskutierten. Sie sprachen über den Charakter des vorsitzenden Richters, und Kevin wirkte sehr zuversichtlich. Er meinte, der Richter stehe vermutlich auf meiner Seite, doch Barrington hatte gewisse Zweifel. Er wirkte grimmig und schien sich keinen großen Hoffnungen hinzugeben.

»Es gibt beachtliche Schwierigkeiten«, sagte er.

Der Fall, der meinem vorausging, schien viel Aufsehen zu erregen. Es ging um zwei junge Männer, die in eine Strandvilla eingebrochen waren, die Bewohner terrorisiert und den Hund der Familie rituell hingerichtet hatten. Die Verteidigung argumentierte, dass die Männer nicht für ihre Taten verantwortlich seien, weil sie vorher zu viele Drogen konsumiert hätten. An der Zahl der Zeitungsjournalisten, dem strengen Urteil und der Reaktion der Zuschauer gemessen, war der Fall ziemlich sensationell.

Die Wand des Gerichtssaals zeigte eine irische Harfe. Sie sollte die Anwesenden daran erinnern, ich welchem Land sie sich befanden und welcher Rechtsprechung das Gericht unterworfen war. Man wollte zum Ausdruck bringen, dass jede Person, die das Gesetz übertrat, ein Volksfeind war und keinen

Respekt verdiente. Die über dem Richter schwebende Harfe besagte, dass es nichts Besseres auf der Welt gab, als Ire zu sein, und dass jeder, der Irland in Verruf brachte, ein Straftäter war und aus der Gemeinschaft ausgeschlossen wurde.

Nach allem, was man mir erzählt hatte, waren die Iren immer unschuldige Leute gewesen, denen man in der Vergangenheit großes Leid zugefügt hatte. Sie hatten nie jemandem wehtun wollen. Sie wurden überall auf der Welt geliebt. Deshalb war es bei jeder Gerichtsverhandlung wieder ein Schock, dass Iren einander Dinge antaten, die keinem Unterdrücker je in den Sinn gekommen wären. Alle Leute im Gerichtssaal sahen irisch aus, die Männer in Anzügen, der Richter, der Staatsanwalt, das Opfer und seine Unterstützer auf den Zuschauerrängen. Sie alle waren so irisch, dass ich keine Chance zu haben glaubte.

Der Richter wirkte sympathisch. Er war braungebrannt und schien gerecht zu sein. Doch er seufzte tief und ungeduldig, nachdem er mich gefragt hatte, worauf ich plädierte.

»Ich bin unschuldig«, sagte ich.

»Ich habe Sie gefragt, ob Sie auf schuldig oder nicht schuldig plädieren.«

Daraufhin sagte Barrington, dass ich auf »nicht schuldig« plädierte, und bat mich, dies laut zu wiederholen.

Die Polizeibeamten bestätigten den anonymen Anruf eines Mannes mit ausländischem Akzent, der sie auf das Opfer auf der Straße aufmerksam gemacht habe. Sie sagten auch aus, dass sie mich nach der eindeutigen Identifizierung durch das Opfer festgenommen hätten. Der Elektriker hatte noch sein Ziegenbärtchen und trug eine Brille mit Stahlrahmen, um etwas intellektueller zu wirken. Als er endlich in den Zeugenstand treten durfte, sagte er, mein Anblick im Gerichtssaal erschrecke ihn immer noch. Er bestätigte, mich bei der Gegenüberstellung erkannt und keinen Zweifel daran zu haben, dass ich es gewesen sei, der ihn wiederholt gegen den Kopf getreten hatte. Er behauptete, wegen eines latenten Diabetes-Problems wenig zu trinken und ein Familienmensch zu sein, der Ärger mied. Am meisten überraschte mich, dass seine Tochter da war und bei ihrer Zeugenaussage die Worte ihres Vaters in allen Einzelheiten bestätigte. Barrington durfte sie befragen, aber sie widersprachen sich kein einziges Mal. Er konnte nur festhalten, dass sich das Opfer nicht auf dem Heimweg befunden hatte, aber der Elektriker meinte, er habe sich ein bisschen die Beine vertreten wollen.

Ich sah meist zu Helen und Kevin, die so weit auseinandersaßen, als hätten sie sich getrennt. Ich war traurig wegen ihnen. Kevin schien überzeugt zu sein, dass man ihn nicht identifizieren würde. Vermutlich war der Elektriker an jenem Abend so betrunken gewesen, dass er sich nicht an Kevin erinnern konnte, obwohl dieser direkt hinter ihm auf den Zuschauerrängen saß. Es konnte passieren, dass man sich nicht mehr an Gesichter erinnerte, zum Beispiel an das eines Ladenbesitzers, den man außerhalb seines Ladens nicht mehr einordnen konnte.

Ich war die ganze Zeit abgelenkt, weil ich über Helen und Kevin nachdachte. Im Grunde hoffte ich nur um ihretwillen, dass man mich nicht verurteilte.

Mir fiel ein, wie Helen eines Abends in eine Bar gekommen war, in der sie sich mit ihm verabredet hatte. Sie war in einen Regenschauer geraten und klitschnass gewesen. Die Haare hatten ihr auf der Stirn geklebt. Sie hatte sich von hinten angepirscht und ihm die Augen zugehalten, mir zugezwinkert und ihm dann erlaubt, ihre kalten, geröteten Finger langsam zu öffnen. Als er sich umgedreht hatte, um sie in den Arm zu nehmen, hatte er sich erschrocken, weil sie eine eiskalte Hand unter sein Hemd geschoben hatte. Sie hatte den Regen mit in die Bar gebracht, auf ihrem Gesicht, auf ihren roten Wangen. Sie hatte sich mit dem Ärmel einen Tropfen von der Nase gewischt und Wasser aus ihren Haaren geschüttelt. Damals war sie mir wie jemand vorgekommen, der immer draußen gelebt hatte, vielleicht in einem Wohnwagen. Ihre Stimme war rauchig gewesen, und sie hatte einen heißen Rum getrunken. Die anderen Männer hatten sie die ganze Zeit angestarrt, aber vielleicht hatte ihr das gar nicht gefallen. Vielleicht wünschte sie sich, normaler zu sein und weniger Aufmerksamkeit zu erregen.

Ich tat ihr leid, das sah ich ihr an. Sie betrachtete mich mit tiefem Bedauern, versuchte, mit einem leisen Lächeln ihre Entschuldigung zu signalisieren.

Die Anklage beruhte maßgeblich auf der Aussage eines Zeugen, eines älteren Mannes, der zufällig an der Szene des Überfalls vorbeigekommen war. Er wirkte entspannt und konnte sich besser ausdrücken als mancher Jurist. Er schien Spaß an seiner Aussage zu haben, und man musste ihn zügeln, weil er sich in banalen Abschweifungen verlor. Er erklärte, dass er Zeuge des Überfalls geworden sei, weil er in der fraglichen Nacht seinen Greyhound ausgeführt habe.

Als Barrington den Zeugen ins Kreuzverhör nehmen durfte, wollte er wissen, in welchem Zustand sich das Opfer nach dem angeblichen Überfall befunden habe.

»Er stand mit einem Bein im Grab«, beteuerte der Zeuge.

»Würden Sie dem Gericht bitte erklären, warum Sie keine Hilfe gerufen haben?«, fragte Barrington.

»Ich weiß nicht«, antwortete der Zeuge. »Sie haben recht, das hätte ich tun müssen, aber man tut nicht immer, was geraten ist, wissen Sie. Manchmal folgt man seinem Instinkt, also dem, was einem als Erstes einfällt. Und ich wollte zuerst dem Mann helfen, der sterbend am Boden lag.«

»Sie haben nicht daran gedacht, einen Krankenwagen zu rufen?«

»Rückblickend, mit Abstand würde ich sagen, dass mir das erst mit Verspätung eingefallen ist.«

»Sie sagen, dass er mit einem Bein im Grab stand, aber Sie haben beschlossen, sich vom Tatort zu entfernen. Trifft das zu?«

»Ich hatte Angst«, erwiderte der Zeuge. »Er war ja voller Blut. Ich befürchtete, sie könnten zurückkommen und auch mich zusammenschlagen.«

Der Zeuge berichtete, dass er erst am nächsten Tag in der Zeitung von dem Vorfall gelesen und begriffen habe, dass es seine Pflicht sei, bei den Nachforschungen zu helfen. Er hatte mich als Rädelsführer identifiziert, als denjenigen, der den Überfall angeführt hatte. Er habe kein gutes Namensgedächtnis, sagte er, aber ein Gesicht vergesse er nie. Und mein unverwechselbares Gesicht sei in diesem Fall der entscheidende Hinweis.

Es war ein Spaziergang für die Anklage. Ich dachte schon, ich wäre erledigt, aber Barrington stellte noch allgemeine Fragen nach der Arbeit des Mannes.

»Ich bin Rentner«, sagte der Zeuge.

»Und Ihr früherer Beruf?«

»Ich war Elektriker und habe eine Firma geleitet.«

Dann fragte Barrington nach Greyhound-Rennen, als wäre er jemand, der gelegentlich gern ein wenig wettete.

»Wie heißt Ihr Hund?«, fragte er.

»Slasher.«

»Slasher. Sehr guter Name für einen Greyhound.«

Im Gerichtssaal erschallte Gelächter. Sogar die Polizisten konnten ein leises Lachen nicht unterdrücken. Barrington fragte den Zeugen, warum er seinen Hund zu so später Stunde und so weit weg von Zuhause ausgeführt habe. Eine dumme Frage, wie es schien, denn so etwas musste man tun, wenn man seinen Hund für Rennen trainierte.

»Hat Ihr Hund Rennen gewonnen?«, fragte Barrington.

»Noch nicht«, antwortete der Zeuge. »Aber er war ein paarmal Zweiter oder Dritter, zum Beispiel in Shelbourne Park.«

Barrington zog eine Liste aus seiner Aktentasche und ging damit zu dem Greyhoundhalter.

»Würden Sie mir einen Gefallen tun?«, bat er. »Könnten Sie mir den Namen Ihres Hundes auf dieser Liste zeigen?«

Der Zeuge kam zum ersten Mal ins Stocken.

»Er ist nicht registriert oder so.«

»Wenn er nicht bei einem Rennclub registriert ist«, sagte Barrington, »wie kann er dann Bahnrennen gewinnen?«

»Er ist ein Haustier. Greyhounds sind tolle Haustiere, wie Sie vielleicht wissen.«

»Dann stimmt es also nicht, dass Sie einen Greyhound namens Slasher haben?«, fragte Barrington.

»Genau genommen nicht.«

»Wollen Sie uns zum Narren halten?«

»Aber nein.«

»Sie belügen das Gericht, nicht wahr?«

»Nun, ich habe vielleicht etwas übertrieben«, sagte der Greyhoundhalter.

Barrington verzichtete auf weitere Fragen. Er sagte, es gebe noch keinen Anlass für meine Aussage, und ich war froh, nicht in den Zeugenstand treten und vor all diesen Leuten reden zu müssen. Barrington führte eine leise Diskussion mit Richter und Staatsanwalt, und im Anschluss zog der Zeuge seine Aussage zurück.

Der Richter verkündete das Urteil. Er sagte, zwischen Lüge und Unwahrheit bestehe ein gewaltiger Unterschied, und nach genauer Abwägung sei die Beweisführung der Anklage nicht mehr glaubhaft. Er wies die Klage ab.

So einfach war das. Alle packten ihre Unterlagen ein. Niemanden überraschte dieses schnelle Ende mehr als mich.

Kevin konnte seinen Triumph nicht verbergen, sparte es sich aber für später auf, den Sieg zu feiern.

»Hervorragend«, sagte er zu mir und schüttelte dann Barringtons Hand.

Helen war nicht so euphorisch. Sie wirkte vor allem erleichtert. Ähnlich wie ich. Mir wurde nur langsam bewusst, mit welcher Leichtigkeit die Sache zu meinen Gunsten entschieden worden war. Als hätte man eine Münze geworfen. Hätte es die Harfe an der Wand nicht gegeben, dann wäre ich mir womöglich wie in einem Wettbüro vorgekommen. Glück und Wahrheit und der schmale Grat zwischen Sieg und Niederlage, das erschien mir alles sehr willkürlich.

Der Elektriker und seine Familie standen vor der Tür des Gerichtsgebäudes, schockiert und unfähig, einander ins Gesicht zu sehen. Die Frau des Elektrikers legte einen Arm um ihren Mann. Sie war in Tränen aufgelöst, denn sie hatte sicher jedes seiner Worte geglaubt und fand es ungeheuerlich, dass ich mit diesem Verbrechen davonkam. Ich hatte kein gutes Gefühl. Nach einer solchen Sache konnte man sich nicht einfach die Hand geben wie nach einem Boxkampf. Ich würde die Folgen dieser abgewiesenen Anklage noch zu spüren bekommen. Der Elektriker starrte mich hasserfüllt an, schwor sich wahrscheinlich insgeheim, dass die Sache damit nicht erledigt war. Sein Gesichtsausdruck verriet mir, dass ich bald wieder von ihm hören würde.

13

Ich war sehr beeindruckt. Das Gefühl der Freiheit draußen auf dem Meer. Das dahintreibende Boot, die unter dem Kiel klatschenden Wellen. Die blendende Reflektion des Sonnenlichts, das Leuchten unzähliger Teilchen im Wasser. Die Küste entfernte sich immer weiter, während die Flut ablief, und alles war vergessen, alles blieb am Ufer zurück.

Wir schrien immer auf, wenn eine Makrele anbiss. Ich spürte den Ruck wie einen Stromstoß in der Leine. Das gewichtlose Beben in meinen Fingern, wenn der Fisch an die Oberfläche drängte.

Als würde das Meer von Makrelen nur so wimmeln. Kevin meinte, sie würden von selbst in unser Boot hüpfen. Überall Fische mit dem typischen schwarz-grün gestreiften Rücken, ein Muster, das an die Röntgenaufnahme eines Rückgrats erinnerte. Sie wanden sich im Boot, zeigten ihre silbernen Bäuche. Überall waren Makrelenschuppen, auf meinen Händen, meinen Kleidern, sogar in meinen Haaren. Als wir wieder an Land gingen, schleppten wir Plastiktüten voller zuckender Fische.

Wir waren unzertrennliche Freunde geworden. Ich wusste alles über Kevin, und er wusste alles über mich. Wir tranken zusammen und landeten an Orten, wo wir noch nie gewesen waren. Das ging so weit, dass er sich in der durchzechten Nacht nach dem Angeln vergaß. Er drehte sich zu mir um und schob mir die Zunge wie die Tochter des Elektrikers tief in den Mund, wich aber sofort wieder zurück. »Was zum Teufel tue ich da?« Er lachte. Das sei absolut untypisch für ihn, beteuerte er. Es sei nur ein Experiment gewesen. Ein Scherz. Eine einmalige Sache. Denn wir würden eine reine Männerfreundschaft führen, die mit Sexualität nichts zu tun habe.

Ich half ihm sogar, als er Helen betrog. Ich war dabei, als er zum ersten Mal fremdging. Das war ein Balanceakt, denn er kreuzte am späten Abend mit einer Frau namens Eleanor in meiner Wohnung auf, hatte aber zu Helen gesagt, dass er über Nacht bei seiner Mutter bleiben wolle.

Ich hätte ihm gern von dem Brief erzählt, den Bridie mir gezeigt hatte, hätte ihm gern gesagt, dass er Helen verlieren würde, wenn er nicht aufpasste, und dass er dies sein ganzes Leben lang bereuen würde.

Eleanor lachte über alles, was er sagte. Ihr Körper übernahm das Reden. Sie trug eine Jogginghose mit der fetten Aufschrift »Pink« auf dem Hintern. Wenn sie über die Straße ging, tanzten die Buchstaben und waren zugleich lesbar und unlesbar. Das fachte Kevins Phantasie an. Er hatte eine neue Geschichte. Und je besser man erzählen konnte, desto besser war man im Bett. War das nicht die Faustregel?

Hatte Eleanor keine eigene Wohnung, in der sie sich treffen konnten? Warum musste er mich als Zeugen in die Sache verwickeln? Das wunderte mich. Als ich ihn das nächste Mal mit Helen an seiner Seite sah, fühlte ich mich, als wäre ich durchsichtig. Sie konnte die Wahrheit in meinen Augen lesen wie einen handschriftlichen Brief.

»Macht er rum?«, fragte sie, während Kevin Drinks an der Bar besorgte.

Ich tat so, als hätte ich nicht verstanden. Als Fremder hatte ich wohl das Recht, unschuldig und unterbelichtet zu tun.

»Er vögelt mit einer anderen, nicht wahr?«

Diese Frage beraubte mich jeder Ausflucht. Sie hatte mich in die Ecke getrieben, einen Außenstehenden, der mit ihren Privatangelegenheiten nichts zu tun hatte. Kevin war ein zu guter Geschichtenerzähler, um sich bei einer Lüge ertappen zu lassen. Doch mein Schweigen glich einem Geständnis. Ich musste gar nichts mehr sagen.

Ich war gerade erst freigesprochen worden, fühlte mich aber schuldiger denn je.

Ich arbeitete weiter an dem Fußboden, kam und ging wie ein Familienangehöriger. Eines Tages, ich war auf dem Weg zum Baustoffhandel, traf ich Rita auf der Hauptstraße von Dún Laoghaire. Sie kam auf mich zu, beladen mit Einkaufstüten. Ich wollte sie gerade begrüßen und fragen, ob ich ihr beim Tragen helfen könne, als sie sich abwandte und in ein Schaufenster starrte. Sie hatte mich sicher nicht übersehen. Mir blieb nichts anderes übrig, als an ihr vorbeizugehen. Vielleicht wollte sie allein sein. Oder sie hatte etwas über mich herausgefunden und wollte nicht in der Öffentlichkeit mit mir reden, denn sie betrachtete mit großem Interesse die Auslage eines Anzugverleihers.

Ich fand erst heraus, warum sie auf der Straße nicht mit mir hatte reden wollen, als ich mit den Materialien in das Haus zurückgekehrt war. Auf dem Küchentisch lag eine Zeitung, aufgeschlagen bei einem Artikel über die möglichen Spätfolgen des Krieges, der während meiner Jugend in meiner Heimat getobt hatte.

Ich las ihn nicht ganz. Ich war zu sehr damit beschäftigt, eine feuchtigkeitsabweisende Isolierung zu verlegen, an die man beim Bau dieser Häuser nicht gedacht hatte. Doch ich konnte den Fragen, die der Zeitungsartikel aufwarf, nicht entgehen. Die Geschichte dieser Opfer, deren Leiden erst Jahre nach dem Krieg offenbar wurde, war noch nicht erzählt worden.

Ich fühlte mich ertappt.

Als Rita später Tee kochte, war keine Rede von unserer Begegnung auf der Straße. Vielleicht hielt man es hier ja so, dachte ich. Hier gab es keine Phrasen, die man in der Öffentlichkeit benutzte, zum Beispiel in Supermärkten. Dort gingen sich die Leute aus dem Weg, als wären sie unsichtbar. Sogar an der Kasse begrüßte sich niemand, und deshalb war es wohl in Ordnung, wenn man den ganzen Tag herumlief, als könnte einen niemand sehen.

»Hast du gewusst, dass viele bosnische Flüchtlinge hier in Dublin leben?«, fragte sie.

»Ja, ich habe davon gehört«, sagte ich.

Sie wies auf den Zeitungsartikel, der noch auf dem Tisch lag. Ich konnte der Anklage in ihren Augen nicht entkommen.

»Sie suchen immer noch nach Toten«, sagte sie. »Man hat sie zuerst in einem Massengrab und später an anderen Orten begraben, um das Verbrechen zu vertuschen. Sie werden durch DNA-Untersuchungen identifiziert, aber das kann Jahre dauern. In einem Fall hat man Teile einer Leiche an vier unterschiedlichen Orten gefunden.«

Ich warf wieder einen Blick in die Zeitung. Sie enthielt Bilder bosnischer Frauen, denen man nach dem Massaker von Srebrenica in Irland Asyl gewährt hatte. Verblasste Fotos von Familienangehörigen, die von der serbischen Armee ermordet worden waren, ohne dass die Friedenstruppe hatte eingreifen können. Ein Foto zeigte einen Jungen, der nur überlebt hatte, weil er von seiner Mutter unter dem Sitz eines Busses versteckt worden war. Er wäre sonst wie sein Vater und alle anderen Männer getötet worden. Er war in Dublin aufgewachsen, lebte hier und war nicht viel jünger als ich.

»Das solltest du lesen«, sagte sie. »Ich hebe es für dich auf.«

Ich kam mir vor wie ein Kriegsverbrecher, druckste herum

und flüchtete in die Arbeit, fühlte mich aber bedrückt. Also räumte ich auf und machte früher Feierabend. Ich nahm die Zeitung nicht mit, und vielleicht hatte sie das auch gar nicht erwartet.

Später rief Kevin an, um mir zu sagen, dass er mich abholen wolle. Wir würden über das Wochenende zu Freunden am Shannon fahren, die ein großes Boot besaßen. Ich lehnte ab, doch er blieb hartnäckig, ließ keine Ausrede gelten und sagte, ich würde all seine Freunde und viele Frauen kennenlernen.

Helen war dabei. Sie hatten sich offenbar zusammengerauft, denn er rief wiederholt »*suas*«, Irisch für »aufwärts«. Helen trug einen Faltenrock und eine Wollstrickjacke mit zwanzig oder dreißig kleinen Knöpfen. Ihre nackten Knie glänzten im Licht.

Auf dem Weg aus der Stadt fuhr Kevin so schnell, dass er in einem Kreisverkehr ins Schleudern kam. Das Auto drehte sich um hundertachtzig Grad und bretterte auf das Gras. Ein Gestank nach verbranntem Gummi drang in die Kabine. Er hielt den Wagen einigermaßen elegant an, hinterließ aber zwei fette Bremsspuren auf der gepflegten Verkehrsinsel.

Die Sache war harmlos gewesen. Doch die Wucht, mit der wir zum Stehen kamen, erinnerte mich schlagartig an den Unfall, bei dem meine Eltern gestorben waren. Ich hatte das Gefühl, an jenem Tag in der Zeit stehengeblieben zu sein, immer noch auf der Rückbank zu sitzen, vor mir meine toten Eltern und die riesige, gegen die Rückseite des Fahrersitzes geklatschte Hochzeitstorte. Ich spürte die Leere des Schweigens, weil ich auf meine Fragen keine Antwort mehr bekam. Aus dem Kopf meines Vaters lief Blut in sein Ohr und tropfte hinten auf den Sitz. Es hatte fast die gleiche Farbe wie die Blumen im Kofferraum. Das Dröhnen eines Motorrades entfernte sich. Insekten summten. Ich wusste noch, dass es im Auto immer heißer geworden war und dass ich mich nicht hatte bewegen können, so als säße ich auf ewig mit meiner toten Familie in der Falle. Ich wusste, dass ich noch lebte, fragte mich aber, ob das wünschenswert war. Ich lauschte lange der fernen Sirene des Krankenwagens, der sich durch die Täler schlängelte, aber nicht näher zu kommen schien. Als er endlich eintraf, wurde ich zuerst aus dem Auto geholt, weil ich der einzige Überlebende war. Man erweckte mich sozusagen von den Toten. Ich sah das Gesicht eines Rettungssanitäters, der grün behandschuhte Hände in das Auto steckte, um meinen Puls zu fühlen, und mich fragte, ob ich bei Bewusstsein sei.

»Heh!«, rief Kevin. Dann lachte er und gab wieder Gas, fuhr weiter, als wäre nichts geschehen. Er schien gar nicht wissen zu wollen, wie viel Glück er gehabt hatte. Er dachte nur daran, dass er noch lebte, während mein einziger Gedanke war, dass ich eigentlich tot sein müsste.

»Scheiße«, war alles, was Helen sagte.

Wir erreichten Carrick-on-Shannon bei Einbruch der Dunkelheit und verbrachten den Abend auf dem Boot. Ich wurde all ihren Freunden vorgestellt, hatte aber irgendwie das Gefühl, nicht dazuzugehören. Ich hatte diesen Leuten nichts zu sagen. Gut möglich, dass mir der Artikel über die bosnischen Überlebenden, den ich nachmittags gelesen hatte, noch durch den Kopf ging. Ich konnte mich nicht einfügen. Ich wurde nicht betrunken. Ich konnte nicht lachen. Nichts, was diese Leute erzählten, kam mir auch nur ansatzweise lustig vor, und vielleicht verkrampfte ich mich zu sehr.

Der Besitzer der Yacht warf einer Frau wiederholt vor, dass ihr Hund seine Hündin besprungen habe. Sie tauschten eine ganze Weile Hundewitze aus, und ich versuchte, fröhlicher zu sein. Doch ich blieb zerstreut, und wenn sie lachten, bildete ich mir ein, der Gegenstand des Witzes zu sein. Sie wiederholten sogar manche Witze aus Höflichkeit, als wäre ich ein Schüler, der besondere Aufmerksamkeit verdiente.

Irgendwann waren sie betrunken und zugedröhnt. Sie schrien ständig »*suas*« und »noch mal *suas*«. Sie veranstalteten einen spontanen Wettbewerb, bei dem es darum ging, einem Hollywood-Produzenten die Idee für einen Film schmackhaft zu machen. Sie waren mit Feuereifer bei der Sache. Der Erste erfand die Geschichte eines explodierenden Hundes. Eine Frau trifft auf dem Flughafen ein, und plötzlich geht ihr Hund in die Luft. Seine Einzelteile fliegen kreuz und quer durch die Gegend. Polizisten und Wissenschaftler in weißen Overalls riegeln das Gelände ab und finden nach eingehender Untersuchung heraus, dass es sich um eine neue Krankheit handelt. Bald darauf explodieren überall in der Stadt Menschen.

Als Nächster stellte Kevin die Geschichte eines Jungen vor, der während eines Schulausflugs zu den Megalithgräbern von Newgrange stürzt und sich einen Splitter in den Arm zieht. Die Wunde entzündet sich, und dann erscheinen Steinzeitmenschen und entführen ihn in die Vergangenheit, so dass er gerettet werden muss.

Meist drehte es sich darum, dass Menschen einander jagten oder gerettet wurden. Helen erfand die Geschichte einer Frau, die verrückt wird, weil ihr Mann sie betrügt. Sie verlässt ihre Familie und führt einen verbissenen Kreuzzug für die Umwelt, beschädigt rücksichtslos fremdes Eigentum und protestiert überall auf der Welt, bis ihr Mann sie schließlich im Fernsehen sieht und mitten im Winter aus Sibirien rettet, wo sie fast von der Holzfäller-Mafia ermordet worden wäre.

Nachdem sie fertig war, schwiegen die Gäste, denn alle ahnten, dass die Geschichte nicht weit von der Wahrheit entfernt war.

Als ich an der Reihe war, hatte ich wenig zu bieten. Ich setzte zu einer Geschichte über eine Familie an, die auf dem Weg zu einer Hochzeit einen Autounfall hat. Bis auf eine Person kommen alle ums Leben. Das kam mir ziemlich banal vor. Ich konnte nichts erfinden, sondern nur mit wahren Tatsachen spielen. Ich stellte mir stets den gleichen Unfall vor, benutzte immer die gleichen Bilder der Insassen und Gegenstände im Auto. Der am Fenster lehnende Kopf meines Vaters. Der zur Seite hängende Kopf meiner Mutter. Und die Torte, die große Hochzeitstorte, die vor mir an der Rückseite des Sitzes klebte.

Dann wurde mir klar, dass dieses Detail nicht erfunden war, weil das Auto tatsächlich auf der Seite gelegen hatte. Es war durch die Wucht des Aufpralls umgekippt. Ich konnte mich plötzlich an die Torte neben meinem Kopf erinnern. Warum war mir das erst jetzt eingefallen? Warum hatte mir das nie jemand erzählt? Vielleicht hatte man es mir gesagt, aber ich musste mich an so vieles erinnern und so vieles vergessen, dass mir diese Details entglitten waren. Erst jetzt, als ich den Unfall als erfundene Geschichte nacherzählen wollte, hatte ich alles wieder vor Augen. Meine Mutter, angeschnallt auf dem Sitz, mit herabhängendem Arm. Das Geräusch des sich drehenden Hinterreifens, das ich irrtümlich für Insektengesumm und Vogelgezwitscher gehalten hatte. Ein Vorderreifen konnte es nicht gewesen sein, denn der Gang war eingelegt, aber der Hinterreifen rotierte noch eine Weile, bis er zum Stillstand kam oder ich ihn nicht mehr hörte. Das war eine späte Offenbarung, denn der Unfall war lange her. Das Auto hatte zweifellos auf der Seite gelegen. Deshalb hatte ich den Sanitäter über mir gesehen, als er eine Hand nach mir ausstreckte, den blauen Himmel hinter sich.

Sie warteten darauf, dass ich die Handlung schilderte, aber ich wusste nicht, wie ich beginnen sollte.

14

Am Nachmittag des folgenden Tages fragte Helen, ob jemand mit ihr durch Carrick bummeln wolle. Ihr Vater war in der Stadt aufgewachsen, und sie wollte sich sein altes Haus anschauen. Kevin beschloss, an Bord zu bleiben, weil er den Spaziergang zu ihren »Wurzeln« schon einmal mitgemacht hatte. Also fragte sie mich.

Auf dem Weg in die Stadt erzählte sie, dass ihre Eltern nach Kanada ausgewandert seien. Damals sei sie zwölf gewesen, und man habe sie auf ein Dubliner Internat geschickt. Sie erzählte, dass ihr Vater, ein Arzt, vor einigen Jahren an Krebs gestorben sei. Er sei ein stiller Mensch gewesen, der lieber zugehört als geredet habe. Ihre Brüder und Schwestern seien alle in Kanada, und auch ihre Mutter lebe in der Kleinstadt in Ontario, wo ihr Vater seine Praxis gehabt habe.

Offenbar war es ihr ein Anliegen, mir dies mitzuteilen. Ich fand es nett, dass sie mich über ihre Familiengeschichte ins Bild setzte, während wir vor dem Haus standen, das ihr Vater jeden Tag auf dem Weg zur Schule verlassen hatte. Sie sagte, es sei jammerschade, dass man es in ein Bürogebäude umgewandelt habe, und sie könne sich nie überwinden, es zu betreten.

Das Licht kroch vom Fluss aus die Straße herauf. Wir gingen durch die Stadt bis zu einem Hügel, auf dem ein Krankenhaus stand. Ringsumher legte sich feuchter Dunst auf die Felder.

Wir bogen von der Straße auf das Krankenhausgelände ab.

Es herrschte so reger Verkehr wie bei einem Schichtwechsel. Krankenschwestern fuhren weg und trafen ein. Die Gebäude bestanden aus dunkelgrauem Stein, ein paar Anbauten aus Fertigbauteilen. Krähen hockten auf den Schornsteinen des hoch über der Landschaft gelegenen Komplexes, der keinen sehr gastlichen Eindruck erweckte. Ich fühlte mich plötzlich klein. Vielleicht weckte dieser Ort Erinnerungen an irgendwelche beängstigenden Gebäude in meiner Heimat.

Helen knöpfte unterwegs ihre Strickjacke zu. Hinter dem Krankenhaus trat eine Frau mit weißen Handschuhen und weißer Duschhaube aus der Tür und warf einen Sack in eine Mülltonne. Zwei ältere Nonnen gingen zu einer Kapelle am Rand des Geländes. Ein Schild an der Wand wies den Weg zum »Arbeitshaus«. Wir entfernten uns auf einem Pfad vom Krankenhaus, der an einer hohen, aus dem gleichen grauen Stein erbauten Umfassungsmauer entlangführte. Auf halbem Weg bergab stießen wir auf drei Stahlkessel, riesig und rostbraun, die an umgedrehte Kirchenglocken erinnerten. Nur einer hatte Griffe. Zwei hatten v-förmige Ausbuchtungen zum Ausgießen, einer wies eine lange, nach unten gebogene Tülle auf.

Wir lasen schweigend eine Plakette, die an die Suppenküchen während der großen irischen Hungersnot der 1840er Jahre erinnerte. Wir standen neben den Kesseln, aus denen man allen, die sich bereit erklärt hatten, die Konfession zu wechseln, Suppe eingeschenkt hatte.

»Meine Familie hat überlebt«, sagte Helen.

Als ich einen der Kessel berührte, schwankte er kurz. Ich hatte das Gefühl, als wäre er seit jener Schreckenszeit nicht mehr von der Stelle bewegt worden.

»Sie übernahmen die verlassenen Kleinbauernhöfe. Durch viele kleine Flecken Land wurden sie zu wohlhabenden Grundbesitzern.«

Wir gingen zum Friedhof, auf dem viele Tote aus dem Arbeitshaus in einem Massengrab lagen. Hinter der Mauer dieser Gedenkstätte stand eine Reihe neu erbauter Häuser. Wir setzten uns in einer Senke auf eine niedrige Mauer. Über uns ragten die grauen Gebäude auf.

Helen erzählte mir eine Geschichte aus ihrer Kindheit, vor der Auswanderung nach Kanada. Sie hatten einen Arbeiter, der sich um ihren Garten kümmerte. Er hieß Traolach, Irisch für Terence. Er bekam eine warme Mahlzeit und ein bisschen Geld. Er hatte die meiste Zeit seines Lebens in Heimen verbracht. Er war Waise und sollte laut Plan der Sozialarbeiter in die Gesellschaft integriert werden, doch er war nie wirklich selbständig und brauchte immer jemanden, der sich um ihn kümmerte.

»Er redete mit sich selbst, als würde er in seiner ganz eigenen Welt leben«, sagte sie. »Manchmal schrie oder schimpfte er.«

Als Kinder beobachteten sie ihn aus der Ferne und lachten ihn aus. Der Spaten steckte in der Erde, während er in seinen Stiefeln herumstapfte und stehen blieb, um mit vor der Brust verschränkten Armen eine Rede zu halten. »Ich versuche ja, dir zu helfen, aber du willst dir ja nicht gerne selbst helfen.« Bei einer Gelegenheit kam er ins Haus und sagte: »Ihr könnt ein Pferd nicht zum Wasser führen und ihm dann das Trinken verweigern.«

»Er hat bestimmt eine schlimme Kindheit gehabt, denn er war sehr unglücklich.«

Sie erzählte, dass ihre Mutter alle Essensreste auf einem großen Teller gesammelt habe. Alles, was vom Abendessen übrig war. Sie hob jeden Happen Roastbeef oder Huhn auf, den die Familie verschmäht hatte, goss dünne Sauce darüber, damit es besser aussah, gab einen Berg von Kartoffeln und Kohl dazu. Dann rief sie Traolach herein und sah zu, wie er alles mit Heißhunger verspeiste und immer wieder »danke« und »Gott segne Sie« sagte.

»Ich würde ihn gern wiedersehen«, sagte sie. »Falls er noch lebt. Ich würde ihn ausfindig machen und zu einem Festschmaus einladen. Ich würde mit ihm zu Patrick Guilbaud gehen, und dort hätte er dann freie Wahl auf der Speisekarte, das schwöre ich.«

Auf dem Rückweg zur Stadt redeten wir über Kevin. Ich befürchtete, dass sie mich ausfragen würde, aber sie sprach über die Probleme der Familie Concannon, über Ellis und den fehlenden Vater.

Sie erzählte die Geschichte der ertrunkenen Tante, und da ich Kevin versprochen hatte, die Sache für mich zu behalten, tat ich so, als wäre sie mir neu. Helens Version ging mehr zu Herzen. Vielleicht, weil sie aus Sicht der Frau erzählte und beschrieb, wie das schwangere Mädchen durch die anklagenden Worte des Pfarrers erschüttert worden sein musste, wie die versammelte Gemeinde sie angestarrt haben musste, während sie verdammt wurde.

»Wenn es hier in der Gemeinde niemanden gibt, der sie heiraten will«, gab sie seine Worte wieder, »dann muss sie sich selbst ertränken.«

Hatte sie das falsch in Erinnerung? Oder sprach sie von »heiraten« statt »ertränken«, damit es nicht so grausam klang? Ich wusste noch, dass Kevin gesagt hatte: »Wenn die Männer schon nicht den Mut haben, sie zu ertränken, dann sollte sie wenigstens den Anstand haben, selbst ins Wasser zu gehen.« Seine Version klang wie eine Zeugenaussage vor Gericht. Oder hatten sich die Leute geirrt, die damals in der Kirche gewesen waren? Hatten sie die Worte des Pfarrers irrtümlich als Aufforderung aufgefasst, die Frau zu erschlagen oder zu ertränken?

Am Ende kam alles auf das Gleiche heraus. Anstiftung. Man hatte sie ins Meer getrieben.

»Die wahre Geschichte kennt nur Kevins Vater«, sagte sie.

Ich hätte ihr gern von den Briefen erzählt, die er nach Hause geschrieben hatte, aber das ging nicht.

»Warst du auf den Aran Islands?«, fragte ich.

»Ich habe das Gefühl, dass er etwas dagegen hat«, antwortete sie. »Ich habe ihm angeboten, Nachforschungen anzustellen, aber er wollte nicht. Einmal hat er eine alte Tante, mit der er über seinen Vater verwandt ist, im Krankenhaus in Galway besucht. Die Sache hatte sich während ihrer Kindheit abgespielt, aber ich glaube, er hat nicht viel von ihr erfahren, denn er hat mir hinterher kaum etwas erzählt.«

Als wir wieder bei Kevin waren, fühlte ich mich so unwohl, als hätten Helen und ich ein Geheimnis. Beim gemeinsamen Abendessen achtete sie darauf, möglichst weit weg von mir zu sitzen.

»Der peinlichste Moment«, verkündete eine Frau nach dem Hauptgang, als schon alle betrunken waren. Sie wollte, dass jeder ein schmutziges Geheimnis preisgab, irgendetwas Verrücktes oder Gemeines, das wir gesagt oder getan hatten.

Sie begann damit, dass ihr fünfjähriger Sohn eines Morgens in das Schlafzimmer gekommen war, ein glitschiges Kondom unter dem Bett hervorgeholt und gefragt hatte: »Was ist das, Mami? Ein Kaugummi?« Alle schwiegen. Einige lachten höflich, aber die meisten wussten nicht, wohin mit dem Blick. Helen starrte auf ihren Teller. Die Frau schien sich erst zu schämen, bestand dann aber darauf, dass alle der Reihe nach erzählten. Kevin sprang ihr mit einem lustigen Erlebnis bei, das er in Australien gehabt hatte: Er war in dem Apartmenthaus in Melbourne, in dem er gewohnt hatte, eines Nachts nackt im Schlaf gewandelt. Er war im Fahrstuhl nach unten gefahren und hatte an mehrere Türen geklopft, weil er seine Wohnung nicht mehr gefunden hatte, und war erst aufgewacht, als ihn ein bulliger, verschwitzter Typ mit Tätowierungen auf den Armen, mit Weste und mit Bierdose in der Hand die Tür geöffnet und ihn gefragt hatte, wonach er verdammt noch mal suche.

Das Gespräch mündete in eine Debatte über Beichte und Absolution. Der Besitzer der Yacht meinte, dass Priester in Irland überflüssig seien, weil man sie durch Radiosendungen ersetzt habe, bei denen man anrufen könne. Inzwischen sei das Land ein riesiger Beichtstuhl, man würde sich alles von der Seele reden und jedes Geheimnis gestehen, das einem einfalle.

»Man erhält im Radio Absolution?«, fragte Helen.

»Klar. Warum auch nicht?«, erwiderte Kevin. »Die Öffentlichkeit erteilt dir Absolution. Es geht darum, zu beichten und Vergebung zu erlangen, um sich von seinen Sünden reinzuwaschen, richtig?«

»Das ist doch kompletter Quatsch.«

Kevin hätte seine Affäre mit Eleanor gestehen müssen. Ich hätte beichten müssen, dass mein Vater bei der Belgrader Geheimpolizei gewesen war und furchtbare Verbrechen verschwiegen hatte. Aber dieser Ort war unpassend dafür. Unsere Sünden blieben im Verborgenen, und es war fraglich, ob einem für Untaten, die man gleichsam geerbt hatte, jemals Absolution erteilt werden würde.

Nach dem Essen suchten wir eine ruhige Bar, die nicht so voll und nicht zu laut war. Es erwies sich als schwierig, eine zu finden, die nicht an einen Nachtclub erinnerte. Die Stadt wimmelte von Menschen. Sie standen vor den Pubs oder liefen mitten auf der Straße herum und hielten den Verkehr auf. Jemand erbrach sich vor einem Schuhgeschäft. An diesem Wochenende war ganz Carrick eine Party. Die Mädchen trugen rote Röcke und Netzstrümpfe und lachten so viel, dass sie kaum auf ihren hohen Hacken laufen konnten und sich immer wieder an Mauern abstützen mussten. Eine Schar von Nonnen kam plappernd und kreischend an der Kirche vorbei, und als sie in einer Bar verschwanden, aus der Musik dröhnte, rief eine: »Du bist immer das Schlusslicht, Mary!«

15

Ein Mann stand am Tor. Es war früher Nachmittag. Ich trug gerade Betonziegel in das Haus, als ich sah, wie er auf dem Bürgersteig stehen blieb. Zuerst kam mir das Schlimmste in den Sinn – vielleicht hatte sein Auftauchen mit der Gerichtsverhandlung zu tun, mit der offenen Rechnung. Der Rache.

Ich arbeitete weiter, weil ich den Zement bereits angerührt hatte und keine Zeit vergeuden durfte. Ich sah ihn nur aus den Augenwinkeln. Er war Ende fünfzig. Ich taxierte seine Figur und seine Größe. Über dem Meer kam Dunst auf, und in der Luft lag ein Geschmack nach Salz und Seetang, der mich immer an Lakritz erinnerte. Oder an Jod. Oder an Hustensaft für die raue Kehle. Die auflandige Brise blies gegen die Hecken, ließ die Blätter einer Palme rascheln, die vor dem Eckhaus am Ende der Straße stand. Es war eine Stimmung wie vor einem Duell.

Der Mann stand vor dem geschlossenen Tor. Der Weg, der vom Haus dorthin führte, war wunderschön: schwarze und terrakottafarbene, im schrägen Schachbrettmuster verlegte Platten mit dazu passendem terrakottafarbenem Randstreifen. Der Mann beobachtete mich. Was wollte er?

Ich schleppte den Betonziegel auf der Granittreppe in das Haus. Hier gab es jede Menge Granit: Türschwellen. Mauern. Gebäude. Denkmäler. Zwei eindrucksvolle Piers mit je einem Leuchtturm aus Granit am Ende ragten in die Bucht. Von den

Fenstern im Obergeschoss konnte man gerade noch die Stelle erkennen, wo der Granit für die Piers abgebaut worden war. Man erzählte mir, dass man damals eine über Ketten laufende Eisenbahn entwickelt hatte, um die Steine auf eigens dafür angelegten Routen zur Baustelle zu schaffen. Man nannte sie »die Eisen«, und das Gewicht des abwärts fahrenden Granits zog die leeren Waggons nach oben. Das war hier Allgemeinwissen.

Ich hätte gern gefragt: Kann ich Ihnen helfen? Das hörte man immer, wenn man einen Laden betrat. Kann ich Ihnen helfen? Suchen Sie etwas? Möchten Sie etwas Bestimmtes?

Ich war allein. Der Mann wollte offenbar nicht hereinkommen. Er stand nur da und betrachtete das Haus, sah vielleicht nach, ob die Hausnummer stimmte. Ich fragte mich, ob er sich verlaufen hatte. War er vom Finanzamt? Hatte er nur angehalten, um zuzuschauen, wie ich mich mit Betonziegeln abschleppte? Oder hatte er doch etwas mit dem Fall zu tun, den ich für abgehakt gehalten hatte?

Plötzlich kam mir sein Gesicht bekannt vor. Ich stellte eine Verbindung zwischen diesem Mann und den Briefen her, die oben im Schlafzimmer verwahrt waren. Ja, sagte ich halblaut. Obwohl es im ganzen Haus kein einziges Bild dieses Mannes gab, erkannte ich ihn, weil ich seine Briefe in der Hand gehalten hatte. Ja, ich erkannte ihn. Der hochgeschlagene Kragen. Die krummen Schultern. Die niedrige Stirn. Das lange, weiße Haar. Das Lächeln, das sein Gesicht überflog und mit dem er stumm guten Tag sagte.

Es war Kevins Vater. Der Mann, der sich »verpisst« und seine Familie verlassen hatte. Wie hatte mir das entgehen können? So schlagartig wurde mir das bewusst, dass ich den Drang verspürte, nach draußen zu laufen, und die Antwort wie ein Mitspieler bei einer Quizshow zu rufen. Sie sind der Mann aus Furbo in Connemara. Sie sind der Mann, der die Wahrheit über die ertrunkene Frau kennt. Sie sind der Mann, von dem Ihre Kinder die kantigen Wangenknochen haben, das sandfarbene Haar, die braunen Augen, das Lächeln, bei dem der linke Mundwinkel nach oben schwingt.

Man hatte mir mal erzählt, dass die Bewohner Connemaras viel spanisches Blut in sich trugen.

Warum kam er nicht herein? Ich ging wieder durch den Flur, um den letzten Ziegel zu holen, und war entschlossen, ihn anzusprechen, doch er war weg. Später tauchte er wieder auf, dieses Mal auf der anderen Straßenseite, und wirkte, als hätte er getrunken. Am Ende der Straße bog er vor der Palme mit den ledrigen Blättern ab und ging in Richtung Innenstadt. Vielleicht verschwand er für immer, nachdem er das Haus gesehen hatte, an das seine unbeantworteten Briefe adressiert gewesen waren.

Ich begegnete ihm am gleichen Abend in der Stadt. Dieses Mal sprach er mich an. Er wartete, bis ich ausgetrunken hatte, und als ich gehen wollte, wartete er vor der Tür auf mich. Er versperrte mir nicht den Weg, sondern kam so auf mich zu, dass ich ihm nicht ausweichen konnte.

»Sie arbeiten bei den Concannons«, sagte er.

Die Melodie seines Akzents war mir fremd.

»Sie sind ein Freund von Kevin«, sagte er. »Ich habe gesehen, wie Sie zusammen einen getrunken haben.«

Ich lächelte höflich.

»Ich bin sein Vater«, sagte er. »Johnny. Johnny Concannon.«

Er öffnete mir die Tür und gab mir die Hand. Dann sah er sich um, als wollte er sichergehen, dass uns niemand gehört hatte. Er zog eine Schachtel filterlose Zigaretten aus der Tasche, entschied sich aber anders und steckte die Schachtel wieder ein.

»Ich will Sie nicht aufhalten«, sagte er. »Aber dürfte ich Sie um etwas bitten?«

»Natürlich.«

»Es geht um einen Gefallen. Würden Sie Kevin etwas von mir geben? Es ist ein Geschenk. Zu seinem Geburtstag.«

Er zögerte, dann lächelte er. Ich hatte genug Zeit, um seine Augen zu betrachten. Er war nur fünfundzwanzig Jahre älter als sein Sohn. Sozusagen ein Kevin aus der Zukunft, aber mit anderem Seelenleben, anderen Erinnerungen, anderen Liedern, anderen Geschichten.

»Wollen Sie es ihm nicht selbst geben?«, fragte ich.

Er schüttelte den Kopf.

»Das ist eine lange Geschichte.«

Vermutlich war er gerade erst heimgekehrt und wollte sie alle überraschen. Zuerst seinen Sohn, den er seit der Kindheit kaum noch gesehen hatte. Der verlorene Vater, der die verlorene Zeit wieder wettmachen wollte.

»Ich wäre Ihnen sehr dankbar.«

Er bat mich, ihn zu seiner Wohnung zu begleiten. Sie sei gleich um die Ecke. Er entschuldigte sich für die Umstände. Wir blieben vor einem Reihenhaus stehen, und er bat mich, zu warten. Dann verschwand er im Keller. Es war ein hohes, dreistöckiges Gebäude, dessen Stil dem jenes Hauses glich, in dem ich gerade arbeitete, nur dass es weniger gut erhalten war. Auf der Fassade blätterte Farbe ab. Eine Renovierung würde vermutlich Jahre dauern. Man müsste es ganz entkernen. In einem Fenster hingen zerrissene Vorhänge. Die Tür zum Flur stand offen, und ich konnte zwei Buggys und ein Fahrrad erkennen. Neben der Tür hing ein Schild mit zwei Reihen von Namen und verchromten Klingelknöpfen. Die zumeist ausländisch klingenden Namen der Hausbewohner waren einfach über die Namen früherer Mieter geklebt worden.

Als er wiederkam, reichte er mir ein schön verpacktes Päckchen. Das Papier war schwarz und fliederfarben.

»Nur ein kleiner Gefallen«, sagte er.

»Sie wollen es ihm wirklich nicht selbst geben?«, fragte ich noch einmal, weil ich nicht glaubte, ihn vor der Familie repräsentieren zu können.

»Sie würden mir sehr helfen«, wiederholte er lächelnd.

Ein anrührender Auftrag, in die Schuhe eines heimgekehrten Auswanderers zu schlüpfen, der mit seinem Sohn Kontakt aufzunehmen versuchte. Ich verstand sehr gut, wie er sich fühlte – er kannte seine Rolle nicht mehr, musste über Nacht all das über Kindheit und Jugend seiner Kinder in Erfahrung bringen, was er verpasst hatte.

Ich hatte das Päckchen unter dem Arm, als ich am Hafen entlangging und daran dachte, dass er genau hier mit Mitte zwanzig das Weite gesucht hatte, damals, als alles noch ganz anders gewesen war. Kevin hatte mir erzählt, dass sein Vater mit dem Zug von Galway gekommen und dann nach Dún Laoghaire gefahren war, um das Schiff zu besteigen. Er hatte bestimmt viel Zeit totschlagen müssen, hatte Schaufenster betrachtet, war am Wasser spazieren gegangen, hatte sich die Yachtclubs angeschaut. Er war sicher am Denkmal für König George vorbeigekommen, das auf vier riesigen Granitkugeln ruhte; eine, die die IRA gesprengt hatte, war später erneuert worden. Dann an der großen Kanone vorn auf dem Pier. Er hatte die durch den Tunnel fahrenden Züge gehört. Er hatte die Pfeile gesehen, die über die Irische See nach Holyhead zeigten, als wäre es gleich um die Ecke. Und er hatte sicher auch das Schild mit der nächsten Abfahrtszeit des Schiffes gesehen.

Vielleicht war er bis zum People's Park gegangen und hatte sich auf eine der blauen Bänke gesetzt, mit Blick auf die penibel gepflegten Blumenbeete, und war dann langsam um den achteckigen Musikpavillon geschlendert. Er hatte sich auf das blaue Geländer gelehnt und auf das Wasser geblickt, aufgeregt und ungeduldig in seine eigene Zukunft geschaut. Eine eher überflüssige Zigarette geraucht. Und er hatte sich bestimmt auch gegrämt, weil ihn das plötzliche Verschwinden vieles kostete, unter anderem seine Freunde. Früher hatte man für Auswanderer eine Totenwache gehalten.

Er hatte bestimmt das Schiffshorn gehört. Hatte gesehen, wie sich die Passagiere am Carlisle-Pier versammelten, wie die Angehörigen vor der Mauer standen, um dem Auslaufen des Schiffes zuzuschauen. Er war an weinenden Menschen vorbeigekommen, an jungen Frauen, die sich ein Lächeln abzwangen, als sie sich noch einmal zum Winken umdrehten. Frauen, die ansteckende Tränen hinter Taschentüchern verbargen.

Ich habe dort selbst oft gestanden und mir vorgestellt, wie sie abgefahren sind.

Er hatte sich mit der Menge über die Holzbohlen des Piers treiben lassen, hatte gehört, wie alle gebeten wurden, die Fahrkarten bereitzuhalten. Er hatte das Schild »Nur für Passagiere« gesehen, sowohl auf Englisch als auch in seiner eigenen Sprache: *Paisinéirí amháin*. Als es an ihm gewesen war, über die Gangway auf das Schiff zu gehen, hatte er den Spalt zwischen Pier und Bordwand und das Wasser darunter gesehen, das Knarren gehört, mit dem sich das Schiff an den Gummifendern gerieben hatte. Und an Bord hatte er das Schild »Vorsicht! Bitte bücken!« gelesen, denn die Tür war niedrig, und hochgewachsene Männer mussten sich beim Eintreten vorsehen.

An Bord umgaben ihn Gerede und Gelächter und Rauch und Menschen, die einen Sitzplatz und einen sicheren Ort für ihr Gepäck suchten. Familien. Pulks von Freunden. Die Frauen aus den jeweiligen Landesteilen blieben unter sich, ließen sich in Ecken nieder, als wollten sie ihr ganzes Leben auf dem Schiff verbringen. Manche trugen schon Minirock oder ahmten andere ausländische Stile nach. Andere trugen Kleider, die ihre Mütter für sie ausgesucht zu haben schienen. Junge, kaum siebzehnjährige Mädchen mit Taschentüchern in den Händen sahen zu den Männern an der Bar, als hofften sie, von ihnen aufgemuntert zu werden. Ein paar Männer hatten den Kragen aufgeknöpft, von ihren Lippen hingen Zigaretten, sie wirkten unbesiegbar. Manche taumelten betrunken über das Deck, noch bevor das Schiff abgelegt hatte. Einige hatten Elvis-Tollen, manche lange Haare und bunte Hippie-Klamotten, und irgendjemand hatte sicher eine Gitarre dabeigehabt.

Er hatte sicher das Motorengedröhn gehört, das das Metall erbeben ließ. Das wummernde, knirschende Geräusch, mit dem sich das Schiff vom Kai löste. Taue, die in das Wasser klatschten und beim Einholen und Aufrollen troffen. Er hörte auch, wie man die Schiffstür mit einem lauten Knall schloss. Er war vielleicht an Deck gegangen, um den am Ufer stehenden Menschen beim Winken zuzuschauen.

All die zurückgebliebene Traurigkeit. Sie war noch in den Mauern. Auf den Bürgersteigen. In den blauen Bänken. Sie steckte noch im Granit wie die Wärme des Tages, die man nach Sonnenuntergang spüren konnte.

Er hatte die Dieselabgase eingeatmet. Den vorbeiziehenden Leuchtturm betrachtet, der so nahe war, dass er ihn fast mit Händen hätte greifen können. Dann spürte er, wie sich das Schiff zum ersten Mal in der Flut aufbäumte, sah die Möwen, die über dem Kielwasser hingen, und hatte den Eindruck, als wären sie durch Fäden miteinander verbunden. Das Land blieb langsam hinter ihm zurück, war kaum größer als eine Postkarte. Als die Briefmarke auf einer Postkarte. Schrumpfte zu einer Abschiedszeile zusammen, die ordentlich auf den Horizont geschrieben war. Dann war es ganz außer Sicht.

16

Nun hatte ich also das Geschenk eines Vaters für seinen Sohn in der Tasche.

Ich verabredete mich mit Kevin, um es ihm zu geben, und fragte mich, warum er seinem Vater noch nicht begegnet war, denn im Grunde war die Welt sehr klein. Wie hatte er ihn übersehen können? Man konnte ja nicht einmal über die Straße gehen, ohne gesichtet zu werden.

Ich hatte den Auftrag, die beiden zusammenzuführen. Das war ein wichtiger Auftrag, der Diskretion und Taktgefühl erforderte. Ich konnte ihm das Geschenk schlecht in einer Bar geben, wie eine Tüte Erdnüsse. »Hier, das ist von deinem Vater.« Das wäre falsch gewesen, denn es gab bestimmt viele Neugierige, die ihre Nase in seine privaten Angelegenheiten stecken wollten.

Ich wartete ab, bis wir zu einer Party gingen.

»Ich muss dir etwas geben, Kevin.«

Doch er war geistesabwesend, ging mit schnellen Schritten, plante den nächsten Teil des Abends.

»Vid«, sagte er. »Wenn wir ankommen, möchte ich, dass du zuerst einen Blick hineinwirfst. Schau dich um. Stell sicher, dass sie nicht dort ist.«

»Wer?«

»Helen.«

Noch ein Auftrag, jedoch ein wesentlich unangenehmerer.

Ich sollte in ein Haus gehen und überprüfen, ob Helen unter den Gästen war. Er wollte ihr nicht über den Weg laufen.

»Wäre augenblicklich falsch. Emotional gesehen.«

Er nannte es den »Helen-Check«. Ich ging hinein, sah mir alle Gesichter an, schaute Frauen in die Augen, als wollte ich sie anbaggern, hakte eine nach der anderen im Geiste ab. Einige pampten mich an und fragten, was zum Teufel ich wolle. Ich lächelte gequält und murmelte: »Ich habe Sie wohl verwechselt.« Aber sie wurden nicht gern verwechselt. Ich wollte Helen finden, aber sie war nicht da. Ich wartete sogar eine Weile, um sicherzugehen, dass sie nicht auf der Toilette war.

Draußen gab ich Entwarnung und griff nach der Tasche mit dem Geschenk, das immer noch nicht überreicht oder geöffnet worden war, weil Kevin zu viel zu tun hatte und mich schon in das Haus zog. Während er redete, tanzte, mit Frauen flirtete und so viel trank, dass er zwischen zwei Sofas versank, konnte ich ihm das Geschenk sowieso nicht geben. Man musste ihn schließlich wecken und mit ein paar Bieren aufrichten, damit er nach Hause gehen konnte. Er habe nicht gepunktet, sagte er, halte es aber nicht für schlimm, denn ab jetzt gehe es ihm nur noch darum, sich die Lichter auszublasen.

Auf dem Heimweg lehnte er sich auf meine Schulter und redete weiter. Er wollte mit zu mir, weil er so spät in der Nacht nicht zu Helen zurückkehren konnte. Wir kamen an einer Reihe kleiner, roter Backsteinhäuser vorbei, deren Haustür direkt in das Wohnzimmer führte. Die Bewohner hörten alles, was auf der Straße gesagt wurde. Kevin musste pinkeln, und ich war mir sicher, dass die Leute im Schlaf hören konnten, wie sein Urin gegen die Mauer sprudelte und als schaumiges Delta über den Bürgersteig floss.

Einen besseren Moment gab es nicht, dachte ich. Ich wartete, bis er fertig war, dann holte ich das Geschenk heraus. Ich war mir der Bedeutung des Augenblicks bewusst, ahnte, was er für ihn und seine Familie bedeutete und was es für mich hieß, an dieser Wiedervereinigung teilzunehmen.

»Ich habe etwas für dich«, sagte ich und gab ihm endlich das Geschenk.

»Oh. Danke.«

»Nein. Du wirst schon sehen. Mach es auf.«

Er wickelte das Päckchen aus, das eine glänzend rote Schachtel enthielt. Sie ähnelte einem Schmuckkästchen, war wie ein Sarg mit Samt ausgeschlagen und schloss sich mit sattem Klicken. Kevin starrte sie für den Bruchteil einer Sekunde an, als hätte ich ihm gerade einen Verlobungsring überreicht.

»Was zum Teufel ist das?«

»Ein Geschenk deines Vaters«, antwortete ich lächelnd.

Er wirkte wie vor den Kopf gestoßen. Ich glaubte anfangs, er wäre überwältigt. Aber dann verengte er die Augen und legte die Stirn in Falten. Er holte tief Luft durch die Nase und sah weg. Dann ließ er das Kästchen fallen, und als ich den Blick senkte, schoss seine Faust so blitzschnell auf mich zu, dass ich dem Schlag nicht mehr ausweichen konnte.

Dabei fiel mir zum ersten Mal auf, dass er Linkshänder war. Ich hatte zwar gesehen, dass er mit links geschrieben und dabei die Hand hochgehalten hatte, um die Worte erkennen zu können, aber dieser linke Haken kam überraschend. Ich war nicht darauf vorbereitet. Ich hatte wieder einmal alle Zeichen falsch gedeutet.

Dies war Wut, keine Versöhnung. Ich hatte mich geirrt, als ich geglaubt hatte, er würde seinen Vater nach dessen langer Abwesenheit in die Arme schließen. Ihn mit offenen Armen empfangen, nachdem er aus der Versenkung aufgetaucht war. Er trat das Geschenk weg, und ich hörte, wie es mit dem dumpfen Klappern einer schweren Münze über die Straße flog. Das aus seiner Hand gleitende Papier erinnerte im Fallen an einen tropischen Vogel, der hinter ihm zu landen versuchte.

Ich stolperte rückwärts gegen ein Fenster. Der in meinem Beutel steckende Hobel, den ich an diesem Abend jemandem abgekauft hatte, bohrte sich in meinen Rücken und klapperte gegen das Gitter, das man wie bei einer Gefängniszelle zum Schutz vor Einbrechern vor dem Fenster angebracht hatte. Ich knallte mit dem Kopf dagegen, spürte aber nur den Schlag seiner Faust, deren Knöchel Abdrücke auf meiner Wange hinterlassen hatte.

»Du beschissenes serbisches Arschloch«, brüllte er.

»Warum?«

»Ich dachte, du wärst mein Freund«, schrie er. »Ich habe alles für dich getan, und du revanchierst dich auf diese Art.«

»Was habe ich denn getan?«, fragte ich. »Was habe ich falsch gemacht?«

Sein wutverzerrtes Gesicht kam mir vertraut vor. Ich hatte es schon einmal gesehen, aber ich hatte ihn immer für meinen Beschützer gehalten und geglaubt, wir würden auf derselben Seite stehen. Ich begriff nicht, was ich verbrochen hatte.

»Misch dich nie, nie in meine Familienangelegenheiten ein. Ich habe dich davor gewarnt.«

»Aber ich habe nichts Unrechtes getan«, erwiderte ich flehentlich.

»Ich dachte, ich könnte dir vertrauen«, rief er.

»Ich wollte nur helfen. Das Geschenk ist von deinem Vater, Kevin.«

Ich konnte nur noch atemlos stammeln. Seine Erwiderung kam mit der Wucht eines Schlagbohrers, der in eine Mauer fuhr.

»Du solltest kapieren, dass wir deine Hilfe nicht brauchen, du kleiner Balkanbastard. Wir brauchen deine Hilfe nicht. Wie kannst du es wagen, dich einzumischen, du mieser, kleiner Euroficker von Heimwerker? Geh nach Hause und bring dein eigenes Land in Ordnung.«

Er weinte. Oder bildete ich mir das nur ein? Sein Kinn bebte, als er mich anstarrte. Dann ging er, ohne sich noch einmal umzudrehen.

Wie hatte ich die Sache so verbocken können? Warum hatte mich die Vorstellung so berauscht, den Vermittler zu spielen? Und wie kam es, dass ich von einer Sekunde auf die andere nicht mehr sein bester Freund, sondern der verhassteste Mensch auf der Welt war?

Ich spürte, wie mein warmes Blut hinten in das Hemd lief. Der Kragen klebte an meinem Nacken. Eine alte Frau sah mich durch das Fenster an. Sie zog die Vorhänge auf, wich aber erschrocken zurück, als sie merkte, dass ich sie gesehen hatte. Ich hatte Blut im Gesicht und an den Händen, ein Bild des Schreckens, direkt vor ihrem Haus.

»Geht es dir gut, mein Junge?«, schien sie zu fragen, hinter Glas und Gitter verschanzt.

Ich nickte, und sie verschwand, doch der Vorhang bewegte sich noch, und ich wusste, dass sie mich weiter beobachtete, ein Opfer in mir sah.

Plötzlich spürte ich das Gewicht meiner Tasche. Und meine Wut. Sein Schlag hatte eine seltsame, schwindelerregende Kraft in mir geweckt, meine eigene unterdrückte Wut freigesetzt, die wie ein Schrei aus mir herausdrang.

Wie hatte ich das zulassen können? Hatte ich denn nicht das Recht, mich zu verteidigen? Ich wäre ihm gern nachgerannt, hätte es ihm heimgezahlt, ihm die Tasche von hinten gegen den Kopf geschlagen. Mein Knie in seinen Rücken gerammt, seinen Kopf auf die Straße gedrückt, den neuen Hobel gezückt, der, wie man mir versichert hatte, kein Diebesgut war, und damit auf ihn eingeschlagen. Ich hätte seinen Schädel geknackt, seine Schädelplatte weggehobelt, hätte geschwelgt in einer grellen Schweinerei aus Farben und Gewalt.

So vergalt er es mir, dass ich vor Gericht den Kopf für ihn hingehalten hatte. Und so würde ich es ihm vergelten. Es war ein entscheidender Moment, der Schwindel angesichts des Abgrunds. In der Schule hatten wir das Buch eines tschechischen Schriftstellers gelesen, in dem es geheißen hatte, dass die Furcht vor dem Fallen in Wahrheit der Lockruf der Leere sei. Man hatte das gleiche Gefühl, wenn man ein Neugeborenes hielt. Oder wenn man das rotierende Blatt einer Motorsäge anstarrte. Es war die Angst vor einer Tat, gegen die man sich mit aller Kraft sträubte.

Ich stand neben mir. Ich hob das Geschenkpapier und das rote Schmuckkästchen auf, suchte nach der Münze, die herausgefallen war. Es war eine Medaille oder etwas ähnliches. Ich tat sie wieder hinein, wickelte das Kästchen in das Papier. Den Wert des Geschenks konnte ich erst ermessen, als ich es ein paar Tage später einigen Kennern im Pub zeigte, die mir erklärten, dass es sich um eine Medaille der irischen Hurling-Meisterschaft handelte.

»Das Geschenkpapier hat die Farben von Galway.«

Kevins Vater hatte vor seiner Auswanderung erfolgreich für Galway Hurling gespielt. Es war eine wertvolle Medaille. Jahre später begegnete ich einer Frau, die eine Weile im Londoner Stadtteil Hammersmith gewohnt und eine solche Medaille während der Renovierung ihres Hauses unter den Fußbodendielen entdeckt hatte. Es war wie ein kostbarer archäologischer Fund.

Als Kevins Vater die Medaille verschenkte, hatte er sich gewiss wie ein Häuptling gefühlt, der seinen Speer oder seine Lieblingsfeder für alle Zeiten in sichere Verwahrung gab. Ein

Augenblick der Unsterblichkeit. Diese Medaille enthielt alle Gefühle, den ganzen Stolz und Jubel des Moments, als er auf das Siegerpodest gestiegen war, um sie entgegenzunehmen, immer noch atemlos und aufgeregt vom Spiel.

Während ich die in meiner Hand liegende Medaille betrachtete, spürte ich die ganze Wucht der Zurückweisung. Ihr Gewicht und der plötzliche Verlust der Freundschaft zogen mich hinab. Ich packte die Medaille oben auf meinen Schlafzimmerschrank und versuchte, sie zu vergessen, doch sie schimmerte weiter im Dunkeln, und auch in mir gärte etwas, das ich lieber vergessen hätte.

Das war es dann. Ich weigerte mich, weiter für die Familie zu arbeiten. Zur Hölle mit ihnen, sagte ich mir. Sollten sie die Dielen selbst verlegen.

Am nächsten Tag arbeitete ich nicht, sondern ging spazieren. Die Freundschaft war jetzt wie eine entwertete Währung, und ich verstand sehr gut, wie sich Kevins Vater gefühlt haben musste. Ich begriff, wie schwer es für ihn war, nach seiner Rückkehr seinen Angehörigen zu begegnen. All die Schuldgefühle, die ihn plagten, weil er sie verlassen hatte. All die Lieder, die ihn anflehten, zurückzukehren. All die Freundschaften, die er aufgegeben hatte und neu knüpfen musste. All die Probleme mit Sprache und Akzent und das Gefühl, dass seine eigenen Wörter wie eine Übersetzung klangen. Ich wusste, wie es war, wenn man etwas missverstand. Die Gedanken anderer falsch deutete. Erst Ausschau hielt, wer alles zuhörte, bevor man etwas zu sagen wagte.

Er hatte bestimmt mehr erwartet. Hatte sicher gehofft, nach seiner Rückkehr Halt zu finden, aber feststellen müssen, dass er auf seiner eigenen Türschwelle fremder war als in jedem fremden Land. So etwas wie Rückkehr gab es nicht, dachte ich. Man konnte nur immer weiter fortgehen.

17

Das wird er bereuen, sagte ich mir. Eines Abends wird er sich beim Anblick der untergehenden Sonne seiner Reue bewusst werden. Er wird sagen, dass ihm die Freundschaft mehr bedeutet als alles andere auf der Welt. Er wird mich suchen, und er wird seinen Vater suchen.

Ich hatte meine Arbeit auf die lange Bank geschoben, und vielleicht war es das, was ihn schließlich zu mir führte. Ich war wie vom Erdboden verschluckt, und seine Mutter hatte vermutlich gefragt, ob das riesige Loch mitten im Haus jetzt für immer offen bleiben sollte.

Die Versöhnung fiel ihm leicht. Er vollzog sie mit gewaltiger Übertreibung. Er verwandelte sie in eine überdimensionale Geste, die zugleich komisch und ernsthaft war. Er suchte mich auf und fiel auf ein Knie. Oben auf dem Hügel mit Blick auf jene Bucht, wo er nach der Gerichtsverhandlung mit mir geangelt hatte. Ich ging spazieren, innerlich leer, fühlte mich wie eine der Möwen, die im Aufwind über die Küste segelten. Das unter mir liegende Meer, das aus dieser Höhe wie kochende Milch aussah, schäumte auf den Strand.

Und da war er, kniete mit gesenktem Kopf auf dem Weg. Ich dachte zuerst, jemand würde seinen Schnürsenkel zubinden. Ich erkannte ihn erst beim Näherkommen. Er saß da wie ein Höfling vor dem Papst, die Kapuzenjacke um die Schultern gerafft, die Hand zu mir ausgestreckt.

Was sollte ich dazu sagen? Es war kühn und originell, und nur das zählte. Sehr phantasievoll. Das breite Lächeln. Die flehentlich verengten, so unschuldig dreinblickenden Augen. Er neigte den Kopf, während ich mich näherte, wartete darauf, dass ich seine Hand ergriff und ihn bat, sich endlich zu erheben, verflucht noch mal, und aufzuhören, den Clown zu spielen. Unter diesen Umständen konnte ich mich nicht weiter an meiner Wut festbeißen. Er stand auf und umarmte mich, sein gesenkter Kopf lag an meiner Brust. Die Spaziergänger, deren Hunde unsere Beine beschnüffelten, mussten uns für ein schwules Pärchen halten. Dann trat er zurück, die Hände fest auf meinen Schultern, und sah mir direkt in die Augen. Sein Atem roch nach Kaffee und Pfefferminz.

»Es war die Hölle, Vid.«

Er legte mir einen Arm um die Schultern, zog mich auf eine Bank.

»Meinst du es ernst?«, fragte ich.

»Ich schwöre.«

»Du willst mich nicht verarschen?«

»Hör zu, Vid. Nach allem, was ich getan habe, verdiene ich deine Freundschaft nicht mehr. Aber ich bin gekommen, um mich bei dir zu entschuldigen. Ich werde mich eine Million Mal dafür revanchieren. Selbst wenn es mein ganzes Leben dauert, mein Freund.«

Was sollte ich tun? Ich kam mir vor wie ein Idiot, der sich aus Versehen die Schnürsenkel zusammengeknotet hatte. Mir kam der Gedanke, dass ich ein bisschen wie Gulliver war, wenn auch eher innerlich, gefesselt durch die Bande der Freundschaft. Vielleicht hielt man es hier ja so, dachte ich. Man gewann einen Freund, man schlug seinen Freund, dann schüttelte man seine Hand und erreichte einen höheren, noch engeren Grad der Freundschaft als je zuvor. Kevin verlieh der Sache epische

Dimensionen. Ich hörte den Optimismus in seiner Stimme und wollte daran teilhaben.

Es hing nicht mit der Arbeit zusammen. Ich hätte wieder auf eine Baustelle gehen können. Ich hätte jederzeit wieder als Wachmann in der Apotheke arbeiten können. Oder mich mit Darius zusammentun. Es kamen mehrere Leute auf mich zu und wollten für mich arbeiten, ich hätte ohne weiteres eine eigene Firma gründen können, wenn ich gewollt hätte. Aber es ging nicht nur ums Geld. Ich war kein Opportunist, der rasch die Kohle zusammenraffte und dann verschwand. Nein, mir waren Dinge wie Freundschaft, Familie und Zugehörigkeit wichtig. Offen gestanden hatte ich nicht den Mut, anders zu sein. Ich wollte mir die Verbitterung ersparen. Ich wollte mir die Einsamkeit ersparen.

»Na, komm«, sagte Kevin. »Wir fahren zu einer Hochzeit nach Belfast.«

So zuversichtlich war er. Wir holten ein paar Klamotten aus meiner Wohnung, und eine Stunde später fuhren wir nach Norden. Kein Blick zurück.

»Und deine Mutter?«

»Ich habe ihr erzählt, du wärst vorübergehend woanders eingesetzt worden.«

Das war ein weiterer Nachteil: Ich musste ihn bitten, alles zu erklären, konnte seine Worte nicht nachprüfen, bevor ich sie akzeptierte.

»Weißt du was, Vid?«, sagte er im Auto. »Genau das mag ich an dir. Du kennst keinen Arg.«

»Wie meinst du das?«

»Du bist arglos. Man kann in dir lesen wie in einem Buch. Du bist gewissenhaft und viel zu ehrlich.«

Ich musste diese Worte in meine Muttersprache übersetzen, um mir über meine Mängel klarzuwerden. Offenbar war es

Zeit für ein wenig mehr Argwohn, aber wer konnte mir das beibringen?

»Du bist so aufrichtig«, sagte er. »Kein bisschen nachtragend. Wehe dem, der das ausnutzt! Ich werde es verhüten.«

Er konnte sich meisterhaft entschuldigen. Und die Welt wimmelte nur so von Leuten, die ihm unbedingt vergeben wollten, sie standen Schlange, um ihm die Hand zu reichen, waren bereit, jedes seiner Worte zu glauben. Das hatte ich oft miterlebt, vor allem bei Frauen. Er legte sich eine Hand aufs Herz, zückte einen zerzausten Blumenstrauß, den er an einer Tankstelle ergattert hatte, halb verwelkte, gelbe Lilien, die nach Beerdigung rochen. Frauen warfen sich ihm an die Brust, obwohl sie ihm besser den Rücken gekehrt hätten. Sie lauschten seinen seelenzerquälten Erklärungen, obwohl sie sich besser die Ohren zugehalten und gekreischt hätten.

Ein Handschlag kostet nichts, heißt es. Die Geschichte dieses Landes ähnelte der meiner Heimat, sie war voller Handschläge und verweigerter Handschläge.

Während der Fahrt erzählte er mir alles über die Probleme Nordirlands. Er teilte die Sache so säuberlich auf, als wäre es ein Fußballspiel zwischen Katholiken und Protestanten oder zwischen Republikanern und Loyalisten, mit der britischen Regierung als Schiedsrichter, der alles falsch machte und absurde Elfmeter gab, bis schließlich der Friedensprozess in Gang kam. Es drehe sich nur um die Vormachtstellung und darum, auf andere hinabzuschauen, sagte er. Es gehe nur darum, nach dem Triumph über die Verlierer durch die Straßen zu marschieren. Erst die freie Marktwirtschaft, sagte er, habe den religiösen und politischen Streitereien ein Ende gesetzt und es den Menschen ermöglicht, sich abzuwenden und stattdessen einkaufen zu gehen.

Ich konnte mir die Sache am leichtesten erklären, indem ich

sie mit meinem Leben verglich. Ich konnte mir keine Feinde leisten. Ich war ein Immigrant und hatte kein Recht darauf, wütend zu sein. Ich wollte kein Außenseiter sein. Ich brauchte den Segen von Kevins Freundschaft und war zum Frieden um jeden Preis bereit.

Soweit ich sehen konnte, bestand die Landschaft oben im Norden aus den gleichen grünen Feldern. Die gleichen schwarzbunten Rinder fraßen das gleiche Gras. Doch auf den Hinweisschildern fehlte die gälische Übersetzung. Kevin zeigte mir rasch die Innenstadt von Belfast mit den berühmten Wandgemälden auf den Hausgiebeln. Auf Seiten der Republikaner gab es Bilder von Bobby Sands, auf Seiten der Loyalisten solche von King Billy. Flaggen und Embleme aus anderen Konfliktregionen der Welt. Auf der katholischen Seite Palästinenserfahnen, auf der protestantischen israelische Fahnen, als würde man den Krieg am anderen Ende der Welt stellvertretend weiterführen.

Ich dachte an das Geschenk seines Vaters, das auf meinem Kleiderschrank lag, ein Klumpen veredeltes Metall in einem Schmuckkästchen. Er ahnte nicht, dass ich es noch besaß. Also fragte ich ihn, wie ich mich verhalten sollte, wenn ich seinem Vater noch einmal begegnete. Er kam wieder ins Grübeln. Legte die Stirn in Falten, die an eine geballte Faust erinnerten. Holte auf die gleiche Art Luft wie neulich. Die verzögerte Antwort. Das Blinzeln. Mir wurde bewusst, dass ich kurz vor einem K.-o.-Schlag stand. Ich hatte das Gefühl, als würden meine Zähne schon jetzt wackeln. Machte mich darauf gefasst, ausweichen und abtauchen zu müssen.

»Lass mich offen sein, Vid. Mein Vater existiert nicht. Kapierst du? Ich will alles vergessen, was meine Mutter durchmachen musste. Er bedeutet uns nichts.«

Als wir das Hotel erreichten, standen die Hochzeitsgäste

draußen. Der Wind war frisch, und die Frauen hielten Hut und Kleid fest und achteten auf ihre Frisuren. Jede Menge tiefe Ausschnitte und Gänsehaut und BH-Träger. Die jungen Männer standen mit hochgezogenen Schultern am Rand, zündeten mit dem Rücken zum Wind Zigaretten an. Ein Mann hielt eine Videokamera in die Luft und filmte alles, was sich bewegte, sogar die vom Wind zerzausten Blumen in den Fensterkästen. Eine Eingangstür knallte, und die Fahnen auf der Rasenfläche vor dem Hotel standen knatternd im Wind, starr wie Pappe. Die irische, die europäische und sogar die amerikanische Fahne, als sollte niemand außen vor bleiben.

Die Braut stieg aus der Limousine und umarmte ein dickes Mädchen mit überbordender Herzlichkeit. Sie sah kurz zu mir, fragte sich wohl, ob sie mich kannte. Sie hatte Ringe unter den Augen, vielleicht wegen der Aufregung und dem Schlafmangel vor der Hochzeit. Gut möglich, dass sie sich wünschte, ein normaler Gast zu sein.

Kevin kannte nur Eleanor, sonst niemanden. Er erzählte ihr, dass ich nach ein paar Drinks ein richtiger Spaßvogel sein konnte. Er forderte mich auf, um Himmels willen endlich etwas zu sagen, weil sich die Leute schon fragen würden, was mir durch den Kopf gehe.

»Wenn du nichts sagst, könnten sie dich für einen Spion halten.«

Doch ich musste nichts sagen, denn meine Tischnachbarin redete ununterbrochen, erzählte mir von all den Konzerten, die sie besucht hatte. Bon Jovi. Und zweimal Britney Spears in den USA. Bruce Springsteens Auftritt in Dublin habe sich richtig gelohnt, weil er drei Stunden gespielt habe. Sie erzählte mir, dass sie in letzter Zeit oft mit ihrem Mann tanzen gehe. Heutzutage sei das die billigste Art, einmal herauszukommen.

Alle meinten, das Essen sei himmlisch. Die Kellnerin legte

mir wiederholt eine Hand auf die Schulter und bot mir einen Nachschlag an. Beim Abräumen wuchtete sie ihren Busen gegen meinen Hinterkopf.

Hier galten andere Sitten. Man warf keine Münzen, um Glück zu wünschen, und feilschte auch nicht um die Braut, indem man ihrer Familie einen Umschlag voller Geld überreichte. Stattdessen hielt man zahllose Reden, die mit Informationen über die Familie, mit Witzen und peinlichen Anekdoten über die Kindheit von Braut und Bräutigam gespickt waren. Ich verstand kein Wort, bis der Brautvater von den nach Amerika und Australien ausgewanderten Menschen erzählte. Und als er auf jemanden zu sprechen kam, der sein Leben im Freiheitskampf verloren hatte, stimmte er ohne jede Begleitung ein Lied an, bei dem alle weinten, auch meine Tischnachbarin.

Ein wunderschöner Krach.

Als man zu tanzen begann, war ich schon betrunken. Eleanor und Kevin nahmen mich mit nach draußen, um einen Joint zu rauchen. Von da an befand ich mich nicht mehr im gleichen Land wie die anderen. Kevin gab mir einen Zimmerschlüssel. Im Flur begegnete ich meiner Tischnachbarin.

»Ich bin sturzbetrunken«, sagte sie und hielt sich an einem Heizkörper fest.

Im Zimmer versank ich sofort in Umnachtung. Etwas später hörte ich, wie jemand gegen die Tür pochte. Das Licht ging an und blendete mich, obwohl ich gar nicht richtig wach war. Ich fühlte mich seekrank. Das Bett schaukelte, und ich wehrte mich gegen das Schwirren in meinem Kopf.

Einer der Strahler auf der Rasenfläche draußen vor dem Hotel schien durch die Vorhänge, und als ich die Augen aufschlug, erblickte ich den auf Eleanor liegenden Kevin. Sie trieben es direkt neben mir. Das Bett quietschte, und die Stirnseite hämmerte gegen die Wand. Eleanor war so nahe, dass ich ihr

Parfüm riechen konnte. Ich hörte ihren Atem, und ihre langen Haare flogen über mein Gesicht.

Man hatte mich zu einem Voyeur gemacht, und ich regte mich nicht, damit sie nicht merkten, dass ich wach war. Ich lauschte Eleanors gedämpften Schreien, die immer rascher aufeinanderfolgten und mich an die Meeresvögel an der Küste erinnerten. Kevin bäumte sich auf, dann rollte er neben sie. Ich bekam einen Ellbogen in die Rippen, konnte mich aber nicht beklagen, weil es keine Absicht gewesen war. Vielleicht gehörte ich ja endlich dazu.

18

Im Grunde hatte ich es erwartet. Die Stadt war zu klein, um sich für immer aus dem Weg gehen zu können. Ja, die sechs Grade des Abstands. Ich brauchte sechshundert.

Wem begegnete ich am späten Abend im Supermarkt? Natürlich: dem Elektriker und seiner Frau. Dem Mann mit der gebrochenen Hüfte. Dem zusammengeschlagenen Mann, der wie tot auf der Straße zurückgelassen worden war. Da war er, lehnte direkt vor mir auf seinem Einkaufswagen und sah prima aus. Er strotzte nur so von Gesundheit, wie Kevin gesagt hätte.

Er war weit weg von seiner gewohnten Umgebung, und ich fragte mich, ob er nach Dún Laoghaire gezogen war. Das wäre ein echter Anlass zur Sorge gewesen, denn in diesem Fall wären wir ihn nie mehr losgeworden.

Ich konnte ihn anfangs nicht einordnen. Wahrscheinlich war ich schon einige Male an ihm vorbeigegangen, hatte ihn gestreift und gedacht, dass er mir irgendwie bekannt vorkam, ohne dass der Groschen gefallen wäre. Im Supermarkt geht man ja meist blind aneinander vorbei. Man hat das Recht auf Anonymität. Man hat nur Augen für die Ware in den Regalen. Man würde sogar an seiner eigenen Mutter vorbeilaufen.

Ich trug einen Korb mit Lebensmitteln, weil ich ab jetzt selbst kochen wollte. Wenn man nicht aufpasste, erging es einem wie allen anderen in diesem Land – dann lebte man nur noch von Sandwichs und Essen aus dem Take-away.

In der Tiefkühlabteilung stand ich plötzlich dem Elektriker gegenüber. Ich lächelte ihn instinktiv an, weil ich glaubte, er wäre früher auf einer Baustelle mein Boss gewesen. Aber das war falsch. Er erwiderte mein Lächeln nicht. Vielleicht wollte er ein anonymer Kunde bleiben oder war noch wütend wegen des verlorenen Prozesses, denn er wirkte bei meinem Anblick nicht sehr erfreut.

Ich musste ein zweites Mal hinschauen, um sicherzugehen. Er hatte noch das Ziegenbärtchen, aber sein Gesicht wirkte voller. Er war braungebrannt, trug Fußballtrikot und Baseballkappe und sah aus wie undercover. Ich wäre wahrscheinlich an ihnen vorbeigegangen, aber seine Frau, die mit einer riesigen Tiefkühlpizza neben ihm stand, starrte mich an. Sie gab ihm einen Stoß mit dem Ellbogen, machte ihn auf mich aufmerksam.

»Sieh an, sieh an«, sagte er.

Ich wollte an ihnen vorbeigehen, als wäre der Supermarkt weiter ein sicheres Umfeld, in dem man einander höflich begegnete und mehr oder weniger ebenbürtig war. Doch es stand zu viel zwischen uns. Ich sah, wie der Blick der Frau immer zorniger wurde. Unverschämt von mir, nach allem, was passiert war, im selben Einkaufszentrum wie sie aufzukreuzen. Er zog die gleiche Grimasse wie damals vor Gericht – als hätte er etwas Ekelhaftes im Mund, als hätte er gerade auf einen Zitronenkern gebissen.

Was sollte ich sagen? Ich tat so, als würde ich ein sehr seltenes Tiefkühlgemüse suchen. Ich verkniff mir einen Blick in ihren Einkaufswagen. Sonst tat ich das gern, aus Neugier und um herauszufinden, ob die Einkäufe zu den Gesichtern passten.

Der Wagen versperrte mir den Weg. Der Elektriker ließ mich nicht durch, sondern drängte mich längs der Tiefkühltruhen zurück. Als ich zur anderen Seite fliehen wollte, folgte er mir und zwang mich, immer weiter zurückzuweichen. Trotzdem erregte er keine Aufmerksamkeit. Manche Kunden dachten vielleicht, dass ich aus Höflichkeit Platz machte, andere mochten glauben, dass wir uns gut kannten und ein Spielchen spielten.

»Ich reiße dir die beschissenen Augen aus«, knurrte er. »Glaubst du, dass du so einfach davonkommst? Warte nur, Freundchen.«

An diesem Punkt wäre ich fast gestürzt und musste meinen Einkaufskorb oben auf ihren Lebensmitteln zurücklassen.

»Hör auf, Larry«, sagte seine Frau und hielt ihn zurück. »Er ist es nicht wert.«

Sinnlos, hier als Sieger hervorgehen zu wollen. Ich beschloss, auf den Einkauf zu verzichten und so schnell wie möglich zu verschwinden. Als ich durch den Gang floh, schnappte er sich ein Glas und warf es nach mir. Es verfehlte mich, aber ich hörte, wie es von den Gefriertruhen abprallte und auf dem Boden in Scherben ging. Der Inhalt ergoss sich vermutlich in Form eines Sterns oder eines Urknall-Entwurfs. Vielleicht war es ein Tikka Masala. Auf jeden Fall nichts aus meinem Korb.

»Schwein«, schrie er mir hinterher.

Ich fand es erstaunlich, dass sowohl Angestellte als auch Kunden keinen Anstoß daran nahmen. Alle setzten fort, was sie gerade taten, umspült von der ständigen Musik. Gerade erklang ein Song, in dem sich ein Mann fragte, ob er seiner Freundin kürzlich seine Liebe gestanden hatte oder nicht. Alle suchten nach Schnäppchen, nach zwei Produkten zum Preis von einem, mit zwanzig Prozent mehr Inhalt und zwanzig Prozent Nachlass. Als ich die Kasse schließlich mit leeren Händen passierte, hörte ich eine Durchsage: »Schaden in Gang sechs. Bitte wegräumen.«

Diese Zufallsbegegnung lag mir schwer im Magen. Sie raubte mir den Schlaf, ich konnte mich gar nicht mehr beruhigen.

Man wusste nie, was hinter der nächsten Ecke auf einen wartete, und ich hielt es für besser, Supermärkte ab jetzt zu meiden. Vielleicht sollte ich mich weiter an Paninis, Kebabs und Fish & Chips halten. Kevin damit zu belasten, wäre sinnlos gewesen, und so erzählte ich niemandem von dem Vorfall und hoffte, die Sache würde sich von selbst erledigen.

In der Zwischenzeit gab Kevin mir ständig neue Aufträge. Ich hatte immer mehr im Haus der Concannons zu tun. Die Träger waren eingesetzt, die Dielen konnten verlegt werden. Dann fiel ihnen auf, wie marode das Flügelfenster war, und sie baten mich, den Rahmen komplett zu erneuern. Durch die salzige Meerluft war das Holz im Laufe der Jahre morsch geworden, und ich stimmte zu, dass das Fenster inzwischen ein Notfall war.

Für diesen Job brauchte ich Darius, denn er besaß eine Werkstatt, in der ein so komplizierter Rahmen angefertigt werden konnte. Ein Kunststoffrahmen hätte nicht zu dem Haus gepasst. Also machten wir uns an die Arbeit, rissen unten das alte Flügelfenster heraus und dichteten die Öffnung mit dicken Plastikplanen und Sperrholz ab, so dass es im Zimmer stockdunkel war.

Darius war ein anständiger Kerl. Immer fröhlich und zu Scherzen aufgelegt. Bei der Arbeit redete er mit dem Holz, führte lange Gespräche mit jedem Stück, während er es in die richtige Form brachte. Wenn zwei Dinge zusammenpassten, fand er stets eine Analogie aus dem Bereich der Sexualität, als wollte er mit dem Holz ins Bett gehen. Noch schlimmer war es, wenn zwei Dinge nicht zusammenpassten. Dann warf er mit allen Flüchen um sich, die er seit seiner Ankunft in Irland auf den Baustellen gehört hatte.

Er beklagte sich über die mangelnde Zahlungsmoral. Er saß den Leuten nur ungern wegen Geld im Nacken, weil ihm das wie Betteln vorkam. Oft war der Job längst erledigt, und er wartete immer noch auf sein Geld, aber vielleicht drückte er sich auch nur ungeschickt aus. Er sagte zum Beispiel: »Ich nehme an, ein Scheck wäre zu viel verlangt?« Er beneidete mich um meine vielen Freunde. Hin und wieder erinnerte er mich an den Plan, gemeinsam eine Firma aufzuziehen, im Prinzip keine schlechte Idee, nur war ich noch unfähiger im Geldeintreiben als er.

»Als Geschäftsmann bin ich ein Reinfall«, sagte er.

»Ich auch.«

»Aber du verstehst dich gut«, sagte er.

»Du meinst wohl, ich verstehe mich gut auf meine Arbeit.«

»Die Concannons«, sagte er. »Du verstehst dich gut mit den Concannons, oder etwa nicht? Du hast irische Freunde. Ich besaufe mich immer noch auf Russisch.«

Er war eine ganze Ecke älter als ich, verbrachte seine Freizeit aber meist mit anderen osteuropäischen Einwanderern. Er erzählte mir von seiner Zeit als Wehrpflichtiger in Russland; es sei unglaublich, was er da alles habe durchmachen müssen. Kaum etwas zu essen. Eiskalte Kasernen. Weit weg von zu Hause. Ständig Prügel und willkürliche Grausamkeiten. Viele Rekruten, erzählte er, würden Selbstmord begehen, und er habe auch oft daran gedacht. Einer seiner Kameraden habe sich in den Kopf geschossen. Das Gehirn habe an der Wand geklebt, und alle hätten sich übergeben müssen, nachdem sie in blutbespritzten Betten aufgewacht seien. Das Gewehr sei den Händen des Toten entglitten und auf der Mündung über den Fußboden getanzt.

»Krieg wäre vielleicht besser gewesen«, sagte er. »Denn so war es wie ein paar Jahre Zwangsarbeit im Knast.«

Wenn ich im Haus war, fiel mir vor allem auf, dass sich Ellis immer mehr von der Familie abnabelte. Sie hatte irgendwie ihren Schulabschluss bestanden und feierte dies eine Weile, wollte es sich erst mal gutgehen lassen, bevor sie über ihren weiteren Werdegang nachdachte. Jane, ihre große Schwester, sah sich in Limerick schon nach einem Zimmer um. Sie hatte alle Erwartungen erfüllt, die ihre Mutter in sie gesetzt hatte. Ich hatte nie Gelegenheit, länger mit ihr zu reden, aber man wusste, dass sie Dinge erreichen würde, von denen ihre Eltern nur geträumt hatten. Ellis neigte zum entgegengesetzten Weg, als würde es ein Gesetz geben, laut dem zwei Schwestern nie das gleiche Maß an Erfolg haben durften.

Ich merkte, dass Ellis ausbrechen und in der freien Wildbahn ein paar wichtige Experimente durchführen musste. Sie hätte um die Welt reisen, Abenteuer haben oder Festivals besuchen sollen, wie es ihr Bruder tat. Stattdessen blieb sie zu Hause. Einmal sah ich sie in der Innenstadt vor einem Nachtclub. Sie zog ihr T-Shirt hoch und zeigte ihre Brüste den Leuten auf der gegenüberliegenden Straßenseite. Die Frauen dort entblößten ebenfalls ihre Brüste, es sah aus wie ein Fruchtbarkeitsritual. Oder war es das Vorspiel zu einem Krieg?

Ellis schien zwar neben sich zu stehen, erkannte mich aber und rief meinen Namen. Sie stellte mich ihrem Freund vor, Diller. Er wirkte nett, sagte aber kaum etwas, wollte nur wissen, wer zum Teufel ich sei. Sie nahm ihn in den Arm und meinte, ich sei in Ordnung, und er müsse sich keine Sorgen machen.

Mir fiel vor allem auf, dass sie das Spucken lernte und mit neuem Akzent sprach. Auf der Straße war sie viel schwieriger zu verstehen, und vielleicht wollte sie eine der ganz Harten sein, näher an der Gefahr, weit weg vom Schutz der Familie.

Währenddessen begann ich, in meiner Freizeit ein kleines Boot zu renovieren. Wenn ich schon nicht als Bootsbauer arbeiten konnte, wollte ich mich wenigstens privat damit beschäftigen.

Außerdem hatte ich den absurden Wunsch, die Familie Concannon wieder zu vereinen. Ich träumte von einer vollständigen Versöhnung. Ich sorgte mich um Ellis, die abgetaucht zu sein schien.

»Gestern bin ich Ellis begegnet«, sagte ich wie nebenbei zu ihrer Mutter.

»Sie geht dich nichts an«, erwiderte Rita.

»Verzeihung«, sagte ich. »Ich wollte nicht neugierig sein.«

Wieder hatte ich mich geirrt, in falscher Sicherheit gewiegt. Ich hatte geglaubt, eine Frage nach ihrer Tochter wäre zulässig, weil wir einander inzwischen so gut kannten. Ja, man hatte mir sogar zu verstehen gegeben, dass Neugier gut war. Hieß man Menschen denn nicht willkommen und gab ihnen ein gutes Gefühl, indem man Interesse an ihnen zeigte und sie wissen ließ, dass jeder seine Sorgen hatte?

Vielleicht nahm Rita es mir immer noch krumm, dass ich ihr meine Geheimnisse nicht anvertraut hatte. Später schenkte sie mir aber wie als Wiedergutmachung ein Lächeln.

»Tut mir leid«, sagte sie und brachte mir als Entschädigung einen Becher Tee. »Ich wollte nicht wütend werden, Vid. Es ist nur so, dass Ellis gerade darauf aus ist, ihr Leben im Eiltempo zu zerstören.«

»Ich versteh schon«, erwiderte ich.

»Sie nimmt Drogen, oder?«

»Davon weiß ich nichts«, sagte ich.

»Ich fürchte«, sagte sie wie zu sich selbst, »dass man niemanden retten kann, der es nicht will. Es ist, als würde jemand ertrinken, während das Seenotrettungsboot unterwegs ist.«

Ich hätte ihnen gern geholfen, wusste aber nicht, wie. Und warum sollte man Ellis daran hindern, sich abzunabeln? Ich machte mir nur Sorgen, weil sie ihr Glück so rasend schnell fand.

19

Während ich darauf wartete, dass Darius die Vorarbeiten für das Flügelfenster erledigte, hatte ich viel Leerlauf, den ich für die Restaurierung meines Bootes nutzte. Und da der Fußboden ruhen musste, bis das neue Fenster eingesetzt war, konnte ich auch noch bei der Nachbarin der Concannons einen kleinen Job erledigen. Sie hieß Rosie. Sie war über neunzig, und ich fragte mich, warum sie überhaupt noch neue Regale brauchte. Wie sich zeigte, war ich so etwas wie ein bezahlter Zuhörer, und sie gab mir sehr viele wertvolle Informationen über die Concannons. Ich hätte die Arbeit in einer Stunde erledigen können, aber sie zog sich endlos in die Länge, und ich verlangte nicht einmal Geld dafür.

Auf ihrem Kaminsims stand ein Foto von Michael Collins, den ich anfangs für ihren Mann hielt.

»War er beim Militär? Ihr Mann?«

»Ich bin unverheiratet«, sagte sie und sah mich an, als hätte ich nicht alle Tassen im Schrank.

»Verzeihung.«

»Das ist Michael Collins«, sagte sie. »Der Freiheitskämpfer.«

Als Mädchen war sie gemeinsam mit Tausenden anderer Menschen bei seiner Beerdigung gewesen. Sie kramte eine Kiste mit vergilbten Zeitungsausschnitten heraus und erzählte mir von seinem Leben. Er war der große Revolutionsheld, der irische Che Guevara. Kevin berichtete mir später, dass Che

Guevara irischer Abstammung gewesen sei. Er hatte Irland einmal besucht, und als er nach der Landung auf dem Shannon Airport einen Blick in die Runde warf, sagte er auf Spanisch: »Bringt mich hier weg!« Denn in einem Land, in dem es von Revolutionären nur so wimmelte, hatte er keine Chance.

Rosie bat mich, die Kiste mit den Zeitungsausschnitten über Michael Collins auf dem Dachboden zu verstauen. Sie klagte über die Verbrechensrate und all die Dinge, die sich während ihres Lebens in Irland verändert hatten. Sie hatte einen Hund namens Rusty, der mit seinen dreieckigen, nach oben zeigenden Ohren wie ein Dingo aussah. Er stamme aus Australien, erzählte sie, und sei nach der Ankunft mit der Fähre direkt zu ihr gelaufen. Dieser Teil der Stadt, fuhr sie fort, habe bei ihrer Geburt Kingstown geheißen. Die Briten hätten die Granitdenkmäler und Kais gebaut. Sie seien große Baumeister gewesen, das müsse sie schon sagen. Seitdem sei außer Tesco nichts Vergleichbares errichtet worden. Das Einkaufszentrum habe die Stadt zerstört, denn nach seinem Bau seien alle kleinen Läden eingegangen. Sie habe früher selbst einen Süßigkeitenladen geführt. Heute sei die Stadt verwahrlost, es gebe viele leere Häuser, und jedes zweite Geschäft sei zu. Die Badeanstalten seien auch schon seit dreißig Jahren geschlossen, und sie erklärte, dass die Iren wenig Respekt vor Gemeineigentum hätten.

Ich kannte ein paar alte Schwarzweißfotos von Dún Laoghaire. Die Leute trugen altmodische Kleider, und alle schienen darauf zu warten, dass etwas passierte. Die Fotos zeigten Läden, in deren Schaufenstern die Waren sorgfältig zu Pyramiden aufgetürmt waren. Büchsen mit Tee, Keksen und Süßigkeiten. In den Fenstern Draperien, draußen Blumenkörbe, und neben den Eingängen hagere Angestellte mit Fliege und langen Kleidern. Es waren Fotos aus Rosies Jugend, einer Zeit, in der die Leute noch so ehrlich waren, dass sie jede Fundsache abgaben.

Rosie machte sich Sorgen um die heutige Jugend.

»Ellis«, sagte sie. »Man muss auf sie aufpassen.«

Wie sich herausstellte, war Rosie nicht nur eine Nachbarin, sondern eine enge Freundin der Familie. Sie kannte die Geschwister von Kindesbeinen an und war oft gebeten worden, einzuhüten. Sie waren nach der Schule bei ihr ein und aus gegangen, hatten Brettspiele mit ihr gespielt und den Hund Bälle apportieren lassen.

»Ein sehr sensibles Kind«, sagte Rosie. »Die Jüngste.«

Vielleicht hätte ich mutiger sein sollen. Aber was konnte ich zur Rettung beitragen? Ich war Bautischler, kein Seenotretter.

»Sie hat ihren Vater immer vermisst«, erzählte Rosie.

Ich dachte daran, dass ich noch die Medaille des Hurling-Wettkampfes besaß.

»Sie war das liebevollste Kind, das ich je gekannt habe. Sie hat mich immer in die Arme genommen. Sie war mir viel näher als ihre Geschwister.«

»Und ihr Vater?«, fragte ich.

»London«, antwortete sie. »Einmal ist er wieder bei ihnen eingezogen, aber das endete in einer Katastrophe.«

»Er ist wieder da«, sagte ich.

»Das glaube ich gern.«

Dann erklärte sie mir, worin das Problem bestand und warum er nicht mehr willkommen war.

»Rita musste eines Abends die Polizei wegen ihm rufen. Die Kinder haben bei mir übernachtet, zu ihrer eigenen Sicherheit.«

Sie mussten sich geliebt haben, dachte ich, schließlich hatten sie drei gemeinsame Kinder. Woran war die Ehe gescheitert? Vielleicht gaben die Briefe eine Antwort darauf.

»Würden Sie ein Auge auf sie haben?«, fragte Rosie.

»Auf Ellis?«

»Sie ist so reizend. Es wäre schrecklich, wenn ihr etwas passieren würde.«

»Keine Sorge«, erwiderte ich. »Ihr Bruder passt auf sie auf.«

»Kevin? Machen Sie Witze? Er ist verrückt. Total verrückt. Ich würde ihn nicht einmal bitten, auf Rusty aufzupassen.«

Sie sagte, er sei genau wie sein Vater. »Sehr charmant. Sehr verspielt und sehr großzügig. Aber man weiß nie, was er im Schilde führt.«

Dann erzählte sie von einer Begebenheit, die sich zugetragen hatte, als Ellis neun Jahre alt gewesen war.

»Ich bin mit den Kindern oft Baden gegangen. Man konnte Kevin nicht mitnehmen, denn er wollte immer der Boss sein. Wenn er dabei war, dominierte er alles und jeden. So war er schon als Junge. Er kam herein und gab Befehle. Sehr nett und höflich. Er ist ein guter Junge, aber in seiner Gegenwart hatte ich immer das Gefühl, entmündigt zu sein.«

Sie sei einmal mit den Mädchen zum Meer gegangen, um bei den Felsen zu angeln. »Krabben und Stachelrochen und so.« Zwei Nachbarinnen und deren Kinder seien mitgekommen. Sie hatten Eiscreme und Limo mit Strohhalm gekauft. Außerdem Bambuskescher mit grünen Netzen, die zusammen mit Angelsachen, Eimern und Schaufeln vor den Läden hingen. Mit Schwimmreifen. Schwimmbrillen. Sonnenbrillen aus Plastik.

Es sei Ebbe gewesen, sagte sie, und sie hätten beschlossen, Seesterne zu suchen. Zwei versteinerte Exemplare lagen auf ihrem Kaminsims. Sie waren schwer zu finden. Man musste nach dem Ablaufen der Flut weit hinausgehen, und selbst dann brauchte man viel Glück.

Sie wollte etwas Unvergessliches finden. Einen Seestern, den die Kinder das ganze Leben als Andenken hatten.

Sie wateten mit gerafften Kleidern durch das flache Wasser, bückten sich, schauten unter Felsen und Seetang. Sie sahen

Krabben, die seitwärts laufend Deckung suchten. Sie sahen kleine Fische, die um ihre Füße flitzten. Durchsichtige Garnelen, die zu ihnen aufschauten und mit den Fühlern winkten. Sie sahen ihre Spiegelbilder und ihre unter Wasser schief wirkenden Beine, aber sie fanden keine Seesterne. Der Nachmittag war lang, auf dem Land läuteten die Glocken, und Rosie, die sich von allen am weitesten hinausgewagt hatte, entdeckte schließlich einen Seestern auf dem sandigen Grund.

»Ich habe einen«, rief sie den anderen zu, die sofort angerannt kamen.

Sie griff in das Wasser, um ihn aufzuheben, und merkte auf einmal, dass es kein Seestern, sondern die Hand eines jungen Mannes war. Seine Leiche lag unter dem Seetang, und erst, als sie an dem zog, was sie für einen unter dem Seetang liegenden Seestern hielt, kam sein Gesicht zum Vorschein, geisterhaft weiß, mit gewellten schwarzen Haaren und geschlossenen Augen, als würde er auf dem Rücken liegend schlafen, unter Wasser mit ausgestreckten Armen träumen. Er war barfuß, und seine Brust war nackt, weil sein Hemd beim Todeskampf aufgeplatzt war. Was sie für einen Seestern gehalten hatte, waren in Wahrheit die kalten, weißen Finger eines Mannes Anfang zwanzig, der eines Nachts durch einen Sprung vom Kai in Dún Laoghaire Selbstmord begangen hatte und von der See wieder an Land gespült worden war. Sie hielt die Hand des Jungen, als wollte sie mit ihm ein Tänzchen auf dem Meeresgrund wagen.

Die Kinder liefen aufgeregt durch das Wasser auf sie zu. Sie ließ den Seestern fallen, drehte sich um und scheuchte sie weg.

»Ich habe mich geirrt«, rief sie. »Kehrt wieder um.«

Sie musste ihre Entdeckung verheimlichen und trieb sie in aller Eile ans Ufer zurück. Wahrscheinlich fragten sich die Kinder, warum die Suche nach Seesternen an diesem herrlichen Nachmittag ein so plötzliches Ende nahm. Sie spürten sicher, dass etwas nicht stimmte. Aber wie hätte sie es ihnen erklären sollen? Die Kinder durften den Toten auf keinen Fall sehen. Also schickte sie sie nach Hause und brach auf, um Hilfe zu suchen. Die Flut lief schon wieder auf und eroberte das verlorene Land zurück. Sie bat die Erwachsenen am Ufer, niemanden zu der Stelle zu lassen, an der die Leiche lag.

Wie hätte sie den Kindern erklären sollen, dass Menschen, die vor Einsamkeit keinen Rat mehr wussten, manchmal so etwas taten? Ging von Ertrunkenen ein unheilvoller Lockruf aus, die Aufforderung, es ihnen gleichzutun, sich unter Wasser zu ihnen zu gesellen und Händchen mit ihnen zu halten, Seestern zu Seestern zu legen? Wenn sich der junge Mann hätte aussprechen können, hätte es vielleicht nicht so mit ihm geendet, so plötzlich, so brutal, mit so großer Gewalt gegen seine Familie.

Rosie stieß auf zwei Polizeibeamte und berichtete ihnen von ihrer Entdeckung. Sie eilten zu der Stelle, die von der Flut verschluckt zu werden drohte. Der Seetang wehte sanft im auflaufenden Wasser. Die Polizisten wateten in Uniform zu der Stelle, wo der Tote abzutreiben drohte.

Rosie bedauerte den jüngeren Polizisten. Er war nicht viel älter als der ertrunkene Junge. Und nun musste er die Leiche aus dem Wasser holen und wie einen Bruder an Land tragen.

»Ich kannte die Familie«, sagte sie. »Er hatte seiner Mutter einen Zettel mit den Worten ›Ich liebe euch alle‹ hinterlassen.«

Den ganzen Nachmittag scheuchten Eltern ihre Kinder nach Hause, versprachen ihnen Softeis und vieles andere, um sie vom Ufer fernzuhalten. Kleine Menschengruppen standen am rostigen, blauen Geländer und hielten eine Art Totenwache, betrachteten die auf dem kalten Beton liegende Leiche des jungen Mannes, dessen Gesicht mit einem bunten Badehandtuch bedeckt worden war. Sie flüsterten den Namen des Toten. Sie sagten, dass seine Strümpfe und Schuhe so ordentlich auf dem Kai gestanden hatten, als habe er zu Bett gehen wollen. Sie warteten auf den Rettungswagen, der ihn abholen sollte, und meinten, er sei ein netter Junge gewesen. Niemand habe mit so etwas gerechnet.

»Glauben Sie, dass sie es gewusst hat?«, fragte Rosie. »Ellis? Glauben Sie, dass sie etwas geahnt hat? Glauben Sie, dass sie deshalb nicht mehr kommt und mit mir redet?«

20

Eines Tages rief mich Helen an und bat um ein Treffen unter vier Augen. Sie wollte nicht sagen, worum es ging, aber ich ahnte es: Sie wollte mich wegen Kevins Seitensprüngen ins Kreuzverhör nehmen. Er ließ nichts anbrennen, trieb es mit jeder Frau, die seinen Weg kreuzte, schlief sich quer durch die Nation, wie er sich ausdrückte. Er verschmähte nur Frauen, die kein Interesse an ihm zeigten, und solche, die seiner Meinung nach die Mühe nicht lohnten. Er hatte, wie er mir erzählte, sogar ein oder zwei Nächte mit Liuda, meiner Exfreundin, verbracht. Vielleicht hätte ich wütender reagieren sollen, aber ich hielt mich zurück. Er gab mir die Hand und gratulierte mir dazu, sie entdeckt zu haben, denn sie sei eine Expertin im Bett. Was er tat, ging mich nichts an, aber nun sollte ich mich in der Innenstadt mit Helen treffen und ihr Rede und Antwort stehen.

»Wir müssen reden«, sagte sie und klang ein wenig wie eine Ärztin, die sich wegen einer ernsthaften Erkrankung meldete.

Ich war gerade im Baustoffhandel, als sie anrief. Ich stand neben den Holzschutzmitteln, und die Säge im Hof war so laut, dass ich Helen kaum verstand. Ich konnte den Mann aus Südossetien sehen, der Bretter sägte, eine Schutzbrille auf der Nase und Kopfhörer in den Ohren. Der Mann, der Liuda aus Moldawien geholt hatte, war auch da, und ich bildete mir ein, dass er verstimmt war, weil ich die Hartholz-Fensterrahmen nicht bei ihm kaufte, sondern für den halben Preis von Darius zimmern ließ.

Helen deutete an, dass es sehr dringend sei. Also ließ ich alles stehen und liegen und beschloss, die benötigten Sachen später zu kaufen.

Ich war sehr gern im Baustoffhandel, weil dort viel geredet wurde. Man wurde ständig etwas gefragt. Wie läuft's? Hast du zu tun? Viele Aufträge? Schon einen Feierabendhammer besorgt? Als ich einen der Männer an der Information fragte, was ein Feierabendhammer sei, lachte er und antwortete mit russischem Akzent, dass sie ausverkauft seien, aber in einem Wohltätigkeitsladen könne ich vielleicht einen gebrauchten finden. Ich fragte nur, weil man im Baustoffhandel oft etwas über neue Dübel oder verzinkte Zimmermannsnägel erfuhr, Dinge, die sehr praktisch waren, wenn man Verputzgitter anbringen wollte. Alles, was das Bohren ersparte, wurde begrüßt, und wahrscheinlich wartete jeder auf das Holz, das sich selbst in passende Stücke zersägte. Die Klempner tauschten manchmal per Handy verschwommene Bilder aus, die neuartige Abflüsse für Zisternen zeigten. Für mich sahen sie eher aus wie menschliche Gliedmaßen, aber ich hatte natürlich keine Ahnung vom Klempnern.

Ein Angestellter an der Information rollte einmal die Hose hoch, weil er mir unbedingt eine große Narbe auf seinem Knie zeigen wollte. Er war eines Nachts von einer Brücke gestürzt und in einem im Kanal liegenden Einkaufswagen gelandet. Er hatte damit vor seiner Freundin angeben wollen, aber leider hatte er die falsche Brücke erwischt, eine ohne unteren Rand, der seinen Sturz abgefangen hätte. Er war mit der Kniescheibe aufgeschlagen. Jetzt sei sie aus Plastik, erzählte er mir, und enthalte einen Nagel, der am Flughafen bei der Sicherheitskontrolle jedes Mal Alarm auslöse. Die Ärzte meinten, er könnte entfernt werden, aber der Mann hatte Gefallen an ihm gefunden und wollte ihn behalten.

Im Grunde war der Baustoffhandel ein ebenso guter Treffpunkt wie ein Pub.

»Kein Problem«, sagten die Leute immer.

Sie scherzten natürlich meist. Aber man musste darauf achten, wann es ihnen ernst war. Manche meinten, ich sei ganz okay. Manche meinten, ich sei kein übler Kerl. Manche meinten, man könne nicht über mich meckern, und manche meinten, ich sei der netteste Mensch auf Erden, eigentlich kein besonders tolles Kompliment, denn ich wollte ja nicht arglos oder unscheinbar oder viel zu ehrlich sein.

Ein Angestellter am Tresen fragte mich wiederholt, ob ich je dem bärtigen Kerl begegnet sei – wie heiße er doch gleich? Radovan Karadžić? Der Typ, der die vielen Kriegsverbrechen in Jugoslawien begangen habe.

Solche Fragen waren meist nicht ernst gemeint, sondern nur eine Art Bestätigung, so etwas wie eine Überprüfung der Anwesenheit. Ich genoss es, mit den anderen Männern anzustehen, weil mir dies ein Gefühl der Zugehörigkeit gab. Man zog eine Nummer und wartete, bis man aufgerufen wurde. Dann bestellte man, was man brauchte. Ein altmodisches System, aber es gefiel den Handwerkern, weil sie die Ware günstiger als in den üblichen Baustoffmärkten bekamen. Sie redeten, rissen Witze, klagten über ihre Arbeit und tratschten kurz mit Jenny an der Kasse, während sie bezahlten oder die Quittung unterschrieben. Man kaufte also nicht nur Holz und Klempnerbedarf, sondern hatte auch ein Auge aufeinander. Man fuhr zum Baustoffhandel, um gesehen zu werden. Wenn man dort länger nicht erschien, verloren einen die Leute aus den Augen. Man wurde vergessen. Sei man vom Erdboden verschluckt worden?, fragten sie dann. Oder von einer Leiter gefallen? Sie wollten wissen, was los war.

In diesem Land musste man dafür sorgen, dass man gesehen wurde und in Erinnerung blieb. Es gab viele Tricks, um zu zeigen, dass man lebte und wohlauf und keinesfalls in der Versenkung verschwunden war. Man tratschte, erzählte Geschichten und stellte Fragen. Tat anderen einen Gefallen. So etwas in der Art.

Und lärmte nachts auf der Straße.

Als ich zum Beispiel eines Abends durch das Zentrum von Dún Laoghaire nach Hause ging, hörte ich eine Frauentruppe kreischen. Sie trugen hochhackige Schuhe und Kleider, die eigentlich nur Fetzen waren, und scharten sich um eine junge Frau mit weißen Hotpants, die viel Hintern zeigte. Am anderen Ende der Straße wurde ein Mann mit breiter Brust, kräftigen Armen und einer Tätowierung auf dem Hals von mehreren Freunden zurückgehalten. Sie stolperten gegen einen Geldautomaten, der sich in der Wand befand, und der große Typ schrie: »Ich will doch nur mit ihr reden.« Beim Festhalten rissen ihm seine Freunde versehentlich das Hemd herunter. Als er sich schließlich befreit hatte und mit nackter Brust angestürmt kam, ergriffen die Frauen laut kreischend die Flucht. Er erwischte die Frau mit den Hotpants nicht, mit der er unbedingt hatte reden wollen, denn sie nahm ihre Schuhe in die Hand und rannte barfuß davon. Also trat er gegen eine Telefonzelle und brüllte aus voller Kehle. Im Grunde war es eine öffentliche Soap. Am Ende fielen sie einander in die Arme, und man konnte sehen, wie sie sich auf der Rückbank eines davonfahrenden Taxis aneinanderschmiegten. Danach trat im Zentrum wieder Stille ein.

Oben auf einer Ecke des Bankgebäudes befand sich eine Überwachungskamera, die alles aufgezeichnet hatte. Und ein uniformierter Mann, der wahrscheinlich auch nicht aus Irland stammte, sah sich das Drama auf einem Bildschirm an, ein Essen aus dem Take-away auf dem Schoß, denn das war sein Job.

Gut möglich, dass ich viel zu oft zum Baustoffhandel ging, noch irgendwelche überflüssigen Dinge besorgte, an die ich beim letzten Mal hätte denken sollen. Einen Bohrer. Eine Klinge. Eine Tube Spachtelmasse. Vielleicht war das meine Art, dafür zu sorgen, dass ich gesehen wurde, vielleicht gab ich den Leuten so zu verstehen, dass ich existierte.

Ich traf Helen in einem Café in der Innenstadt. Sie hatte vom vielen Weinen dunkle Ringe unter den Augen. Sie erzählte mir, dass Kevin sie nicht mehr sehen wolle. Er nahm weder ihre Nachrichten an, noch beantwortete er ihre E-Mails. Er war der Typ, der urplötzlich verschwinden konnte, aber sie weigerte sich, es zu akzeptieren. So gut er auch im Geschichtenerzählen war, wenn es ans Abschiednehmen ging, fiel ihm nichts anderes ein, als einfach zu verschwinden, ohne sich noch einmal umzudrehen.

»Ist es ihm ernst mit dieser anderen Frau?«, fragte sie, ohne ihren Namen in den Mund zu nehmen.

»Du meinst Eleanor?«

»Ja.«

»Ich glaube nicht«, sagte ich. Ich hatte nicht das Herz, ihr zu erzählen, dass er längst zu anderen Frauen weitergezogen war.

Man kennt solche Geschichten. Sie sind mehr oder weniger universell, obwohl jedes Land seine eigenen Richtlinien für Betrug und Verrat hat. In diesem Fall bestand das Problem aber darin, dass ich die Trennung von Helen stellvertretend für ihn vollziehen musste. In diesem Moment war ich sozusagen sein Bote.

»Gibt es noch andere?«, fragte sie.

»Meinst du andere Frauen?«

»Tu nicht so unschuldig, Vid.«

»Ein paar«, gestand ich.

»Warum zum Teufel erzählt mir das niemand?«

Sie sagte dies mit einer Bitterkeit, die nicht zu ihr passte. Draußen schrie eine Möwe, die auf einem Dach saß, und es klang fast, als würde sie lachen. Auf einmal kam mir das Café seltsam unwirklich vor, und ich hatte das Gefühl, auf Dursey Island zu sein.

»Verdammte Scheiße! Du deckst ihn doch. Er ist dein bester Freund, und du kannst ihn nicht verraten. Du schaust zu, wie er mich betrügt, und schweigst. Du machst einfach mit. Du unterstützt ihn die ganze Zeit. Du lügst für ihn. Weil ihr euch diese Treue geschworen habt, die mehr bedeutet als alles andere auf der Welt. Ihr zwei seid wie eine beschissene Freimaurerloge.«

»Ich dachte, es wäre besser, wenn du nichts weißt«, sagte ich, wusste aber, wie lahm ich klang.

»Du lügst für ihn. In diesem Moment.«

»Helen, vergiss es einfach«, sagte ich, um sie aufzumuntern. »Er wird bald mit dem Aufreißen aufhören.«

»Du müsstest dich mal hören«, erwiderte sie mit einem verzweifelten Lachen. »Glaubst du, ich könnte all das vergessen und so tun, als wäre es nie passiert?«

Ich war ziemlich durcheinander, murmelte etwas, versuchte vergeblich, ihn herauszuboxen.

»Er hat einen Fehler begangen, Helen. Du bist immer noch seine große Liebe, da bin ich mir ganz sicher.«

»Du bist sein Schatten«, sagte sie.

Sie weinte und versuchte, ihre Tränen zu verbergen, indem sie auf die Straße sah. Männer betraten das Café, blieben stehen, eingeschüchtert von ihren Tränen, wirkten plötzlich erschrocken und voller Selbstzweifel.

»Ach, was rede ich, Vid«, sagte sie, wischte sich mit einem

Ärmel über die Augen und drehte sich zu mir um. »Es ist ja nicht deine Schuld.« Sie versuchte, wieder zu lächeln.

»Ich hoffe, ihr findet wieder zusammen«, sagte ich.

»Das ist nett von dir, Vid. Danke.«

Es bedurfte nur dieser harmlosen Worte, um sie wieder etwas versöhnlich zu stimmen. Ich versuchte, sie aufzuheitern, und wechselte das Thema. Ich erzählte ihr von den Männern im Baustoffhandel. Dort gab es einen lustigen Typen, der immer sagte: »Benutz deinen Kopf!«, wenn jemand etwas Schweres wie einen Sack Zement heben wollte. Dann gab es jemanden von einer Firma namens ›1-A-Klempnerei‹, der immer den gleichen Song von ABBA pfiff, und einmal hatte ich gehört, wie ein anderer Mann gesagt hatte, dass es ein altes irisches Sprichwort gebe: Hüte dich vor Menschen, die nur ein Lied kennen.

Ich konnte ihr ein Lächeln entlocken, aber ich glaube, sie war nur höflich und wollte das Kreuzverhör wiedergutmachen, in das sie mich genommen hatte.

Weil ich optimistisch bleiben wollte, erzählte ich ihr von dem kleinen Holzboot, das ich in meiner Freizeit restaurierte.

»In der Werft bin ich einem alten Mann begegnet, der sagte, ich könne frei über das Boot verfügen, wenn ich bereit sei, es wieder in Schuss zu bringen.«

»Hoffentlich will er dich nicht linken«, sagte sie.

Ich überhörte diese Zweifel und erzählte, dass ich es kaum erwarten könne, wieder angeln zu fahren. Im Sommer müsse man draußen auf dem Meer sein. Dort gebe es keine Autos, man höre nur das Gemurmel des Wassers unter dem Boot, und eine Möwe beobachte einen von oben, um zu schauen, ob man etwas gefangen habe.

»Wir könnten zusammen hinausfahren«, sagte ich. »Sobald das Boot wieder seetauglich ist.«

Ich meinte natürlich auch Kevin. Ich war zuversichtlich und

rechnete damit, dass sie sich ebenso rasch vertragen würden wie das Muskelpaket und das Mädchen in den weißen Hotpants.

»Einer gemeinsamen Angeltour steht nichts im Weg«, erwiderte sie.

Ich fragte mich, wie sie das gemeint hatte, denn sie bat mich, sie nach Hause zu begleiten, wo sie Kevins Sachen in Kisten verpackt hatte. Strümpfe, Unterhosen, Hemden. Eine lederne Pilotenjacke aus dem Zweiten Weltkrieg, die er von seinem Onkel bekommen hatte. Seine Bücher. Eine abgeschubberte Gitarre mit weißem Schallbrett, die er von einer Australienreise mitgebracht hatte, signiert von allen Leuten, denen er unterwegs begegnet war. Wanderschuhe. Computerzubehör, Kabel und anderer Kram, der längst in den Müll gehört hätte. Bilder der beiden, die einen Ausdruck wert gewesen waren. Ein besonders denkwürdiges Foto, das sie auf einer Klippe über dem Meer zeigte und vermutlich mit Selbstauslöser aufgenommen worden war. Er hatte die Arme um sie geschlagen, eine Hand in ihre Tasche gesteckt und lächelte über ihre Schulter. Nun war ihr das Bild nicht mehr wichtig, jedenfalls redete sie sich das ein. Alles musste raus, wurde gemeinsam mit den Nachrichten auf dem Anrufbeantworter ausgelöscht.

Sie bestellte mir ein Taxi und bezahlte im Voraus. Dann half sie mir, die Kisten hinauszutragen. Sie umarmte mich und verabschiedete sich.

»Danke für deine Hilfe, Vid.«

Sie wandte sich ab, so dass ich nicht sehen konnte, was in ihrem Blick lag. Und als das Taxi losfuhr, war sie schon wieder hineingegangen, außer Sicht.

21

Was hätten Sie getan? Mit der Medaille, meine ich. Ich konnte sie ja nicht für immer horten. Kevins Vater sollte nicht glauben, dass ich sie selbst behalten oder aus Faulheit nicht weitergegeben hatte. Er wartete ja noch. Was sollte ich also tun? Ich hatte die Pflicht, sie zurückzugeben oder ihm wenigstens zu berichten, was passiert war.

Ich erwog, sie mit der Post zu schicken. Oder sie in Kevins neuer Wohnung zu lassen, die er eigentlich mit Helen hatte beziehen wollen. Oder sie im Haus der Concannons zu den Andenken der Familie zu stecken, damit Rita sie irgendwann fand. Schließlich beschloss ich, sie zurückzugeben. Ich hatte so lange mit mir gerungen, weil ich wusste, dass ich damit ein Versprechen brach. Noch bevor ich das rote Kästchen mit der Medaille vom Schrank holte, war mir klar, dass ich ein Tabu brach.

Das Problem bestand darin, dass ich, freundlich ausgedrückt, nicht wortgewandt genug war. Ich spielte das doppelzüngige Spiel, ich selbst zu sein.

Angeblich arbeitete Kevins Vater als Nachtwächter in einem Yachtclub. Dort saß er jede Nacht vor den Bildschirmen und überwachte die Boote in einer Werft, sah manchmal aus dem Fenster oder vertrat sich die Beine, um den gleichen Anblick mit eigenen Augen zu sehen. Es war ein Job, den auch ich sehr gut gemacht hätte.

Ich suchte ihn eines Sonntagnachmittags in seiner Souterrainwohnung auf. Das Licht war an, Musik lief. Traditionelle irische Musik. Er hustete beim Öffnen. Oben brüllten Leute. Die Eingangstür des Hauses knallte. Ich hörte, wie Münzen auf die Straße klirrten, und dann fluchte jemand in einer fremden Sprache.

Ich hätte ihm das Kästchen mit der Medaille einfach in die Hand drücken und gehen sollen. Doch er bat mich herein, und ich mochte nicht ablehnen. Ich muss natürlich zugeben, dass ich neugierig war und mehr über ihn erfahren wollte, über die Briefe, die er nach Hause geschrieben hatte, über die Geschichte der ertrunkenen Frau.

Johnny Concannon war unrasiert, sein Hemdkragen stand offen. Er räumte hektisch eine Zeitung vom Tisch und stellte die Musik leiser. Seine Kleider waren verraucht. Außerdem lag ein Hauch von Suppe und Schimmel in der Luft. Alles, was er in seinem Leben besessen hatte, befand sich hier in dieser Souterrainwohnung, in der fast immer Nacht zu herrschen schien. Ein Einzelbett mit Stahlrahmen, ein alter Frühstückstisch mit Resopalplatte, zwei Metallstühle mit weißen Sternen auf den Sitzpolstern, einige auf dem Boden gestapelte Bücher, ein Radio auf der Fensterbank. An einer Wand hing ein kleines Waschbecken, auf einer Kommode daneben standen ein elektrischer Wasserkessel, ein Spiegel und Rasiersachen. Die Toilette schien sich hinten oder oben zu befinden, vielleicht auch im nächsten Pub. Auf dem Tisch drängten sich ein geschnittener Laib Brot, ein verbeulter Teetopf aus Metall, eine Zuckertüte, eine Schachtel mit Teebeuteln und eine Milchtüte. Außerdem gab es einen CD-Spieler mit einem Stapel seiner Lieblings-CDs, darunter Jimi Hendrix, Bob Dylan und Neil Young.

Ich sah wieder seine Ähnlichkeit mit Kevin, nur war seine Miene gelassener. Seine Erwartungen waren offenbar viel begrenzter. Er war bescheiden geblieben. Er bat mich, Platz zu nehmen, und bot mir eine Tasse Tee an. Während er den Kessel füllte, sah ich mich um und entdeckte ein Foto von Rita und ihm an der Wand. Sie wirkten sehr jung, waren vielleicht frisch verheiratet. Beide lächelten.

»Oder möchten Sie einen Drink?«, fragte er. »Einen Schluck Whisky?«

»Nein, danke«, antwortete ich. »Lieber einen Tee.«

Er bot mir ein Twix an, doch ich lehnte ab und erklärte, dass ich weder Schokolade noch Toffees aß. Ich sah zu, wie er Tee einschenkte, und erinnerte mich an Darius, der gesagt hatte, dass man in irischen Familien mit jeder Tasse Tee eine Sicherheitsschranke passiere.

Da ich nichts weiter zu erzählen hatte, holte ich das Kästchen mit der Medaille heraus. Ich gab es ihm nicht, sondern stellte es auf den Tisch, als wäre es eine neutrale Information, die für sich selbst sprach, aber einen gewissen Interpretationsspielraum ließ, vielleicht sogar ein Fünkchen Hoffnung.

»Er wollte es nicht von mir annehmen«, sagte ich.

»Verstehe.«

Er betrachtete das Kästchen, rührte es aber nicht an. Die Zurückweisung war zu groß.

»Dann ist die Sache also erledigt«, sagte er. »Vielen Dank, dass Sie es versucht haben.«

Er lächelte. Doch ich sah die Selbstzweifel in seinem Blick. Er begann, das Unfassbare zu erfassen. Er wollte einfach nur zur Kenntnis genommen werden, wünschte sich die Illusion, willkommen geheißen zu werden, wenigstens von seinem Sohn. Ganze Leben bauten auf solchen Illusionen auf – die Hälfte einer Geschichte, eine bloße Andeutung, ein wenig Optimismus in den Worten.

Ich fragte ihn, wie lange er in England gelebt habe.

Er sei während seiner Zwanziger gegangen, antwortete er, aber nicht aus Zwang. Er sei der Musik gefolgt, die damals vor allem aus England gekommen sei.

»Damals hat man das so gemacht«, sagte er. »Man brach aus.«

Er hatte einen guten Job in einer Bar in Galway gehabt und hätte irgendwann Geschäftsführer werden können. Doch irgendetwas hatte ihm gefehlt. Er hatte das Gefühl gehabt, keinen festen Boden unter den Füßen zu haben, und viele seiner Bekannten waren fortgegangen.

»Alle meine Freunde waren weg«, sagte er. »Ich dachte, mein Leben wäre vorbei, wenn ich in Irland bleiben würde. In London bin ich dann Rita begegnet, und wir haben geheiratet und eine Familie gegründet. Aber es hat nicht geklappt.«

Vielleicht war ich der einzige Zuhörer, der diese Erklärung unwidersprochen hinnahm. Ich hatte das Gefühl, dass mir diese Information nicht zustand, aber ich konnte auch nicht einfach aufstehen und verschwinden, als würde sie mich nicht interessieren.

»Ich hätte mir mehr Mühe geben sollen«, sagte er und nickte in Richtung des Bildes an der Wand. »Aber sie hat es mir nicht leicht gemacht.«

In England war es ihm nicht schlecht ergangen. Er war keiner der Männer, die auf Baustellen malochten und zusahen, wie sich der Beton wie Porridge in das Fundament ergoss. Mit seiner Lunge vertrug er eine solche Arbeit nicht. Stattdessen arbeitete er in Bars und konnte schließlich einen Pub pachten, in dem viele Iren tranken. Der Laden brummte. Aber da Rita als Lehrerin tätig war, sahen sie einander kaum. Schließlich beschloss sie, nach Irland zurückzukehren, weil sie nicht wollte, dass ihre Kinder in England bei einem Mann aufwuchsen, der die ganze Zeit Alkohol in sich hineinkippte.

»Sie wollte gar nicht, dass ich mitkam«, sagte er.

Er starrte eine Weile den Fußboden zwischen seinen Schuhen an. Er fragte, ob er rauchen dürfe, und fügte hinzu, er habe mit fünfzehn angefangen, und es sei das einzige Mittel gegen seinen Husten. Es kurbele das Immunsystem an, erklärte er, aber es sei wohl an der Zeit, dass er wieder drehe.

»Sie hat mir die Tür vor der Nase zugeschlagen«, sagte er. »Ich habe hier eine Weile mit ihr zusammengewohnt, aber sie ertrug meine Anwesenheit im Haus nicht. Sie hatte diese Art, mich kleinzumachen. Ich weiß, dass ich meine Fehler habe, aber manche ihrer Vorwürfe waren brutaler als ein Faustschlag in die Zähne.«

Mir kam der Gedanke, dass alles anders wäre, wenn er seine Familie nicht verlassen hätte. Sein Aussehen, ja sogar seine Gesundheit wären besser. Seine krummen Schultern zeugten von dem Pech, das er im Leben gehabt hatte. Er hätte viel mehr Selbstvertrauen haben, sich seiner Stellung in der Welt viel gewisser sein müssen. Er hätte ein Auto besitzen und Golf spielen müssen, hätte mit Frau und Kindern Urlaub im Ausland machen und ganz anders aussehen sollen. Stattdessen wirkte er so verhärtet wie jemand, der nur draußen gelebt hatte, ständig zu Fuß gelaufen war und im Regen auf Busse gewartet hatte, anstatt mit dem Auto zu fahren.

Nachdem Rita mit den Kindern gegangen war, warf er den Job als Wirt hin und wurde Hausmeister. Im Laufe der Jahre kümmerte er sich um Wohnblocks in verschiedenen Teilen Londons. Er versuchte sein Glück eine Weile in Amerika, in Südafrika und schließlich in Kanada, wo die meisten seiner Brüder lebten. Er wollte so reich werden wie sie und seine Familie wiedergewinnen, indem er mit Taschen voller Geld heimkehrte. Doch es gelang ihm nicht, und er landete immer wieder in London. Noch ein Job als Hausmeister, nicht mehr so gut bezahlt oder ansehnlich wie früher, aber immer noch eine gute Arbeit samt Souterrainwohnung, die im Gegensatz zu seiner jetzigen wenigstens warm war.

Er wirkte wie jemand, der zum ersten Mal in Irland war. Und er erkannte kaum etwas wieder. Noch schlimmer waren die kleinen, vertrauten Details, die ihm das Gefühl gaben, dass Irland das feindseligste Land auf der ganzen Welt war. Die unveränderten Wahrzeichen führten ihm vor Augen, wie rasch sein Leben vergangen war; er musste einsehen, dass er kein früheres Ereignis rückgängig machen konnte.

Seine Mutter, erzählte er, habe ihn vor ihrem Tod in London besucht. Hier verfiel er in Gälisch, als könnte er nur in seiner Muttersprache von ihr reden. Mir erging es ähnlich, denn bestimmte Erinnerungen konnte ich nur auf Serbokroatisch fassen. Auf Gälisch, das er sofort übersetzte, erzählte er mir, dass sie ihn besucht habe, weil er und seine in Kanada lebenden Brüder nur ungern nach Hause gekommen seien. Er habe ihr sein Bett überlassen und auf dem Sofa geschlafen, und während der Morgenstunden sei sie im Schlaf gestorben. Vielleicht habe sie es ja so geplant – vielleicht habe sie im Beisein ihres jüngsten Sohnes friedlich entschlafen wollen.

Er versuchte, seine Gefühle vor mir zu verbergen, und sagte nur, dass ihn mit Connemara nichts mehr verbinde. Es gebe dort nur noch das leere Haus und die Erinnerungen an seine mit sieben Brüdern verbrachte Kindheit. Den ältesten Bruder habe er erst nach seiner eigenen Auswanderung im Ausland kennengelernt.

Er fragte mich, ob ich meine Heimat vermissen, an Heimkehr denken würde. Vielleicht verriet etwas in meinem Blick, wie ähnlich wir uns waren – immer zwischen den Stühlen, weder da noch dort.

»Ich war in meinem Leben oft einsam«, sagte er, »aber die

schlimmste Einsamkeit entspringt dem, was man selbst getan hat.«

Es fiel ihm zu schwer, darüber zu reden, noch einmal Revue passieren zu lassen, was er in meinem Alter angestellt hatte, damals, als er sich selbst noch nicht durchschaut hatte. Man vergaß am besten alles, zog weiter und blickte nie zurück.

»Ich bin ausgesperrt«, sagte er. »Ich darf mich weder dem Haus noch meinen Kindern nähern.«

Er sah mir forschend in die Augen, als wollte er ergründen, ob ich ihn verachtete, nachdem er das Schlimmste gestanden hatte.

»Glauben Sie mir, Vid. Sie möchten gar nicht alles hören. Ich habe mein ganzes Leben lang einen Moment des Wahnsinns bereut.«

Er erkundigte sich nach dem Fortgang der Arbeiten im Haus, und ich erzählte ihm, dass schon die Rede vom Einbau einer neuen Küche sei.

»Sieht aus, als wäre ich dort festgewachsen«, scherzte ich. Im Grunde nahm ich seinen Platz ein, ging in dem Familienhaus ein und aus, aus dem man ihn verstoßen hatte.

»Wie geht es ihnen denn?«, fragte er.

»Es geht allen bestens«, antwortete ich begeistert. Ich zählte auf, was sie taten, als wäre ich ein Fachmann für die Familie. Jane studiere Biochemie. Kevin praktiziere als Anwalt.

»Ellis«, sagte ich. »Sie versucht, flügge zu werden. Was auch sonst? Sie muss sich erst einmal die Hörner abstoßen.«

»Und Rita?«, fragte er. »Ist sie glücklich?«

Ich erzählte von ihrem Kampf gegen den Krebs, versicherte ihm aber, dass sie wohlauf sei, weiter unterrichte und sich nebenbei in Wohltätigkeitsorganisationen engagiere, immer in der Hoffnung, dass die Krankheit nicht wieder ausbreche.

»Sie hat Ihre Briefe aufgehoben«, brach es in einem Anfall

guten Willens aus mir heraus. Vielleicht wollte ich eine Tür für seine Rückkehr aufstoßen. Aber ich brachte es nicht über das Herz, ihm zu gestehen, dass alle ungelesen waren.

Wir kamen stattdessen auf die ertrunkene Frau zu sprechen. Er erzählte mir die ganze Geschichte noch einmal mit seinen eigenen Worten, genauso, wie ich sie von Kevin gehört hatte. Manchmal verfiel Johnny wieder in das Gälische, als könnte er seinen Erinnerungen nur in dieser Sprache vertrauen, und übersetzte für mich.

Er bestätigte die Sache in allen Details, zitierte die Sätze, mit denen sie in der Kirche abgekanzelt worden war. So hatte er es von seiner Mutter gehört. Der Pfarrer hatte es den Männern der Gemeinde anheimgestellt, die Frau zu ertränken. Weil jeder Mann in Connemara unter Verdacht stand, solange sie mit einem Kind im Bauch und unverheiratet herumlief. Und wenn die Männer nicht genug Mut hätten, um sie zu ertränken und so ihren Namen reinzuwaschen, solle sie wenigstens den Anstand haben, selbst ins Wasser zu gehen.

Johnny erzählte davon, als hätte es sich kürzlich zugetragen, als wäre der Abstand einiger Generationen keine besonders lange Zeitspanne.

Ihre Leiche, erzählte er, sei angeblich auf der Insel an einem Ort namens *Pointe* angetrieben worden, den man später nach ihr benannt habe, wenn auch nicht namentlich. Er schilderte, wie einer der Männer, die auf der Suche nach Treibgut regelmäßig am Ufer entlanggewandert waren, die Tote gefunden haben musste.

»Abgrasen«, nannte er diese Treibgutsuche.

Vielleicht hatte man zuerst nur ein Kleiderbündel erblickt, ausgebleicht von Salzwasser und Sonne. Erst das Gebell des Hundes hatte den Mann auf die Leiche und jene Wesen aufmerksam gemacht, die sie vor ihm entdeckt hatten. Der Mann hatte sich bestimmt sofort bekreuzigt. Er hatte nichts angerührt und den Hund zurückgepfiffen, die Tote aus sicherer Entfernung umrundet und in Augenschein genommen. Dabei hatte er laut gedacht und jeden Satz mit einem halben Gebet beendet. Er hatte die aufgeschürften Füße und das lange, auf den Felsen liegende Haar erblickt, die von Vögeln und Meeresgetier zerfressene Haut. An ihrem dicken Bauch hatte er erkannt, dass sie schwanger gewesen war. Er hatte sich gefragt, was die Frauen dazu sagen würden. Was war laut ihrer Meinung mit der Leiche zu tun? Zu wem gehörte die Tote?

Sobald die Neuigkeit auf der Insel die Runde gemacht hatte, bat man die Leute, sich von der Stelle fernzuhalten. Frauen und Kindern wurde untersagt, diese Tragödie mit eigenen Augen zu sehen, denn es gab zu viele solcher Vorfälle, zu viele eigene Ertrunkene, und deshalb mussten sie diese Tote nicht auch noch sehen. Man ließ sie liegen, beschwerte sie vielleicht mit Steinen, bis man über das weitere Vorgehen entschieden hatte. Damals und noch lange Zeit danach gab es auf der Insel keinen Polizisten. Deshalb gab es weder eine polizeiliche Ermittlung noch eine offizielle Identifizierung der Toten.

Die Nachricht ihres Verschwindens aus Furbo hatte die Insel zu jenem Zeitpunkt wohl schon erreicht. Man wusste also vielleicht, dass es sich um die junge Frau handelte, die in der Kirche abgekanzelt worden war. Den Männern der Insel blieb nichts anderes übrig, als ihren Pfarrer um Rat zu fragen. Der für die Inseln zuständige Pfarrer wusste bestimmt auch, dass es jene Frau war, die an der Küste Connemaras für einen Skandal gesorgt hatte. Und da sie schwanger und unverheiratet war, konnte man sie nicht in geweihter Erde beisetzen.

Johnny war nie auf den Inseln gewesen und wusste nicht, wo man sie bestattet hatte. Angeblich hatte man sie außerhalb des Friedhofs und ohne Segen der Kirche unter die Erde gebracht.

Gerüchte besagten, dass sie vor der Mauer geruht hatte, bis der Friedhof Jahre später vergrößert wurde. Dabei erweiterte man die Umfassungsmauer, und auf diese Weise war sie vielleicht doch noch heimlich, still und leise auf den Friedhof gelangt.

»Das ist wohl nur ein Gerücht«, sagte er. »Unwahrscheinlich, dass es stimmt. Auf jeden Fall kann man es nicht nachprüfen, denn es gab bestimmt keinen Grabstein mit ihrem Namen.«

Vielleicht, meinte er, seien zwei Geschichten miteinander vermengt worden, denn damals sei es nicht ungewöhnlich gewesen, dass man Tote außerhalb des Friedhofs bestattet habe. Ungetaufte Neugeborene seien in anonymen Gräbern am Meer beigesetzt worden. Auf Clare Island sei während des Zweiten Weltkriegs ein englischer Matrose angespült worden, den man außerhalb des katholischen Friedhofs bestattet habe, allerdings mit Grabstein. Später habe man die Mauer um sein Grab herumgeführt und ihn so mit einbezogen. Er habe sogar von einem Friedhof in Belfast gehört, auf dem man eine unterirdische Mauer gezogen habe, um die Toten voneinander zu trennen.

»Wie hieß sie?«

»Máire«, antwortete er. »Máire Concannon.«

»Ist sie ertrunken oder hat sie sich selbst ertränkt?«

Er sah weg, denn er konnte die Frage nicht beantworten. Er wirkte auf einmal, als säße er nicht mehr im gleichen Raum.

Es gab eine Million Phrasen, um Menschen mitzuteilen, dass man gehen musste. Das Aufstehen und die Verabschiedung war eine der schwierigsten Übungen. Ich hüstelte, erhob mich und sagte, ich müsse los, doch er hörte mich nicht. Er hätte nicht einmal einen Zug bemerkt, der durch das Zimmer gefahren wäre. Schließlich sah er mich an.

»Sie wollen los?«, fragte er.

Ich gab ihm meine Nummer. Ich sagte, er könne jederzeit

anrufen, wenn Not am Mann sei. Ich wollte vermutlich verhindern, dass er wieder verschwand. Ich gestikulierte unbeholfen und machte jede Menge Versprechungen, auf die mich ganz sicher niemand festgenagelt hätte.

Er drückte meine Hand sehr fest und sehr lange, als würde er wissen wollen, warum ich schon gehen musste und nicht noch auf einen Drink blieb. Dieser Händedruck bat mich, ihm zu glauben, ihm zu vertrauen, Gutes von ihm zu erzählen. Ein Händedruck in zehn Versen. Der längste Händedruck, an den ich mich erinnern kann, denn er dauerte über eine halbe Minute, vielleicht auch länger, und er verwandelte mich wieder in ein Kind. Ich entwand mich nicht. Seine Hand enthielt seinen ganzen Lebensweg, auf Schiffen, in Zügen, durch Flughäfen, Städte, Bars. Alle Orte, an denen er gearbeitet hatte. Die Namen aller Menschen, denen er begegnet war. Alle Geschichten und Erinnerungen, alle Freuden und Triumphe, alle Ungerechtigkeiten, jedes Scheitern. Es war ein Händedruck, angefüllt mit allem, was ich noch wissen wollte, aber zu fragen versäumt hatte. Ein Händedruck, den ich noch spürte, nachdem ich die Straße hinter mir gelassen hatte. Noch Tage später. Wochen später. Ich spürte seinen festen Griff, als wollte er mich nie mehr loslassen.

22

Vermutlich war dies der wahre Verrat. Ich hatte gegen alle Regeln der Freundschaft, Privatsphäre und Vertraulichkeit verstoßen.

Ich erzählte Rita, dass ich zu einer Beerdigung nach Belgrad müsse. Ich sagte, ich hätte einen günstigen Flug bekommen und wäre bald wieder da. Ich betonte, dass sich die Arbeiten im Haus sowieso verzögern würden, weil Darius noch den Rahmen für das Flügelfenster liefern müsse. Daher passe es gut mit der Beerdigung.

»Dann haben Sie das Haus ein paar Tage für sich allein«, sagte ich, obwohl diese Bemerkung eher unangebracht war.

Ich erzählte Kevin das Gleiche. Natürlich war alles gelogen. Ich hatte nicht die Absicht, für eine Beerdigung nach Hause zu fliegen. Ich bekam allmählich heraus, wie man flunkerte und die Worte nach Belieben verbog.

»Du setzt dich nicht ab, oder?«, fragte sie und sah mich an, als wäre ich einer ihrer Schüler.

»Ganz bestimmt nicht.«

»Ich habe gehört, dass manche Leute alles stehen und liegen lassen und heimkehren.«

»Ich nicht«, erwiderte ich. »Das schwöre ich bei Gott. Ich lasse Sie nicht hängen, Mrs. Rita.«

Ich nannte ihr das genaue Datum meiner Rückkehr. Für den Fall, dass sie danach fragte, hatte ich sogar einen erfundenen

Reiseplan samt Rückflugdaten auswendig gelernt. Sie wartete darauf, dass ich meine wahren Pläne gestand. Doch ich behielt die Nerven und gab nichts preis, nicht einmal die Tatsache, dass ich ihren Mann besucht und dass er sich nach ihr erkundigt hatte oder dass ihr Hochzeitsfoto immer noch in seiner Souterrainwohnung, die gar nicht weit entfernt war, an der Wand hing.

»Vergiss bitte nicht, mir ein Blechspielzeug mitzubringen«, sagte sie.

Meiner Auffassung nach verletzte ich nicht unbedingt die Regeln der Privatsphäre, sondern versuchte auf meine Art, die Familie wieder zusammenzuführen.

Im Bus nach Galway fühlte ich mich beobachtet. Ich bildete mir ein, dass jeder wusste, was ich vorhatte. Wahrscheinlich stand mir der dringende Wunsch, Nachforschungen anzustellen, ins Gesicht geschrieben.

Ich erreichte Furbo, auf Gälisch *Na Forbacha*, am frühen Nachmittag. Eine wild zerklüftete Küste mit unzähligen Steinmauern, krummen Feldern und einigen bewohnten Cottages. Man erkannte, wie sehr die Menschen gekämpft hatten, um das Beste aus der Sache zu machen, denn sie hatten so viele Steine wie möglich in den Mauern verbaut, damit auf den Äckern etwas wachsen und die Kühe grasen konnten. In dieser felsigen Gegend zwischen Moor und Meer hatten die Leute früher außer ihrer Sprache und ihren Geschichten kaum einen Rückhalt gehabt. Ich sah ein paar der kleinen, Currach genannten Fischerboote. Sie waren aus schwarzem Segeltuch und hatten spitze Ruder, aber man benutzte sie nur noch selten, weil sie so leicht wie Papierschiffchen waren und den Tod vieler Fischer durch Ertrinken verursacht hatten.

Hoch zur See reiten, nannte man das.

Während der letzten Jahre musste sich der Ort sehr verändert haben. Jetzt stand ein großes Hotel direkt am Ufer, das aus einer anderen Welt zu stammen schien und einfach in die Landschaft geklotzt worden war. Es wirkte eher wie ein öffentliches Gebäude, hatte aber die üblichen drei Fahnen auf dem Vorhof, tausend Schlafzimmer und im Speisesaal ein selbstspielendes Klavier. Am Wasser hatte man einige Unterstände aus Holz errichtet, damit die Gäste über den Atlantik zu den Inseln blicken konnten. Kein Wunder, dass man an diesem Ort ein Hotel erbaut hatte, denn die Gäste hatten den herrlichen Blick ganz für sich allein.

Aber was, musste man sich wohl fragen, war dieser Ausblick in Zeiten der Not wert? Da ich nicht von hier war, konnte ich das große Hotel im Geiste einfach von der Landkarte tilgen. Das Einzige, was sich nie veränderte, waren das Meer und die Wellen, die nach all der Zeit immer noch im gleichen Rhythmus rauschten. Ich fragte mich, wie es hier gewesen sein mochte, als das Leben noch in den Händen von Glück und Glauben gelegen hatte, als es weder Marmelade noch Erdnussbutter oder Kekse in den Läden gegeben hatte und die hier lebenden Menschen durch Herrschaftsformen unterjocht worden waren, die ich auch aus meiner Heimat kannte.

Wie mochte es damals für eine junge Frau gewesen sein, schwanger zu werden? Eine ledige Mutter, die nicht einmal mehr von ihren eigenen Leuten geduldet wurde. Sie war über Nacht zur Fremden geworden. Ihre Aufenthaltsgenehmigung war abgelaufen, könnte man sagen. Ihr stand die Ausweisung bevor, nur dass diese in ihrem Fall darin bestand, sich im Meer ertränken zu müssen. Sie hatte ihre Rechte eingebüßt und war an einem Ort, den sie als ihr Zuhause ansah, zu einer unerwünschten Ausländerin geworden.

Als ich auf die Bucht schaute, kamen mir die Aran Islands wie Wale mit grauen, runden Rücken vor, die sich aus dem Wasser erhoben. Ich war bestimmt nicht der Einzige, der diese

Assoziation hatte, aber ich fand sie gut und richtig, denn ich sah die Inseln zum ersten Mal. Sie schienen sich leise zu bewegen, zu verschwinden und wieder aufzutauchen, egal, woher das Licht kam. Es heißt, dass einem die Augen wehtun, wenn man in dieser Gegend in die Ferne schaut, und das stimmte. Die Inseln lagen außer Reichweite, sie waren eine Illusion. Die Küste, die sich vor mir erstreckte, sanft zum Ufer hin abfiel, war echt. Ich begriff, dass einen die Gezeiten problemlos zu den Inseln ziehen konnten. An der Küste entdeckte ich viele Stellen, an denen man in seiner Verzweiflung in die Fluten steigen und verschwinden konnte.

Ich wanderte am Strand von Furbo und stellte mir vor, die Küste nach Treibgut abzugrasen, das die Flut angeschwemmt hatte. Vollgesogene Holzstücke. Stämme. Flaschen. Plastikbehälter voller Sand. Ein Turnschuh, in dem ein Fuß aus Sand steckte. Triefnasse Hosen. Muscheln. Seetang. Eine Möwenfeder. Das Skelett eines Schafs, an dem noch ein wenig Wolle hing. Fischereizubehör. Blaugrüne Netze, halb im Sand vergraben. Ein kaputter Hummerkorb. Verrostete Metallteile. Eimer. Dosen. Fahrradräder. Ein Autoreifen. Die Überreste eines Koffers. Eine spanische Milchtüte und eine rote Zahnbürste, Dinge, die von Fischern oder der Besatzung der riesigen Frachtschiffe über Bord geworfen worden waren. All das Treibgut, das die Wucht der Wellen wieder zum Vorschein brachte.

Ich bedauerte, Johnny Concannon keine weiteren Fragen gestellt zu haben, zum Beispiel danach, wo er gewohnt hatte und ob sein Haus noch stand.

Ich fand kaum etwas über die ertrunkene Frau heraus. Es gab keinen Polizeibericht. Keine gerichtliche Untersuchung. Keine Augenzeugenberichte. Keine Todesurkunde, was angesichts der Umstände nicht verwunderlich war. Nur ihren Namen, Máire Concannon, unter dem sie in der Gegend bekannt gewesen war, obwohl sie wahrscheinlich als Mary Concannon im Kirchenregister stand.

Ich ging zur Kirche von Furbo und klopfte an das Glas der Veranda des winzigen Pfarrhauses. Ein alter Pfarrer mit offenem Kragen kam an die Tür. Er führte mich in ein kleines, neben dem Flur gelegenes Büro. Ich konnte nur schwer beschreiben, was ich suchte – ein Ausländer, der sich nach einer jungen, schwangeren Frau erkundigte, die von einem früheren Pfarrer den Befehl erhalten hatte, sich im Meer zu ertränken.

»Ich bin nur Aushilfspfarrer«, sagte er.

Er vertrete den hiesigen Pfarrer, während dieser im Urlaub sei, erklärte er. Und da er nicht von hier stamme, wisse er nichts über eine ertrunkene Schwangere. Er fand es offenbar nicht ungewöhnlich, dass jemand mit meinem Akzent Nachforschungen in dieser Sache anstellte. Außerdem erzählte er mir, dass es in Furbo erst seit kurzem eine Kirche gebe.

Zu Lebzeiten von Máire Concannon habe sich die nächste Kirche in Barna befunden, einige Kilometer entfernt, aber zu Fuß erreichbar. Der Pfarrer aus Barna sei nur an manchen Feiertagen nach Furbo gekommen, um die Messe in der Schule zu lesen, vor allem wegen der Alten, die den Fußmarsch nicht mehr geschafft hätten. Aber das sei nur selten geschehen. Die meisten Leute seien am Sonntagvormittag nach Barna und wieder zurück gelaufen, außer sie hätten ein Fahrad, einen Eselskarren oder eine Ponykutsche besessen, aber das seien Ausnahmen gewesen. Er könne sich an eine Zeit erinnern, als es in Connemara nur zwei Autos gegeben habe – das des Arztes und das des Pfarrers.

Die Kirchenregister, fügte er hinzu, befänden sich in Rahoon in Galway. Alle Geburten, Tode und Hochzeiten seien in den Registern in Rahoon eingetragen worden, das inzwischen in die Stadt Galway eingemeindet worden sei.

Ich ging bis Barna, weil ich wissen wollte, wie lang der Marsch für eine schwangere Frau gedauert hatte. Die alte Kirche war abgerissen und durch eine neue ersetzt worden. Ich sprach drinnen mit einer Frau, die auch nichts von der ertrunkenen Frau wusste. Aber sie zeigte mir ein Foto der alten Kirche in einer der Gemeindebroschüren, die man am Eingang kaufen konnte. Wie so viele andere Kirchen in diesem Land war es ein gedrungener Bau mit hohen Fenstern und quadratischem Glockenturm gewesen. Die Frau zeigte mir auch eine kleine, überwucherte Ruine am Straßenrand, bei der es sich um eine noch ältere Kirche handelte. Die moderne Kirche passte weder in die Landschaft noch zu dem, was darin stattfand. Ich konnte mir kaum vorstellen, wie es gewesen war, einem Pfarrer zuzuhören, der von der Kanzel ein schwangeres Mädchen anprangerte. Doch als ich die Kirche verließ, spürte ich den schneidenden Wind, der von dem Meer kam, in dem sie sich ertränkt hatte.

Barna glich über weite Strecken einem neuen Einkaufszentrum. Es hätte jeder beliebige Vorort einer jeden beliebigen Stadt sein können, außer dass einem die Landschaft und das blaue Meer immer wieder in Erinnerung riefen, dass man in Connemara war. Die Menschen natürlich auch. Wenn man mit den Leuten in den Läden sprach, vergaß man nie, wo man war, denn alle wollten wissen, woher man kam und was einen hierhergeführt hatte, alle hofften auf ein Gespräch, auch wenn man nur eine schlichte Flasche Wasser kaufen wollte.

Ich ging bis zum kleinen Fischereihafen. Die Straße war von Reihenhäusern gesäumt, eines mit weißen Flechten auf der Fassade, und das letzte war jetzt ein Fischrestaurant. Auf dem Kai hatte man Hummerkörbe gestapelt, und einige der alten, schwarzen Segeltuchboote lagen umgedreht da wie vom Meeresgrund gefischte Riesenmuscheln.

Die Kirche von Rahoon, Galway, war eher eine Kathedrale.

Es schien, als wäre die Gemeinde irgendwann so groß geworden, dass man sie aufgeteilt und immer mehr Kirchen in kleinen Orten wie Furbo oder in noch weiter entfernten Sprengeln erbaut hatte. Nur dass inzwischen die Schar der Gläubigen zusammengeschmolzen war und offenbar in erster Linie aus alten Leuten bestand.

Unmittelbar neben der Kirche von Rahoon befand sich der Presentation Convent, in dem die Kirchenregister aufbewahrt wurden. Ich ging zur Tür des Konvents, die wie viele andere Türen religiöser Orden in Irland in einem schmierigen Braun gestrichen war, eine ganz besondere Farbschicht, die manch einem beim Vorbeigehen immer noch einen Schauder über den Rücken jagte, wie mir erzählt wurde. Ich wurde von einer Nonne namens Schwester Consuelo empfangen. Sie war etwas misstrauisch und wollte wissen, ob mir der Gemeindepfarrer erlaubt habe, die Register einzusehen. Das verneinte ich, bezog mich aber auf Johnny Concannon und sagte, dass er nicht selbst aus Dublin habe kommen können und mich gebeten habe, an seiner Stelle Einsicht in das Register zu nehmen.

Schwester Consuelo klärte mich darüber auf, dass ich das nicht selbst tun dürfe. Sie erkundigte sich nach meinem Namen, und als sie ihn mit ihrem Akzent wiederholte, klang er wie »Vitsch«. Sie wolle mir gern helfen, sagte sie, und bot an, den Namen Mary Concannon nachzuschlagen, so lange ich noch vor Ort war. Es sei ein sehr häufiger Name in Connemara, sagte sie, und deshalb könne es viele Personen geben, die so hießen. Sie schlug vor, dass ich in der Zwischenzeit etwas unternahm, zum Beispiel einen Spaziergang durch die Stadt oder am Fluss Corrib machte.

Ich ging in einige Läden und entdeckte zufälligerweise ein Blechspielzeug für Rita. Das freute mich sehr, denn so war mein Alibi hieb- und stichfest. Ein rot angemalter Roboter. Die

Angestellte setzte ihn in Bewegung, und er stolzierte steifbeinig und die Arme schwingend über den Tresen. Ich kaufte ihn, und sie packte ihn in eine Schachtel. Ein Aufkleber besagte, dass es kein Spielzeug und für Kinder nicht geeignet sei.

Bei meiner Rückkehr in den Konvent stellte ich fest, dass Schwester Consuelo aus irgendeinem Grund nur in den Sterberegistern nachgeschlagen hatte. Ich erklärte ihr, dass es in diesem Fall keinen Totenschein gab. Für Kirche und Staat war die Frau vielleicht noch am Leben oder ausgewandert und in der Fremde gestorben.

Weil es schon spät war, konnte sie nichts mehr für mich tun und bat mich, am nächsten Mittag wiederzukommen. Also fiel meine Fahrt zu den Inseln ins Wasser. Das Wetter hatte sich über Nacht sowieso verschlechtert. Es drohte ein heftiger Sturm, so dass ich mir die Fahrt für ein anderes Mal aufheben musste.

Am nächsten Tag präsentierte mir Schwester Consuelo eine Liste von Mädchen namens Mary Concannon, die alle um die Wende vom neunzehnten zum zwanzigsten Jahrhundert in Furbo geboren worden waren. Sie erklärte mir, dass der Bezirk Furbo zwölf Unterbezirke gehabt habe, zum Beispiel Ballynahown, Seercin, Derryoughter, Trusky East, Polleney, Ballard und Rough Furbo, alle nur einen Steinwurf voneinander entfernt und in schmale, zwischen Moor und Meer liegende Landstreifen aufgeteilt.

Die Namen waren mit sauberer, fragiler Handschrift aufgelistet worden. Aus irgendeinem Grund hatte Schwester Consuelo noch eine Julia Concannon hinzugefügt, die mit achtzehn gestorben und 1922 in Barna begraben worden war. Sie kannte die Todesursache nicht. Vielleicht wollte sie mir eine Möglichkeit bieten, die für sie schwer fassbare Geschichte einer ertränkten Schwangeren durch eine andere, weniger anrüchige Tragödie zu ersetzen.

Ich bedankte mich und nahm die Liste mit. Später sah ich mir jeden Namen und das entsprechende Geburtsdatum an. Man konnte nicht mit Gewissheit sagen, welche Frau es war. Das hätte nicht einmal Johnny Concannon gewusst, denn die Namen reichten so weit zurück, dass sie sich der Erinnerung eines einzelnen Menschen entzogen.

Ich dachte an die Kirche in Barna mit ihren hohen Fenstern. Ich stellte mir vor, wie das Echo gehallt hatte, auch wenn die Kirche voll gewesen war. Die plötzliche Leere und das flaue Gefühl im Magen, als vor all ihren Angehörigen ihr Name von der Kanzel verkündet worden war. Sie hatte sicher geahnt, was ihr bevorstand. Sie hatte die Gerüchte gehört, die man hinter ihrem Rücken erzählt hatte. Die Worte des Pfarrers hatten sie deshalb sicher nicht überrascht, wohl aber sein hartes Urteil, seine Aufforderung, sie solle wenigstens den Anstand haben, sich und ihr Kind zu ertränken.

Wie musste sie sich gefühlt haben, als sie damals die Kirche unter den Blicken der draußen versammelten Frauen und Männer verlassen hatte? All jener Freunde und Nachbarn, deren Namen sie kannte, die sie aber plötzlich wie eine Fremde ansahen? Und was war mit ihrer Familie, ihrer Mutter und ihren Schwestern, was mochten die empfunden haben, als sie sie allein davongehen sahen? Ihre Beine konnten ihr Gewicht kaum noch tragen. Ihr war übel, und sie erbrach das bisschen Essen, das sie zu sich genommen hatte, der Wind blies es gegen die Feldsteinmauern. Ihr Mantel verbarg den dicken Bauch. Sie verleugnete sich und ihren Nachwuchs, hasste den Klang ihres eigenen Namens und wünschte sich, mitsamt ihrem Kind unsichtbar werden zu können. Ihr schwirrte der Kopf, und sie fragte sich, ob es jetzt noch einen Ort gab, den sie ihr Zuhause nennen konnte. Ihr Gesicht war bleich und starr vor Panik, während die Worte des Pfarrers unterwegs laut in ihr nachhallten wie die Verkündung eines Todesurteils. Wie sollte sie ihr Gesicht je wieder in der Öffentlichkeit zeigen können?

Doch es blieb die große Frage, ob sie sich selbst ertränkt hatte oder von jemandem ertränkt worden war. Auf jeden Fall stand fest, dass ihr Tod kein Unfall gewesen war. Sie wurde durch die Worte des Pfarrers und die Komplizenschaft all jener ermordet, die nicht den Mut hatten, sie zu verteidigen, einschließlich ihrer eigenen Familie. War es tatsächlich ein Selbstmord, wenn ein Mensch in den Tod getrieben wurde, weil er von allen im Stich gelassen worden war? Ich brachte von meiner Reise keine Antworten, sondern nur weitere Fragen mit.

Ich hätte zum Beispiel gern gewusst, ob ihre Schwangerschaft das Ergebnis von Liebe oder Gewalt gewesen war. Ich hätte gern gewusst, ob man sie betrogen oder ausgenutzt hatte, ob man sie missbraucht und dann der Gnade der Kirche und der Gemeinde überlassen hatte, einer Gemeinde, die stumm ihrer Verurteilung durch den Pfarrer lauschte. Ich hätte gern gewusst, warum sie nicht wie viele andere Frauen nach London geflohen war.

Und noch etwas. War es möglich, dass der Fötus zum Zeitpunkt ihres Todes noch einige Sekundenbruchteile weitergelebt hatte? Schlugen beide Herzen wie eines und hörten deshalb auch gleichzeitig auf zu schlagen? Oder war der Fötus genauso einsam gestorben wie die Mutter?

23

Ellis war wie vom Erdboden verschluckt. Sie war abgetaucht, in das Land der Träume und Drogen ausgewandert. Ich begann, mich als Detektiv zu sehen, der sich selbst mit ihrer Rettung beauftragt hatte. Ich suchte sie an Orten, wo ich sie ein- oder zweimal gesehen, wo sie mit Freunden zugedröhnt auf Bänken gesessen hatte. Ich suchte sie im Abendsonnenschein unten beim Hafen. Auf dem Bowlingfeld daneben spielten in aller Ruhe alte Menschen in weißen Anzügen, gelegentlich hörte man Kugeln klackern. Ich suchte sie neben der Senke mit dem stillen Teich, in dem es keine Wasserlilien, sondern nur Bierdosen gab.

Ich blieb unten am Hafen vor dem Carlisle-Kai stehen, der durch einen neuen Terminal für die Riesenfähre und ihre Fracht von Autos und Containern ersetzt worden war. Der alte Kai lag verlassen da, wirkte wie ein grauer, schäbiger, in das Wasser ragender Arm.

Man hatte die Türen des Hafengebäudes zugenagelt, die im Laufe der Jahrzehnte von unzähligen Menschen durchschritten worden waren. Tauben flogen durch offene Fenster. Der Eingangsbereich war jetzt ein Parkplatz, das Fahrkartenbüro eine Yachtagentur. Die Schienen, die im Bogen zum Kai und von dort zum Schiff geführt hatten, waren entfernt worden, und man nutzte die Fläche für die Überwinterung großer, teurer Yachten. Das alte Bahnhofsdach war noch vorhanden, mitsamt der dreieckigen Giebelseite mit der ovalen Öffnung und dem niedrigen Turm. Alles verfiel und verblasste. Einige Hinweisschilder zu den in die Stadt fahrenden Zügen standen noch, aber hier traf niemand mehr ein, und niemand fuhr von hier ab. Niemand lehnte sich mehr gegen die Granitmauer, um zum Abschied zu winken oder auf einen Heimkehrer zu warten.

Man konnte sehen, dass der Kai auf Stelzen stand und eine Durchfahrtmöglichkeit für kleine Fischerboote besaß. Man konnte noch ahnen, dass der alte Terminal einmal als hochmodern gegolten und die Passagiere mit dem Ausmaß seiner Säle und dem mutig gerundeten Design beeindruckt hatte.

Einmal kam ich in einem Pub mit einem Mann ins Gespräch, der jahrelang als Fahrkartenkontrolleur auf dem Carlisle-Kai gearbeitet hatte. Er konnte sich an die Jahre erinnern, als jede Woche Tausende von Menschen ausgewandert waren. Gelegentlich hatte er Leuten aus Mitgefühl erlaubt, an Bord zu gehen, um Abschied zu nehmen. Er sagte, dass man ein dickes Fell habe entwickeln müssen, weil man Tränen und Traurigkeit sonst in sich aufgesogen hätte. Vielleicht habe er ja genau das unbewusst getan. Er beschrieb prahlerische Typen, die betrunken an Bord gegangen waren. »Die Rauschigen« habe man sie genannt. Er erzählte mir von Scouts, die im Auftrag britischer Bauunternehmer Arbeiter angeworben und ihnen Anstecker an die Mäntel geheftet hatten, damit sie gleich nach ihrer Ankunft in London zu den entsprechenden Baustellen in Manchester oder Northampton geschickt werden konnten. In der Hauptstraße Dublins sprach man Mädchen an, erzählte ihnen von tollen Jobs in London, gab ihnen Fahrkarten und Anstecker zur Identifikation, so dass sie sofort zu ihrer neuen Arbeitsstelle übersetzen konnten. Er erzählte mir Geschichten von Iren, die drüben gesoffen und sich gegenseitig verprügelt hatten, berichtete von den harten Arbeitsbedingungen und davon, dass sich manchmal zwei Männer ein Bett teilen mussten und zu ihrer Sicherheit den Rosenkranz beteten. Der Pub war der einzige Ort, in dem sie es warm hatten und der ihnen das Gefühl gab, zu Hause zu sein.

In jüngerer Vergangenheit, sagte er, seien die Auswanderer gebildeter und nicht gerade arm gewesen. Zum Teil habe es sich um hochbegabte junge Kerle gehandelt.

Niemand wusste, was mit dem Carlisle-Kai geschehen sollte. Irgendwann schrieb man einen Wettbewerb für einen extravaganten Neubau aus. Auf der Shortlist stand unter anderem ein kühner Entwurf des New Yorker Architekten Daniel Libeskind, der an einen zur Hafenausfahrt zeigenden Schiffsbug erinnerte und ein Auswanderer-Museum vorsah. Er wurde genauso wenig umgesetzt wie der siegreiche Entwurf. Der Kai blieb ein verfallendes Denkmal der Auswanderung, und am Ende reduzierte sich alles auf die Idee, die Gebäude abzureißen und in einen Parkplatz umzuwandeln.

Doch es gab noch andere alte Denkmäler und Wahrzeichen. Zum Beispiel den gusseisernen Springbrunnen zur Erinnerung an Queen Victoria. Den Yachtclub mit dem auf festem Boden errichteten Mast samt Rahnock. Den Anker der von den Deutschen torpedierten HMS *Leinster*, die mit Mann und Maus gesunken war. Sie wurde gehoben und ausgestellt, um an die schreckliche Zeit zu erinnern, als man hier Tote angelandet hatte. Die Granitpoller mit den blauen Ketten, und daneben die Bäume mit den vielen Kerben, Spuren von Generationen von Kindern, die im Vorbeigehen die Ketten gegen die Stämme geschlagen hatten. Die als Spendenbüchse für den Seenotrettungsdienst dienende Boje. Manche der ausgestellten Schwarzweißfotos zeigten Frauen, die in fließenden Kleidern und mit Sonnenschirm neben dem Musikpavillon auf dem Kai standen. Droschken, die auf Passagiere warteten, die von Bord der alten Dampfer gingen.

Und die Unterstände. An der Uferstraße gab es eine Reihe hölzerner, in Blau und Weiß gestrichener Unterstände, die auf vielen alten Fotos zu sehen waren. Sie waren in einer Zeit entworfen worden, in der man viel Wert auf Höflichkeit gelegt und sehr viel Zeit gehabt hatte, und waren für Leute gedacht, die Schutz vor dem Regen oder dem Straßenverkehr suchten. Man konnte dort sitzen und das Einlaufen und Auslaufen des Postschiffs beobachten. Die Yachten und kleineren Schiffe, deren Segel wie Wäschestücke auf einer Leine wirkten. Auf einen Abschnitt der Bucht schien die Sonne, und über einem anderen hingen graue Regenvorhänge. Und wenn die Sonne wieder hervorkam und Bürgersteige und Granitfelsen dampften, ging man weiter.

Irgendwann wurden Auswanderer aus der Provinz, die kein Geld für ein Zimmer oder einen Nachmittagstee im Hotel hatten, von diesen Unterständen angelockt. Später dienten sie Obdachlosen als Unterschlupf, obwohl sie nachts viel zu kalt waren. Die Bäume am Ufer zeigten, wie stark der Wind hier manchmal wehte, denn es waren Windflüchter, deren Äste wie erstarrte Mähnen zum Binnenland zeigten.

Der Wind stellte verrückte Sachen mit den Bäumen an, und den Menschen erging es wohl nicht anders.

Noch später wurden die Unterstände von Cider-Gangs und Drogis benutzt, die ihre Nadeln zurückließen. Im Laufe der Zeit wurden sie verschandelt, manche brannten sogar teilweise ab. Dann beschloss man, sie sorgfältig zu restaurieren, ein Job, den ich liebend gern übernommen hätte. Allerdings waren sie jetzt mit Stahlgittern gesichert, damit sich niemand mehr hineinsetzen und dem Regen zuschauen kann.

Ellis hatte den Halt verloren. Ich erkundigte mich überall nach ihr, auch bei einem Typen, der zahlreiche Schlangen und Reptilien besaß und in einem Käfig hinter dem Haus Hunderte

Mäuse als Futter züchtete. Eines Tages schlüpfte seine Katze in den Käfig und ließ die Mäuse hinaus. Er stand auf der Straße, eine Schlange unter dem Hemd, die ich für eine Tätowierung hielt, bis sie sich bewegte. Er kannte Ellis. Das Mädchen mit den schwarzen Leggings, der kurzen Jacke mit Tartanmuster und bunten Strähnchen. Ein Mädchen, das in ihrer eigenen Welt lebte und immer Musik unter der Kapuze hörte. Er habe sie länger nicht mehr gesehen, sagte er. Aber sie sei bei einem Typen namens Diller, der sich um sie kümmere.

Das stimmte mich nicht zuversichtlich.

Inzwischen waren die Drogensüchtigen die wahren Exilanten. Sie hatten so viel freie Zeit wie die Menschen auf den alten Schwarzweißfotos. Sie sprachen langsam und lallend. Ich sah sie oft in der Hauptstraße, wo sie vor der niedrigen Kirchenmauer saßen und Kaffee tranken. Sich darauf konzentrierten, eine Zuckertüte zu öffnen. Die meisten waren klapperdürr. Sie hatten ihren eigenen Dialekt und ihre eigene Routine, besorgten sich ihre Medikamente. Sie wirkten freundlich und schienen einander mit Rat und Tat zur Seite zu stehen. Verständlich, warum manche unbedingt zu dieser Gruppe gehören wollten: Man traf sich morgens, umarmte einander, fragte, wie es lief oder wie man geschlafen hatte. Man half sich gegenseitig, teilte Schlaftabletten und andere verschreibungspflichtige Medikamente, verlieh Geld für Zigaretten. Geisterhafte Gestalten mit Kapuzenjacke und Jogginghose, die viel Schlaf, aber kaum noch etwas zu essen brauchten. Sie lebten wie eine fremde Ethnie mitten in der Gesellschaft, mit ihren eigenen Sitten und Ritualen, frei vom Zwang, etwas besitzen zu müssen. Einmal sah ich eine junge Frau, die mit heruntergelassener Hose vor einem Geldautomaten hockte und so erstaunt aufsah, als hätte sie vergessen, die Klotür zu verriegeln. Ein Bankangestellter kam heraus und sagte: »Willkommen in Dún Laoghaire.«

Laut Kevin war das wie in allen Industrienationen eine Frage der Verwaltung. Er nannte es die epischen Widersprüche der Demokratie. Er hatte sogar einmal einen Mann gesehen, der mit Hose und Unterhose auf den Knöcheln vor der Kirchentür gestanden und sich in aller Öffentlichkeit eine Spritze in den Penis gesetzt hatte.

Eines Tages kehrte Ellis nach Hause zurück, doch sie blieb nicht lange. Ich war mit den Vorbereitungen für den Einbau des Flügelfensters beschäftigt, als ich oben Lärm hörte. Ich glaubte zunächst, es wäre Rita. Aber das konnte nicht sein, denn es klang eher nach einem Fremden, der etwas suchte, durch die Zimmer lief und herumpolterte.

Nach einer Weile rannte sie die Treppe hinunter. Ich wollte sie aufhalten und mit ihr reden, aber sie hatte es viel zu eilig.

»Er arbeitet nachts im Yachtclub«, erzählte ich ihr. »Er ist Nachtwächter, und wenn du an die Scheibe klopfst, wird er herauskommen.«

Ihr Blick war anklagend, und sie war kurz davor, in Tränen auszubrechen. Vielleicht brauchte sie den nächsten Schuss. Ich wollte ihr alles erklären, aber sie verschwand und ließ mich allein im Haus zurück.

Als ich mir in der Küche einen Schluck Wasser einlaufen ließ, bemerkte ich einen komischen Geruch. Also ging ich nach oben und drehte im Bad probehalber den Wasserhahn auf. Im Flur sah ich dann, aus welchem Grund Ellis gekommen war.

Die Briefe. Sie hatte alle Briefe geöffnet, die ihr Vater nach Hause geschrieben hatte. Das ganze Bündel war auf dem Fußboden verstreut.

Ich sah die grässlichen Türen des Schlafzimmerschranks, die offen standen, und verspürte den Drang, sie wieder herauszureißen.

Alle Kartons waren herausgeholt worden. Das Zimmer war

ein Chaos. Überall lagen Briefe. Ich hatte das Gefühl, Zeuge von etwas Verbotenem geworden zu sein. Ich wich in das Badezimmer zurück und beobachtete das laufende Wasser, fragte mich, ob es nicht doch ein bisschen braun war, mochte es nicht probieren.

Ich überlegte, das Durcheinander aufzuräumen, das Ellis angerichtet hatte, aber es war wohl besser, wenn ich die Finger davon ließ.

Kurz darauf fiel die Haustür zu. Rita war da. Sie hatte sich über den Blechroboter gefreut, den ich ihr mitgebracht hatte, aber ich war mir nicht sicher, ob sie mir glaubte, dass er aus Belgrad stammte. Sie schien in jeder Hinsicht misstrauischer geworden zu sein.

Ich bin jemand, der soziale Zusammenhänge nur langsam durchschaut. Es dauerte eine Ewigkeit, bis mir dämmerte, was es für Rita bedeuten musste, dass ich oben im Haus war. Doch ich wusste, dass irgendetwas nicht stimmte. Die Briefe überall im Schlafzimmer, und unten im Flur die rufende Mrs. Concannon.

»Vid. Bist du da?«

Ich saß in der Falle. Sie würde mich fragen, was ich oben zu suchen hatte. Man würde mich unehrenhaft aus der Familie entlassen. Mir Hausverbot erteilen wie ihrem Mann. Außerdem würde Kevin mich durch den Fleischwolf drehen. Sie würden mich als verräterischen Ausländer bezeichnen, als Eindringling ohne Achtung vor der Privatsphäre. Diese Sache hätte den Beigeschmack eines Vertrauensbruchs, ganz gleich, welche Erklärung ich zu bieten hatte.

»Vid«, rief sie wieder.

Ich antwortete nicht, sondern ging zur Badewanne und drehte auch dort die Hähne auf. Die Dielen knarrten. Am liebsten hätte ich das ganze Haus »entknarrt«, wie ich es für mich nannte, denn an manchen Stellen klang es fast gefährlich. Die Dielen hätten ebenso gut schreien können: Er ist oben, Mrs. Concannon, und liest all ihre Briefe!

Ich hörte, wie sie die Treppe heraufkam.

»Bist du das, Vid?«

»Ja, Mrs. Rita. Mrs. Concannon.«

Ich ließ das Wasser laufen und trat auf den Flur. Sie nahm mich gar nicht wahr. Sie starrte in ihr Schlafzimmer, auf die auf dem Fußboden verstreuten Geheimnisse ihres Lebens.

»Das Wasser«, stieß ich hervor. »Man darf es nicht trinken.«

»Wer war das?«

Ich tat ahnungslos, doch die Briefe hatten ihre Worte endlich preisgegeben.

»War Ellis hier?«

»Vor ein paar Minuten«, antwortete ich. »Haben Sie sie nicht gesehen?«

Während ich in der Badezimmertür stand, hatte ich kurz das Gefühl, als könnte ihr Misstrauen in Offenheit umschlagen. Vielleicht wollte sie sich mir anvertrauen. Vielleicht würde sie sich setzen und mir alles erklären: Warum sie sich von ihrem Mann getrennt hatte, was in der Familie im Argen lag, warum ihre Kinder nie von ihrem Vater sprachen. Und nie von der ertrunkenen Frau aus Furbo. Ich stellte mir vor, dass wir alles durchkauten. Die Welt wieder ins Lot brachten und dicke Freunde wurden. Sie würde mich losschicken, damit ich ihre ganze Familie versammelte. Sie musste ihren Mann ja nicht wieder in ihr Bett lassen oder zuhören, wie er die ganze Nacht Songs von Dylan mit seinem Connemara-Akzent verstümmelte. Sie musste nur mit ihm reden und ihm einen Platz am Rand der Familie zugestehen. Das wäre keine Niederlage. Sie würde sich nichts vergeben. Niemand würde schlecht von ihr denken, weil sie ein wenig Milde zeigte.

Ich wartete, doch sie schwieg. Sie verschloss alles in sich wie in einem Tresor. Eine neue Schärfe trat in ihre Augen. Eine Wut, die sie fast männlich wirken ließ. Ihre Lippen wurden immer schmaler. Sie hätte wahrscheinlich gern irgendetwas, irgendjemanden geschlagen.

»Ich sollte wohl auf dem Dachboden nachschauen«, sagte ich.

Sie blickte starr geradeaus, hörte meine Worte kaum.

»Im Wassertank. Auf dem Dachboden.«

Ich lehnte die Leiter gegen das Treppengeländer. Rita war in ihr Schlafzimmer gegangen und räumte den Schrank in aller Eile wieder ein, ohne sich die Briefe genau anzuschauen. Sie wollte nicht mit ihrer Vergangenheit konfrontiert werden. Ich lief nach unten, um einen Strick zu holen, denn die Leiter musste gesichert werden, damit sie nicht auf dem Teppich wegrutschte. Rita kam aus ihrem Zimmer und sah zu, wie ich die Leiter hinaufstieg und die Buntglasluke öffnete. Ich kletterte auf den Dachboden und stellte fest, dass ich recht gehabt hatte.

»Eine Taube liegt im Wassertank.«

»O Gott«, sagte sie.

Ich holte eine Plastiktüte, Putzzeug und das wirksamste Desinfektionsmittel, das ich finden konnte. Ich nutzte die Gelegenheit, um alle Wasserhähne aufzudrehen und jede Klospülung zu betätigen. Dann stieg ich wieder auf den Dachboden und putzte, bis das ganze Haus nach Reinigungsmittel stank.

Rita wartete oben im Flur auf mich. Ihre Wut schien in Bedrückung umgeschlagen zu sein. Alles brach über ihr zusammen. Sie fragte, wie zum Teufel sich eine Taube auf den Boden habe verirren können. Ich erklärte ihr, dass ich ein Loch zwischen den Dachziegeln entdeckt und abgedichtet hätte. Es könne allerdings nicht schaden, wenn sie irgendwann das Dach inspizieren lasse, zumal es nicht richtig isoliert sei.

»Das Dach«, sagte sie. »Ist das schlimm?«

Sie klang auf einmal verletzlich. Es gab so vieles, was sie nicht verstand und hinter ihrem stählernen Lehrerinnenton versteckte.

Mittlerweile hatte ich mir zusammengereimt, dass Ellis das Geld mitgenommen hatte, das den Briefen beigelegt worden war. Sie war ihrem Vater auf der Straße begegnet, und er hatte ihr erzählt, dass er jedes Mal etwas mitgeschickt hatte. Jeder Brief enthielt eine kurze Nachricht an sie, die Jüngste, und ein wenig Geld. Sie hatte es nie bekommen. Nun waren alle Briefe aufgerissen worden, und sie hatte das ganze Geld an sich genommen. Sie hatte sich nicht einmal die Zeit gelassen, die Zeilen zu lesen, in denen sich ihr Vater nach ihrem Befinden erkundigte. Auch der oben auf dem Brief stehende Absender hatte sie nicht interessiert, sie hatte nur das Geld zusammengerafft, das auf das Papier geklemmt worden war. Nun war sie bestimmt schon dabei, das in den ungelesenen Briefen enthaltene Geld für Substanzen auszugeben, die ihr halfen, alles zu vergessen.

»Kein Grund zur Sorge, Mrs. Concannon.«

Ich sagte, das Dach sei gut in Schuss und werde noch eine Weile halten. Ich wollte nicht den Eindruck erwecken, als wollte ich weitere Jobs herausschinden.

»Das kann warten«, versicherte ich ihr. »Das hat noch Zeit.«

Als ich auf der Leiter nach unten stieg, war Rita noch sehr misstrauisch und wollte einen Blick in die Plastiktüte werfen, um sich von der Wahrheit meiner Worte zu überzeugen. Der Inhalt würde beweisen, dass ich ehrlich war und die im Schlafzimmer verstreuten Briefe nicht gelesen hatte.

Sie wich bei dem Gestank zurück. Der tote Vogel sah aus wie ein schwarzer Schwamm, hatte sich fast vollständig aufgelöst, nur noch das dünne Gerippe mit gekrümmten Krallen und triefenden Flügeln war zu erkennen. Das Leben eines Vogels verging vor ihren Augen. Seine Substanz wurde wieder zu Energie, die neue Lebensformen aus seinem offenen Schnabel kriechen ließ.

Ich sagte, dass ich den Tank gründlich gereinigt hatte, riet ihr aber, vorerst kein Leitungswasser zu trinken. Sie solle alles abkochen. Dann ging ich nach unten, um den Vogelkadaver in den Müll zu werfen.

24

Bis dahin hatte ich kaum Zeit für Einsamkeit gehabt. Erst nach dem Anruf mit der Morddrohung hatte ich das Gefühl, ganz auf mich allein gestellt zu sein. Ich hatte mir vorgegaukelt, hier zu Hause zu sein. Aber nun nagten Zweifel an mir. Ich trank Zweifel-Tee. Ich aß Zweifel-Sandwiches. Ich fasste Zweifel-Türknäufe an und lief über Zweifel-Fußbodendielen. Alles, was ich anfasste, schien unwirklich und unsicher zu sein. Sogar der Schraubenzieher wusste nicht mehr genau, wie herum er sich drehen sollte.

»Wir werden dich aus deinem Elend erlösen«, hatte man am Telefon zu mir gesagt.

Was ich anfangs lustig fand. Ich versuchte, die Sache richtig aufzufassen, nämlich als Scherz, doch beim zweiten Anruf, der die Pointe setzen und jedes Missverständnis beseitigen sollte, blieb mir das Lachen im Hals stecken.

»Du bist so gut wie tot«, grollte jemand. »Nimm Abschied von deinen Freunden.« Es wurde noch mehr gesagt, aber ich verstand nicht alles.

Das war eindeutig. Man prophezeite mir mein baldiges Ende.

Dann kam der große Tag. Darius und ich setzten das neue Flügelfenster ein. Es war einer jener Tage, an denen eine ganze Woche innerhalb weniger Stunden zu verstreichen scheint. Anfangs lief alles wie am Schnürchen. Darius und ich frühstückten an der Tankstelle wie üblich Brötchen und Kaffee. Der

Rahmen stand hinten in seinem Lieferwagen, alle Teile sauber etikettiert, damit es keine Missverständnisse gab. Wir wollten beide unbedingt anfangen, denn wir wussten, dass diese Arbeit im Laufe eines Tages erledigt werden musste.

»Bitte kein Regen«, sagte Darius zu mir.

Im Haus der Concannons sahen wir uns die mit Brettern verschalte Fensteröffnung an. Die Arbeit lag noch vor uns, aber um sieben Uhr abends würden wir den neu eingesetzten Rahmen bewundern. Samt Scheiben und allem. Wir würden noch einmal sämtliche Arbeitsschritte rekapitulieren und uns fragen, wie wir es geschafft hatten. So viele Wunder. All die Schwierigkeiten und das ständige Nachmessen. Die Momente, in denen es viel zu glatt lief, um wahr zu sein, in denen man misstrauisch, vielleicht sogar zu sorglos und selbstsicher wurde. Dann wieder heikle, unvorhergesehene Schwierigkeiten, die lange aufhielten. Augenblicke, in denen wir glaubten, die Arbeitszeit falsch eingeschätzt zu haben, weil wir nicht geahnt hatten, wie lange Kleinigkeiten dauerten. Nachdem wir eine Stunde ein paar Millimeter Beton in einer Ecke weggestemmt hatten, befürchteten wir, dass die Sache eine ganze Woche dauern würde. Dann die Momente, in denen wir ratlose Blicke tauschten, weil Holz, Stein und Gips zu streiken schienen. Wir mussten uns einerseits an die Regeln halten, die die Materialien vorgaben, und sie andererseits kreativ umgehen. Wir mussten schummeln und kleine Macken übertünchen. Wir fluchten und klagten, waren aber immer mit Eifer bei der Sache.Wir fragten uns, warum zum Teufel wir diesen Job überhaupt angenommen hatten und unser Geld nicht mit dem Ausliefern von Pizzas verdienten. Doch wir ließen nicht locker, fanden eine Lösung nach der anderen, und schließlich kam das Ende in Sicht.

»Immer hübsch brennen lassen«, sagte ich, und als Darius nicht verstand, erklärte ich: »Es bedeutet, dass das Feuer nicht erlöschen darf. Dass du den Joint weiter herumreichen sollst. Genauer gesagt bedeutet es, nicht aufzugeben.«

Ich erzählte, dass ich diese Redewendung ein- oder zweimal auf dem Land gehört hatte, und er wiederholte sie, nahm sie in seinen Wortschatz auf. »Immer hübsch brennen lassen, du kleine Nutte, lass mich jetzt nicht hängen.«

Darius war ein einzigartiger Handwerker. Seine Genauigkeit, sein Selbstvertrauen, seine Perfektion. Wir arbeiteten wie ein Team austauschbarer Gliedmaßen. Er wusste, was meine Hände taten, als wären es seine eigenen. Ich vertraute darauf, dass er den Rahmen richtig festhielt. Ich sah die Anspannung in seinen Armen, seinem Gesicht. Ich roch seinen rauchigen Atem, während ich die Halterungen markierte und die Löcher bohrte – die altmodische Art. Man erfand ständig neue Mittel, wie schnelltrocknenden Zement, die das Bohren überflüssig machten. Doch wir hielten uns an die altbewährten Dübel und Schrauben. Darius hatte viele Gesten, um seine Worte zu unterstreichen, und als er mir einschärfte, dass der Rahmen bombensicher sitzen müsse, schwang er die Hüften wie eine Tänzerin aus dem Morgenland. Anders gesagt, das Fenster sollte bei Sturm keinen Bauchtanz aufführen.

»Wir sind ein gutes Team«, sagte er zu mir.

»Ja, genau. Wir sind wirklich ein gutes Team.«

»Vid und Darius.«

Alles begann, an seinen Platz zu fallen.

Darius schien der Ansicht zu sein, dass Holz auf einer Evolutionsebene mit dem Menschen stand. Vielleicht hatte er ja recht. Holz war weiblich. Schrauben waren männlich, weil sich diese Bastarde manchmal gegen eine Zusammenarbeit sträubten. Darius klang, als hätte er einen ganzen Tag bei zugezogenen Vorhängen mit einer Frau im Bett verbracht und alle möglichen Stellungen ausprobiert. »Hierher mit deinem Arsch.« Er hob das Seitenpaneel vor die Öffnung in der Wand, senkte es wieder und meinte, es müsse abnehmen. Er verschlankte es einige Millimeter mit dem Elektrohobel. Blonde, mädchenhafte Locken fielen zu Boden, wurden von der leichten Brise durch den Garten gewirbelt.

»Na, komm, Süße. Kopf zuerst.«

Ich musste lachen und fragte mich, was Rita dazu gesagt hätte. Frauen waren ja nicht aus Holz. Ich war erleichtert, wenn Darius seine obszönsten Phantasien auf Russisch zum Ausdruck brachte. Es gehörte zur Geräuschkulisse der Arbeit, dass seine Analogien pornographisch wurden, wenn alles gut ging. Sie waren dann weit hergeholt und steckten voller Sehnsüchte, die nicht durch Holz allein befriedigt werden konnten.

Er hatte mir erzählt, dass seine Frau ihn verlassen hatte, weil er alles immer zwanghaft an den richtigen Platz stellte. Sie warf ihm vor, alles aufzuräumen, noch bevor sie eine echte Unordnung hatte anrichten können. Sie fühlte sich überfahren. Sie sagte, sie habe das Gefühl, mit einem Geist verheiratet zu sein. Inzwischen scherzte Darius darüber, aber ich ahnte, wie schwierig es war, mit einem Perfektionisten wie ihm zusammenzuleben. Linke und rechte Socken. Alphabetisch geordnete Kräuter. In seiner Werkstatt war alles etikettiert, beschriftet, nummeriert. Die Klingen waren nach Länge geordnet. Schatten an den Wänden markierten die Plätze der Werkzeuge. Eine Million kleiner Schubladen mit Schrauben, Dübeln, Unterlegscheiben. Er schleppte mich einmal durch fünf Baumärkte, weil er eine ganz bestimmte Rundkopfschraube aus Messing suchte, obwohl er Dutzende von Flachkopfschrauben besaß, die es auch getan hätten, und obwohl die Schraube am Ende sowieso nicht mehr zu sehen war, weil man sie versenken musste.

Gut möglich, dass mich die Leute auch so sahen. Als Kevin vorübergehend bei mir wohnte, ließ er immer Sachen liegen, und das gab mir ein Gefühl von Geborgenheit. Nachdem er in eine eigene Wohnung gezogen war, musste ich mich selbst in Unordnung üben, um mir einbilden zu können, nicht allein zu sein.

Als Mrs. Concannon heimkehrte, waren wir erst halb fertig, mussten die Arbeit aber unterbrechen, damit sie das Fenster bewundern konnte. Wir beantworteten höflich ein Dutzend Fragen, ohne sie wegzukomplimentieren, und erläuterten ihr die Vorsichtsmaßnahmen, die wir ergriffen, damit das Fenster jedem Wind standhielt.

»Dann will ich euch nicht länger aufhalten«, sagte sie schließlich.

»Immer hübsch brennen lassen!«, erwiderte Darius.

»Wie bitte?«, fragte sie leicht irritiert.

»Immer hübsch brennen lassen. Sie wissen schon. Bei der Arbeit das Niveau halten«, erklärte ich.

Ihr verhaltenes Lächeln wirkte eher wie ein Naserümpfen. Dann ging sie in die Küche, um Zeitung zu lesen. Ich bat Darius, nicht zu lachen, weil sie sonst vielleicht geglaubt hätte, wir würden uns über sie lustig machen.

Und dann folgte der Anruf, der mir mitteilte, dass ich so gut wie tot sei und mir diese Arbeit besser ersparen solle, außer ich wollte posthum dafür berühmt sein, alles zu einem Abschluss zu bringen.

»Eine deiner Freundinnen?«, fragte Darius.

»Ich wünschte, es wäre so.«

Wir lachten, doch mein Lächeln war gezwungen. In diesem Moment schob sich eine Wolke vor die Sonne und warf einen Schatten auf das Haus, als sollten meine Zweifel noch weiter geschürt werden. Das Meer sah plötzlich aus, als hätte es eine Gänsehaut. Dann leuchtete die Straße wieder auf, als hätte jemand auf einen Schalter gedrückt.

Ich fühlte mich einsam. Ich wollte zum ersten Mal in meine Heimat zurückkehren, obwohl ich dort nicht mehr hingehörte. Im Grunde wollte ich wieder ein Kind sein, denn während der Kindheit hatte ich noch keine Ahnung von der Welt gehabt. Ich konzentrierte mich auf meine schönste Erinnerung. Meine Mutter beim Backen: Sie holte den duftenden Kuchen aus dem Ofen, erklärte mir jeden Handgriff. Ich weiß noch, dass sie den Kuchen seitlich durchschnitt, weil er aus drei Schichten bestehen musste. Zwei macht drei, sagte sie, eine Gleichung, die mich jedes Mal verwirrte, aber es kam stets eine wunderbar geschichtete Torte dabei heraus. Ich hatte auch schöne Erinnerungen an meinen Vater. So hatte er mir beigebracht, wie man Holz bearbeitet. Er hatte endlos viel Geduld, wenn er mir zeigte, wie man Hölzer verschwalbte oder Löcher für Dübel bohrte und alles noch einmal vermaß, bevor es kein Zurück mehr gab. In einem Sommer bauten wir Küchenschränke für die Marmelade und das Eingemachte meiner Mutter.

Aber auch diese Erinnerungen gaben mir nicht das Gefühl, zu Hause zu sein. Genau genommen fühlte ich mich bei dem Gedanken an die Vergangenheit noch verletzlicher. Es war, als würde ich eine Treppe rückwärts hinuntergehen, ohne zu wissen, was ich vorfinden würde, wenn ich mich unten umdrehte. Ich war meinen Erinnerungen schutzlos ausgeliefert, hatte zu wenig Selbstvertrauen, um allein sein zu können.

Wir setzten die Arbeit fort. Ich war froh, dass Darius seine sexuellen Analogien weiterspann, obwohl sie meine bösen Vorahnungen nicht vertreiben konnten. Ich konnte mir nicht länger einbilden, hier Fortschritte zu machen. Die Gesichter im Gerichtssaal saßen mir im Nacken, der Hass, der dem Elektriker nach meinem Freispruch ins Gesicht geschrieben stand. Seine wütende Grimasse bei unserer Zufallsbegegnung im Supermarkt. Mein Freispruch war wertlos. Die Schuld war immer noch vorhanden, sie holte mich ein wie eine späte Gerechtigkeit.

Ich malte mir aus, wie es wäre, einfach abzuhauen. Ich fühlte mich auf einmal schuldig wegen der Menschen, die in meiner Heimat spurlos verschwunden waren. Anonyme Gräber, tausend Kilometer weit weg. Hastig verscharrte Leichen. Angehörige, die Jahre später der Exhumierung beiwohnten, darauf warteten, Kleider und Schuhe identifizieren zu müssen, Armbanduhren, die an den Handgelenken der Toten schlackerten. Frauen, die sich einen Schal vor das Gesicht drückten, den Unterarm gegen die Nase pressten, die Hände vor die Augen schlugen. Vielleicht konnte man die Toten nur anhand von DNA-Proben identifizieren.

Ohne den Drohanruf hätte ich mir wohl gewünscht, dass dieser Tag nie enden möge. Ich war fast enttäuscht, als wir schließlich die Doppelfenster einsetzten. Wir öffneten und schlossen sie, um zu überprüfen, ob etwas nicht stimmte und nachgebessert werden musste. Ich gab Darius einen Klaps auf den Rücken, lobte sein Genie und sagte, dass ich diese Arbeit mit keinem anderen hätte erledigen können.

Wir mussten uns betrinken und in Gedanken noch einmal alle Handgriffe des Tages durchgehen. Die erfolgreiche Arbeit hatte uns zusammengeschweißt. Wir brauchten etwas zu beißen, mussten die Sache feiern. Die Arbeit abhaken, mit einigen Gläsern Bier endgültig der Vergangenheit überantworten. All das Gerede über Frauen und Holz. Die VIP-Lounge unserer eigenen Scherze.

Aber dazu kam es nicht, weil ich noch einen Anruf erhielt. Dieses Mal von Kevin. Er hatte Nachrichten hinterlassen, die ich im Glauben, es wären weitere Drohungen, nicht abgehört hatte. Ich mochte nicht noch einmal auf meinen vorzeitigen Abgang hingewiesen werden.

»Unter vier Augen«, sagte Kevin.

Ich brachte Darius zögernd bei, dass wir unser gemeinsames Bier auf einen anderen Abend verschieben mussten. Das wäre nicht das Gleiche, weil die Aufregung und Verbrüderung, die man nach getaner Arbeit empfand, verflogen wären. Da hätte man ebenso gut einem Kind sagen können, dass Weihnachten bis zum St. Patrick's Day aufgeschoben war.

»Schon gut«, sagte Darius lächelnd. Doch ich merkte ihm die Enttäuschung an. Er stieg in seinen Lieferwagen und fuhr los. Das Wichtigste vom Tag fehlte ihm jetzt. Es war fast so, als wäre er wieder nicht bezahlt worden. Ich war wütend auf mich, weil ich ihn hängen ließ. Ich stellte mir vor, wie er in der Imbissbude saß, fade Pommes frites mit Fisch aß, ohne das Mahl mit jemandem teilen zu können, und danach einsam und allein einen trank.

»Tolle Arbeit«, sagte Kevin, doch seine Bewunderung wirkte deplaziert. Als würde man während eines Films zu einem anderen Sender schalten.

Ich wusch mich und kämmte mir Sägespäne aus den Haaren. Beim Verlassen des Hauses warf ich einen letzten Blick auf das Flügelfenster.

»Ich habe heute einen Anruf bekommen«, erzählte ich Kevin. »So eine Art Todesdrohung.«

Er lächelte. »Ist sicher nur ein Scherz«, sagte er, als wollte er die Sache herunterspielen.

Ich berichtete ihm, dass meine Tage gezählt seien und dass man mich aus meinem Elend erlösen wolle.

»Hört sich ziemlich vage an, finde ich«, erwiderte er.

»Man hat mir gesagt, ich sei so gut wie tot.«

»Leere Drohungen«, versicherte er. »Darauf darfst du nichts geben. Vertrau mir. Ich kenne das. Du hast erst Grund zur Sorge, wenn wirklich etwas passiert.«

Er wirkte geistesabwesend. Er ging mit mir in die nächste Bar, obwohl ich die ganze Zeit das Gefühl hatte, mir den Staub im Beisein der falschen Person aus der Kehle zu spülen. Kevin trank hastig. Er trank nicht für den Weg, sondern um an ein Ziel zu kommen. Er feierte nicht, sondern schürte eine Wut.

»Wo wohnt er?«

»Wer?«

»Mein Vater.«

Er wollte die Adresse von mir. Ich sah auf die Uhr, fragte mich, ob sein Vater schon die abendliche Schicht im Yachtclub angetreten hatte.

»Er könnte noch zu Hause sein«, sagte ich.

Kevin ließ das Auto stehen. Wir liefen durch die Straßen, und obwohl ich ihn führte, gab er mir das Gefühl, voranzugehen. Wir erreichten das Haus mit der schäbigen Fassade, und ich zeigte auf die Granitstufen.

Mein Optimismus regte sich wieder. Ich glaubte, dass sich die große Versöhnung gleich vor meinen Augen abspielen würde.

Ich erinnerte mich an den Händedruck, mit dem sein Vater sein Leben meiner Hand eingeprägt hatte. An alles, was ich bei meinem Besuch in Furbo, dem Ort seiner Kindheit und Jugend, herausgefunden hatte. An das heimelige Geräusch, mit dem der Wind durch die Mauern blies. An den Regen, der sich im Schritttempo auf das Land zubewegte. Und den süßen Duft von Torf in der Luft. Das cremige schwarze Bier im Pub hatte wie flüssiger Torfrauch geschmeckt.

Ich redete mir ein, dass Kevin sich endlich eines Besseren besann und nicht mehr auf seinen Verstand, sondern auf sein Herz hörte, dass er die Hand seines Vaters schütteln würde und sich so zur Freundschaft bekehren ließe.

25

Es kam nicht zum Handschlag. Diese Begegnung zwischen Vater und Sohn war so kurz, als hätte sie niemals stattgefunden. Sie dauerte höchstens fünf Minuten.

»Kevin«, sagte sein Vater überrascht.

Er bat uns herein, aber Kevin hielt Abstand, verweigerte sich jedem Gefühl, strich das sandfarbene Haar zurück und sprach geschäftsmäßig.

»Wo ist sie?«

Er wusste offenbar nicht, wie er seinen Vater anreden sollte, ob mit Dad oder Pa oder Johnny oder wie auch immer.

»Meinst du Ellis?«

»Ich muss mit meiner Schwester reden.«

»Sie hat Probleme, nicht wahr?«, fragte sein Vater.

»Wie meinst du das?«

»Mit Drogen. Ist sie süchtig?«

»Wohnt sie bei dir?«, fragte Kevin.

»Nein«, antwortete sein Vater. »Aber ich würde ihr gern helfen.«

»Lass sie in Ruhe«, erwiderte Kevin, dessen Stimme zu beben begann.

»Ich habe das Recht, meine Tochter zu sehen. Sie ist längst volljährig.«

»Ich warne dich: Lass meine Schwester in Ruhe. Ich werde alles in meiner Macht Stehende tun, um sie zu beschützen.«

Immerhin sprachen sie miteinander. Braune Augen, die in braune Augen schauten, sich im Spiegel der Familie sahen. Ihre markanten Gesichter waren einander so ähnlich. Im Grunde unterschied sich der Vater nur durch den Connemara-Akzent, der noch in seinen Worten mitschwang, von seinem Sohn. Sie hatten die gleiche Stirn. Die gleiche, heftklammerartige Falte zwischen den Augenbrauen. Kevins Vater wirkte trotz der weißen Haare fast jugendlich, sein Sohn dagegen wohlhabender und gesetzter. Kevin schien die Fehler der Generation seines Vaters mit strengem Blick zur Kenntnis zu nehmen.

Da ich nicht vermitteln konnte, hielt ich mich heraus und wich auf der Treppe ein paar Schritte zurück.

Kevins Vater war wie gelähmt – man merkte es an seinem Lachen und seinem Zynismus. Er hatte während seiner Jugend nur wenige Möglichkeiten gehabt, war in einer Zeit aufgewachsen, als man dem Erfolg misstraut und jeden Ehrgeiz verspottet hatte, als man keiner Freundschaft hatte trauen können, weil sich der Drang zur Auswanderung epidemieartig ausgebreitet hatte. Jeder seiner Freunde war wie eine Falltür unter den Füßen gewesen, die sich mit der Auswanderung irgendwann geöffnet hatte. Die Tatsache, dass so viele Menschen im Laufe der Jahre fortgegangen waren, hatte die Art, wie man mit Freundschaften umging, bestimmt verändert – sie wurden intensiver und hungriger, drängender und kurzlebiger. Waren etwas, das man über Nacht abhaken konnte. Etwas, das man in einer Geschichte aufbewahren und woran man sich nach langer Zeit noch erinnern konnte.

Kevin betrachtete seinen Vater teilnahmslos. Selbst das Umfeld gab keinen Anlass zur Hoffnung – das schlechte Licht, die schniefende Feuchte des Sommers, das grüne Moos auf den Stufen. Er hielt seinen Vater für einen Trottel, einen Träumer, der die Chancen, die die Welt bot, nicht zu nutzen verstand, dessen einziger Halt in Geschichten und Liedern bestand und dessen Leben sich nach Wanderjahren bemaß, nach den immer gleichen Gesprächen, die er in Bars geführt hatte. Kevin erging es im Grunde nicht viel anders, nur dass er mehr Selbstvertrauen besaß und erfolgreicher war.

»Was willst du von uns?«, fragte Kevin schließlich. Er sprach wie ein Anwalt.

»Ich will es wiedergutmachen«, antwortete sein Vater.

»Ein bisschen spät, findest du nicht auch?«

»Sie hat meine Briefe nie geöffnet. Sie hat euch nicht einmal meine Nachrichten zukommen lassen. Meinen Kindern.«

»Nach allem, was du getan hast?«, schrie Kevin. »Ich habe es doch miterlebt.«

»Sie hat mir die Tür vor der Nase zugeschlagen, Kevin. Ich kenne meine Fehler, und sie haben mich mein Leben lang gequält. Ich will es nur irgendwie gutmachen.«

»All das ist längst gerichtlich geklärt«, sagte Kevin.

»Ich habe sie um Vergebung gebeten, aber sie wollte ja nicht einmal mit mir reden.«

»Es kann keine Vergebung für das geben, was du vor den Augen deiner eigenen Kinder getan hast.«

Kevin wollte sich angewidert abwenden.

»Ich bitte um nichts, Kevin.«

»Ach, ja?«

»Ich möchte mich nur bei dir, Jane und Ellis für das entschuldigen, was ihr miterleben musstet. Dafür, dass ich nicht da war. Dass ich kein Vater für euch war. Mehr will ich gar nicht sagen.«

»In Ordnung«, erwiderte Kevin. »Und jetzt rate ich dir, dich von meiner Mutter fernzuhalten. Und lass Ellis in Ruhe.«

Ich konnte diese Worte kaum ertragen. Kevin weigerte sich, die Verbannung seines Vaters aufzuheben. Er wandte sich ab und wollte auf der Granittreppe an mir vorbeigehen. Ich machte ihm Platz.

»Der Mann ist ein guter Arbeiter, Kevin.«

Sein Vater stand einsam in der Tür. Was sollte ich tun? Ich kam mir schäbig vor, als ich Kevin folgte.

»Er ist ein treuer Freund«, hörte ich seinen Vater rufen. »Verdirb es dir nicht mit ihm.«

Und das war's. Wir sprachen nicht weiter über seinen Vater. Kevin nahm mich mit in die Stadt, und wir ertränkten unsere Erinnerungen.

Ich war müde, aber der Alkohol ließ mich vergessen. Wir landeten schließlich in einem Nachtclub. Ich wollte nicht mitkommen, mochte meinen Freund aber jetzt nicht im Stich lassen. Also blieb ich bei ihm. Er begegnete alten Bekannten aus seiner Collegezeit, unter anderem einer Frau namens Samantha. »Mit einer Frau dieses Namens kann man es unmöglich treiben«, sagte er zu mir. Aber nachdem er eine Stunde zu Musik getanzt hatte, die an den Klingelton eines Handys erinnerte, verschwand er doch mit ihr. Ich ging allein nach Hause.

Mitten in der Nacht bekam ich einen Anruf.

»Er hat versucht, meine Mutter zu verbrennen.«

Sein Vater? Ein Brandanschlag? Das klang nach einer Verzweiflungstat, einer echten Katastrophe.

Ich raste so schnell wie möglich hin. Kevin war schon dort, lief mit ohnmächtiger Wut in den Augen auf und ab. Sein Hosenstall war offen. Die dunklen Spuren auf seinen Lippen erinnerten an einen Spülsaum. Er konnte es nicht erwarten, den Täter in die Finger zu bekommen und zu beweisen, wie sehr er seine Mutter liebte.

»Ich muss Überwachungskameras einbauen lassen«, sagte er.

Die Polizeibeamten versuchten, alle zu beruhigen. Sie sprachen mit Mrs. Concannon, die im Bademantel auf den Granitstufen stand und den bitteren Qualm des gelöschten Feuers einatmete. Die Polizisten bezeichneten die Täter als »miese, kleine Schurken«. Dadurch konnten sie die Tat herunterspielen und nach Schwere und Priorität einordnen. Ihrer Meinung nach handelte es sich um ein Zufallsdelikt, eine verantwortungslose, im Drogenrausch begangene Verrücktheit zufällig vorbeigekommener Idioten, die sich ein leichtes Ziel gesucht hatten. Das Blaulicht zuckte über Mrs. Concannons Gesicht, ließ ihre Augen schwarz und ihre Miene weiß und maskenhaft wirken. Die Polizisten wollten wissen, ob jemand einen Grund habe, ihr Haus in Brand zu setzen, doch ihr fiel niemand ein. Die Sache sehe zwar schlimm aus, aber man dürfe nicht vergessen, dass Samstag sei, sagten sie. Richtige Brandstifter wären gründlicher vorgegangen und hätten nicht nur eine Mülltonne vor der Haustür angezündet. Mit anderen Worten: Hier waren Amateure am Werk gewesen. Man nehme die Angelegenheit selbstverständlich ernst, hoffe aber, dass es nur ein dummer Scherz gewesen sei.

Rosie, die Nachbarin, trat in Mantel und Hausschuhen vor die Tür und berichtete, dass sie gehört habe, wie junge Leute vom Meer heraufgekommen seien. Sie lud Mrs. Concannon auf einen Tee zu sich ein und versuchte, sie zu trösten, indem sie sagte, dass dies nichts im Vergleich mit den Vorfällen in Nordirland sei.

Bei genauer Betrachtung war der Schaden gering. Viel geringer als jener, der innerhalb der Familie angerichtet worden war.

Die Täter hatten die grüne Mülltonne die Stufen hinaufgewuchtet und gegen die Tür gelehnt. Dann hatten sie den Inhalt, meist Pappe und Papier, entzündet, vielleicht mit Hilfe von Wodka und Red Bull. Kaum vorstellbar, dass sie sich die Mühe gemacht hatten, Benzin zu besorgen. Die durch das Feuer verformte Tonne bot einen komischen Anblick. Sie sah aus wie eine Wanne auf Rädern und hatte Ausbeulungen, die an vulkanische Schichten erinnerten. Die Haustür war verkohlt, aber intakt. Erwartungsgemäß hatte das Löschwasser im Flur den schlimmsten Schaden angerichtet. Der größte Verlust war das kleine Bleiglasfenster, das durch die Hitze geplatzt war, über hundert Jahre altes und ganz sicher unersetzliches Buntglas.

Ich passte eine zurechtgesägte Sperrholzplatte an Stelle der Scheibe ein. Die Tür musste nicht repariert werden. Die Brandspuren in Form des afrikanischen Kontinents konnten von den Malern überstrichen werden, die bald wegen des neuen Fensterrahmens kommen würden. Das Timing war also gar nicht schlecht. Warum hatten die Täter nicht den Container mit den Holzabfällen angezündet? Das wäre einfacher und viel spektakulärer gewesen.

Kevin stand da und ging die möglichen Erklärungen durch. Ihm dämmerte langsam, dass es nicht sein Vater gewesen war. Stattdessen starrte er mich an, weil er die Tat mit den an mich gerichteten Todesdrohungen in Verbindung brachte. Dieser Zusammenhang explodierte regelrecht in seiner Vorstellung.

»Das waren diese Typen, oder?«

»Wen meinst du?«

»Diese Dreckskerle. Der Elektriker, mit dem du aneinandergeraten bist.«

Am nächsten Tag schaffte ich Ordnung. Ich entsorgte die Mülltonne. Ich installierte einen Entfeuchter im Flur, dann verlegte ich die Dielenbretter. Ich trieb sogar jemanden auf, der Bleiglasfenster entwarf und noch einige Stücke des im Feuer geplatzten Glases auf Lager hatte. Nachdem ich die neue Scheibe eingesetzt hatte, sah man der Tür nichts mehr an. Es war, als wäre nie etwas geschehen.

Trotzdem war eine grundlegende Veränderung eingetreten.

Ich merkte es daran, wie sie mich anschauten und mit mir sprachen. An den Brandspuren auf der Haustür. An der neuen Glasscheibe. Am Gestank verkohlten Holzes, der noch lange im Flur hing. All das hatte ich ihnen beschert. Ich hatte es in dieses Land mitgebracht wie einen Virus, der durch die Luft übertragen wurde und mit dem sich die Familie Concannon jetzt angesteckt hatte.

26

Kann man die Büchse der Pandora wieder verschließen? Wohl kaum. Man kann sie nur öffnen.

Ellis versuchte wie besessen, das Rätsel der Abwesenheit ihres Vaters zu lösen. Sie stürzte sich Hals über Kopf in das Abenteuer von Schuldzuweisungen und Selbstzerstörung, sah nur noch, was in ihrem Leben fehlte. Sie glich einem Kind, das die Macht des Lichtschalters entdeckt hat und sich im Zimmer umschaut, erstaunt über die geniale Erfindung.

»Wir sprechen hier über mein genetisches Erbe«, hörte ich sie schreien.

»Na, dann halt dich an dein Erbe«, fauchte ihre Mutter. »Sei wie dein Vater, wenn du unbedingt willst.«

»Ich will nur wissen, warum ich so geworden bin.«

Ihre Mutter tat mir leid. Außer ihnen war nur ich da, und ich schlug so laut wie möglich Nägel in die Dielenbretter, tat so, als würde ich nichts mitbekommen.

Ellis wollte ihren Vater auch nicht mehr sehen. Sie wollte nur herausfinden, wer sie selbst war. Warum sie so heftig hatte abstürzen müssen und ob die Veranlagung dafür in der Familie zu finden war. Sie sah die Schuld für ihr Verhalten in ihrem Vater, einem Mann, den sie kaum erkannt hatte, als er sie auf der Straße ansprach. Er war die Erklärung für alles, was in ihrem Leben schieflief. Für alle Facetten ihrer Identität, für ihre Begabungen und für ihre Mängel. Für all die emotionalen Verwerfungen und Suchtprobleme. Die fehlende Antriebskraft. Die Ladendiebstähle. Die Beschädigung öffentlichen Eigentums. Für ihren kurzen Versuch, sich zu Tode zu hungern.

Sie unterschätzte ihre Gaben, zum Beispiel die Wirkung ihres Lächelns auf ihre Mitmenschen. Dieses Lächeln hatte sie tatsächlich von ihrem Vater. Es begann in einem Mundwinkel, breitete sich auf einer Gesichtshälfte aus, drang bis zu den Augen vor und tanzte wie ein Lichtstrahl über ihre Miene.

Sie führte dieses Leben nicht, weil es ihr gefiel, sondern weil sie ihrer Mutter trotzen wollte. Sie verließ ihr Zuhause und bewegte sich mit Diller in einer Szene durchgeknallter, im freien Fall begriffener Menschen. Bewohnte eine schäbige Wohnung, die, falls meine Informationen zutrafen, an den Ort eines Erdrutsches erinnerte und nach dem Abfall stank, der in der Küche herumlag. Dazu die stets griffbereiten Drogen. Das wiederverschließbare Plastiktütchen mit Mikros, der Handspiegel, der aufgerollte Geldschein auf dem Sofa.

Johnny Concannon war der einzige Mensch auf der Welt, der all dies erklären konnte. Eines Nachmittags stattete ich ihm wieder einen Besuch ab. Wir setzten uns, und er brauchte einige Zeit, um seine Gedanken zu ordnen, die so krumm und erratisch wie die Steinmauern und die Landschaft seiner Heimat waren. Trotz seiner langjährigen Abwesenheit zeigte er eine väterliche Besessenheit mit den Details der Familie, konnte sich an wichtige Begebenheiten aus dem Leben seiner Kinder erinnern. Und an die Katastrophe, die seine Verstoßung aus der Familie zur Folge gehabt hatte.

Er erzählte mir, dass er mit den besten Absichten nach Dublin zurückgekehrt sei. Er habe wieder mit seiner Frau leben und seinen Kindern ein echter Vater sein wollen. Nachdem Rita das Haus geerbt hatte, legte er sich ordentlich ins Zeug und führte eigenhändig mehrere Renovierungsarbeiten durch. Damals hatte er noch viel Kraft und versuchte, die Menschen glücklich zu machen. Er hatte einen Job, und die Familie schien gut zu funktionieren. Er erzählte gern Geschichten, und die Kinder glaubten ihm jedes Wort.

Doch es herrschte ein Ungleichgewicht, denn Rita war Lehrerin, und sie besaß das Haus. Ihr Name würde auch in den Urkunden stehen, wenn es verfiel, und obwohl er viele bauliche Verbesserungen vornahm, konnte er nie das Gefühl haben, dass es sein Eigentum war. Er gestand, dass er zu viel trank und sich verzettelte, und schließlich kam er sich vor wie ein Hausangestellter. So ähnlich wie ich.

Er erzählte mir, wie alles endete. Er hatte den Kindern einen Hund gekauft. Einen fast ausgewachsenen Welpen, der alles zerfetzte, was ihm vor die Schnauze kam, und so heiß geliebt wurde, vor allem von Ellis, dass er nicht zu erziehen war. Johnny erinnerte sich noch an den Sommer, als sie zum Camping an die Südküste gefahren waren. Rita band den Hund an die hintere Stoßstange des Autos, damit er nicht den ganzen Proviant fraß oder den Strandball der Kinder zerbiss. Und er, Johnny Concannon, brauste fröhlich los, um eine Flasche Wein zu besorgen, verfolgt von seinen schreienden Kindern. Er winkte ihnen mit bloßem Arm aus dem Fenster, ohne zu ahnen, dass er das geliebte Haustier vor ihren Augen grausam zu Tode schleifte.

Rita machte ihm die Sache nicht leicht. Sie bezeichnete ihn als Taugenichts, als Hundemörder. Sie brachen den Urlaub vorzeitig ab, und er zog los, um sich zu besaufen und den Hund zu vergessen, den er mit Hilfe eines Plastikspatens und eines Eimers am Strand begraben hatte, Rotz und Wasser heulend wie ein kleiner Junge. Als er wieder nach Hause kam, hatte Rita all seine Sachen, einschließlich der Hurling-Medaille, schon in einen Koffer gestopft. Sie sagte, sie wolle ihn in ihrem Haus nicht mehr sehen.

»Ich weiß nicht, was mich damals geritten hat«, sagte er. »Ich sah meinen Koffer draußen vor der Tür. Ich zertrümmerte die Scheibe und drang in das Haus ein. Rita schrie, ich solle nach England verschwinden, so als ob dort meine Heimat wäre.«

Er schlug sie, und sie fiel hin und drückte sich eine Hand auf den schmerzenden Mund. Die Kinder klammerten sich auf der Treppe an die Geländerstreben, als er ging.

»Das werden sie nie vergessen.«

»Kinder vergessen vieles«, sagte ich, um ihn zu trösten.

Doch ich irrte mich. Die Kindheit war wie der hinten an die Stoßstange gebundene Hund, und sie folgte einem bis in das Erwachsenendasein.

»Ich habe keine Familie mehr«, sagte er.

Dann beschloss er, mir die Hurling-Medaille zu schenken, weil sie außer mir niemand haben wollte.

»Bitte nimm sie an«, bat er.

»Aber das wäre falsch«, erwiderte ich. »Ich bin nicht der richtige Empfänger.«

»Doch, natürlich«, sagte er und stand auf. »Du bist der einzige Mensch, dem ich sie noch geben kann.«

Er holte das rote, immer noch in Geschenkpapier gewickelte Kästchen hervor und reichte es mir. Ich versuchte, höflich abzulehnen, doch er blieb hartnäckig und erzählte mir wieder von dem Tag, als er sie gewonnen hatte.

Er hatte das Bedürfnis, eine imaginäre Familie um sich zu versammeln. Er erzählte mir von seinen Eltern. Nannte die Namen seiner Brüder, ihre Berufe und die Länder, in die sie ausgewandert waren. Er zählte auf, wer von ihnen verheiratet war und wie viele Kinder und Enkelkinder sie hatten. Er breitete den ganzen Familienstammbaum vor mir aus, der überall auf der Welt in die Zukunft wuchs, falls ich, wie er sagte, einmal in der Fremde sei und Hilfe bräuchte.

Ich erzählte ihm von meiner Reise nach Furbo. Ich schilderte das neue Hotel und die Pagoden am Ufer, das selbstspielende Klavier im Speisesaal. Ich legte ihm das Wenige dar, was ich über Máire Concannon herausgefunden hatte, und er füllte die Lücken, indem er mir erzählte, was er wusste.

»Im Laufe der Jahre hat die Flut immer mehr Gerüchte über sie angespült«, sagte Johnny. »Ist wohl wie mit der Wahrheit, die sich ständig verändert.«

Manche Menschen nannten es ein Verbrechen. Andere eine Tragödie. Wieder andere einen Skandal. Aber man würde nie herausfinden, ob es Selbstmord oder Mord gewesen war – ein Doppelmord, um genau zu sein.

Um einen solchen Fall vor Gericht zu bringen, bedurfte es handfester Beweise. Gerüchte, die mit der Flut aufliefen und bei Ebbe wieder verschwanden, reichten nicht aus. Manche meinten, Máire habe an dem gelitten, was man Melancholie nannte. Die Ursachen dieser Melancholie kannte niemand, von den Worten des Pfarrers und der daraus entspringenden Ungewissheit einmal abgesehen. Der Pfarrer mochte seinen Anteil an der Tat gehabt haben, weil er sie von der Kanzel aus angeklagt und ihr den Tod durch Ertrinken nahegelegt hatte, ob freiwillig oder durch Gewalt. Doch er war längst tot und konnte nicht mehr zur Verantwortung gezogen werden.

Vielleicht, meinte Johnny, habe sie ja versucht, das Geld für eine Überfahrt nach London zu sparen, zum Zeitpunkt ihrer moralischen Verdammung aber noch nicht genug beisammen gehabt. Melancholie sei nur eine beschönigende Umschreibung für die Tatsache, dass sie um ihr Leben gefürchtet und keinen Beistand gehabt habe. Sie hatte den Schutz der Gemeinschaft verloren, war aus der Gemeinde verstoßen, von der Landkarte ausradiert und ins Meer getrieben worden.

»Bist du gläubig?«, wollte er wissen.

»Nein.«

»Sehr gut«, sagte er. »Denn ich frage mich manchmal, ob es sich hier um eine irische Neufassung der Geschichte von der Jungfrau Maria handelt. Man wusste ja nicht, wer der Vater war, und so konnte die Geschichte im Rückblick kunstvoll umgeschrieben werden.«

Eines der uralten Gerüchte besagte, dass man gesehen hatte, wie sie in der Nähe jenes Ortes, wo jetzt das große, neue Hotel stand, in die Wellen gegangen war. Wahrscheinlich am Strand oder an einer der sandigen Stellen zwischen den Felsen. Sie war immer weiter gegangen, bis das Wasser ihre Brust erreicht, bis sie keinen Grund mehr unter den Füßen gehabt hatte und untergegangen war.

Sie war seelisch sicher schwer erschüttert gewesen, und das hinter ihr liegende Land hatte ihr weniger Hoffnung geboten als das vor ihr liegende Meer. Es war auch denkbar, dass sie nach Barna gegangen war und sich dort von der Mole des kleinen Hafens gestürzt hatte. Falls dem so war, dann war sie, ganz in ihre eigenen Gedanken versunken, auch an dem grauen, von runden, weißen Flechten bedeckten Haus vorbeigekommen, das sie schweigend angestarrt hatte wie das Gesicht einer Greisin.

Vielleicht redete sie unterwegs mit dem Baby in ihrem Bauch und wurde von den Leuten, denen sie begegnete, für verrückt gehalten.

Warum hatte niemand sie aufgehalten? Wieso hatten ihre Schwestern oder ihre Mutter nicht versucht, sie an dieser Tat zu hindern? Man hätte sie überwältigen können. Man hätte ihr das Vorhaben ausreden können. Doch in diesem Fall hätten sich alle zu Mitschuldigen gemacht, weil sie die Worte des Herrn missachteten.

Andere Gerüchte wollten von einem noch schlimmeren

Ende wissen. Angeblich war sie gegen ihren Willen in einem Boot auf das Meer hinausgebracht worden. Manche wollten sie mit Männern gesehen haben, Familienangehörigen, Brüdern, Onkeln, Männern aus dem Ort, vielleicht sogar mit ihrem eigenen Vater oder dem Pfarrer persönlich. Wer wusste das schon? Mit allen Tatverdächtigen, einschließlich jenes Mannes, dessen Kind sie in sich trug und der aus irgendeinem Grund die Sache nicht durch eine Heirat zur Zufriedenheit der Kirche bereinigen konnte. Mit allen denkbaren Vätern, die sich so sehr vor dieser Geburt fürchteten, dass sie bereit waren, alles zu tun, um die junge Frau zum Schweigen zu bringen.

Hatte sie vorgehabt, die Identität des Vaters preiszugeben? Hatte man sie deshalb ertränkt?

Noch eine Frage. Sie hätte zwar den Fall in den Augen der Polizei nicht aufgeklärt, und die Akte wäre damit auch nicht geschlossen gewesen. Aber es hätte immerhin etwas erklärt, was mich schon lange beschäftigte.

»Warum hat ihre Familie ihren Leichnam nicht beansprucht?«

»Man muss die damalige Zeit bedenken«, antwortete Johnny. »Und die Geographie. Man hat Tote meist dort begraben, wo sie angespült wurden. Vielleicht war es auch so stürmisch, dass die Familie nicht mit dem Boot übersetzen konnte. Man hat Inselbewohner oft auf dem Festland bestattet, wenn man ihre Leichen dort entdeckt hat.«

»Sie haben nie das Grab gesucht oder einen Grabstein aufstellen lassen?«

»Dazu fehlte ihnen das Geld«, erwiderte er. »Das vermute ich jedenfalls.«

»Kein Hinweis darauf, wer da unter der Erde lag?«

»Nichts außer dem Ort, den man nach ihr benannt hat«, sagte er. »An dem man ihren Leichnam entdeckt hat.«

Das war die einzige Inschrift – die Stelle in Inishmore, die Einheimische *Bean Bháite*, ertrunkene Frau, nannten.

Es gab keine Anzeichen für Trauer. Mutter und Schwestern war es sicher verboten gewesen, sie öffentlich zu zeigen. Das Gleiche hatte für die üblichen Rituale gegolten. Keine Beerdigung. Keine Totenwache. Und sogar nachdem sich das Wetter gebessert hatte, war der Familie nicht gestattet worden, das Grab zu suchen. Niemand war zur Insel gefahren, um ein Gebet zu sprechen, ein paar Blumen zu bringen und sich zu fragen, ob das Baby ein Mädchen oder ein Junge gewesen war.

An dieser Stelle erzählte Johnny von einer irischen Klage um Ertrunkene. Er zitierte ein paar Worte, die er dann für mich übersetzte. Er erklärte mir, dass das Ertrinken in diesem Lied anfangs mit einer Hochzeit verglichen wurde, bei der sich Menschen und Pferde auf der Straße versammelten. Aber dann wurde es eine Beerdigung. Man legte Ertrunkene nach der Bergung üblicherweise auf eine Holzplanke. Ein Vorgang, den man *Ar chlár* nannte. Manchmal war es nur eine ausgehängte Tür. Man trug den Leichnam nach Hause, wo ein Bett vorbereitet worden war. Dann begann die Trauer. Man hielt die ganze Nacht Totenwache, und keine einzige Minute lang durfte der Leichnam allein gelassen werden. Das Lied wusste zu berichten, dass das Bett des Ertrunkenen nie so gemütlich gewesen sei.

Wahrscheinlich hatte man Máire Concannon unten am Ufer, gleich hinter dem Spülsaum, auf eine Planke gebettet. Aber man hatte sie weder in ein Haus gebracht noch in ein Bett gelegt. Man hatte weder getrauert noch Totenwache gehalten oder gesungen.

Tá do shúile ag na péiste,
S'tá do bhéilín ag na portáin,

S'tá do dhá láimhín gheala ghléigeal
Faoi léirsmacht na mbradán.

Die Maden haben deine Augen,
Und die Krabben haben deinen Mund,
Und deine schönen, weißen Hände
Sind nun im Reich der Lachse.

27

Das Ende kam plötzlich und ohne Vorwarnung. So rasch hatte ich nicht damit gerechnet. Ich glaubte, inzwischen richtig zur Familie zu gehören, bis mich Kevin eines Abends nach der Arbeit auf einen Drink einlud und mir mitteilte, dass Schluss sei.

»Hör zu, Vid«, sagte er. »Ich halte es für das Beste, wenn du so bald wie möglich Schluss machst.«

»Schluss machst?«

»Ich meine die Arbeit«, sagte er. »Du musst sie abschließen.«

»Die Arbeit abschließen?«

»Wegen meiner Mutter«, sagte er. »Sie braucht eine Pause von all dem Krach und dem Dreck im Haus.«

»Dann soll ich die Küche nicht mehr machen?«

»Jetzt nicht.«

»Kein Problem«, sagte ich.

»Du kennst ja unsere Sorgen um Ellis.«

»Natürlich.«

»Wir haben nichts gegen dich, Vid«, sagte er. »Es ist nur so, dass sich alles zu sehr in die Länge zieht. Meine Mutter muss das Haus wieder für sich allein haben.«

»Kein Problem«, sagte ich.

»Und hör auf, immer ›Kein Problem‹ zu sagen! Bei deinem Akzent klingt das saudämlich.«

Das war der Anfang vom Ende. Kevin versicherte mir, dass es nichts mit mir oder meinem Charakter zu tun habe. Es sei nur so, dass seine Mutter durch den Brand sehr beunruhigt sei. Er bezichtigte die Dreckskerle und meinte, er müsse wohl eine Alarmanlage einbauen lassen.

Dann erklärte mir Kevin, dass die Trennlinie zwischen Gut und Böse verschwimme. Man könne seinem Instinkt nicht mehr trauen. Alles gehe den Bach hinunter, werde schlimmer denn je, und diese Entwicklung weite sich gleichmäßig bis in die letzten Winkel der Welt aus. Jede Stadt habe ihre Mafia und ihre Dritte Welt, aber auch Menschen, denen es gut gehe. Als Anwalt betreue er einen Querschnitt der Gesellschaft. Die Stadt sei der großartigste Ort auf Erden, aber sie sei auch Müllhalde und Kriegsgebiet, je nachdem, auf welcher Ebene man sich bewege.

»Keine Sorge«, sagte er. »Alles bleibt beim Alten. Du bist mein Freund, mein bester Freund. Keine Frage. Wir müssen nur vorsichtig sein. Diese Dreckskerle werden nicht so bald lockerlassen.«

Zwei Tage später ging Darius' Werkstatt samt allem Holz und allen Werkzeugen in Flammen auf. Nach dem Brand stand ich in der schwelenden Ruine. Trotz der Zerstörung wirkte alles ordentlich. Die Werkzeuge hingen an ihren Plätzen. Sägen, Hämmer und Meißel, nach Größe geordnet, rußgeschwärzt und durch die Hitze verformt. Der Brand war durch die Lösungs- und Poliermittel noch weiter angefacht worden. Die Elektrosägen waren unbrauchbar. Nichts hatte gerettet werden können, weder Oberfräser noch Werkzeuge zum Verfugen, ja nicht einmal ein Maßband.

Feuerwehrleute stellten an Ort und Stelle Nachforschungen an, aber die Brandursache blieb unklar. Darius hatte in der Werkstatt nie geraucht, und er hatte das Sägemehl immer aufgefegt. Er säuberte jedes Mal die Maschinen und zog alle Stecker heraus, bevor er ging. Am Abend vor dem Feuer hatte er einige fertige Arbeiten aus dem Lieferwagen geholt und in die Werkstatt gestellt, weil er geglaubt hatte, sie wären dort sicherer. All das war jetzt zerstört.

Man entdeckte weder schadhafte Leitungen noch sichtbare Zeichen für einen Einbruch oder Brandstiftung. Es hätte ein unglücklicher Zufall sein können, doch ich wusste es besser.

Von den herabhängenden Deckenbalken tropfte schwarzes Löschwasser. Darius zeigte mir wie bei einer Inventur jedes einzelne Werkzeug, erzählte mir, wo und zu welchem Preis er es gekauft hatte. Es hatte Jahre gedauert, all dies zusammenzutragen, und keine Versicherung konnte es je ersetzen. Als er zwei Schraubenzieher zur Hand nahm, die im Neunzig-Grad-Winkel an den Griffen miteinander verschmolzen waren, lachte er so hektisch und verzweifelt, dass es eher nach Weinen klang.

»Es tut mir so leid«, sagte ich, weil ich wusste, dass es meine Schuld war.

»Schon gut«, erwiderte er. Er versuchte, den Mut nicht sinken zu lassen. Es gab viele Möglichkeiten, die Worte »schon gut« auszusprechen; die Skala reichte von fröhlich bis gedämpft, von Hilflosigkeit bis zu tiefster Resignation.

Darius trat gegen einige Gegenstände, ein handgedrechseltes Holzstück, das in Melasse getaucht worden zu sein schien und so trist und verstümmelt wirkte, dass man es nicht mehr mit einer Frau vergleichen konnte. Er riss sich zusammen, um nicht zu weinen, versuchte, sich als Mann zu erweisen. Ich legte ihm eine Hand auf die Schulter, obwohl ich wusste, dass ich dieses Unglück über ihn gebracht hatte. Ich sorgte immer nur für Ärger.

Sie hatten Darius mit mir verwechselt, aber ich hatte nicht den Mut, ihm dies zu sagen, und fühlte mich deshalb richtig mies. Ich redete mir ein, ihm einen Gefallen zu tun, wenn ich keine Furcht vor Ausländerfeinden in ihm weckte.

Aber das war unfair. Er musste von den Drohanrufen wissen, die ich erhalten hatte. Von dem Streit, mit dem alles begonnen hatte, der Gerichtsverhandlung und dem Brandanschlag auf das Haus der Concannons. Nachdem ich all dies erzählt hatte, wirkte er gebrochen. Er ließ mich einfach stehen. Alles, was wir gemeinsam geleistet hatten, war zunichtegeworden. Wie konnte ich erwarten, dass er je wieder mit mir zusammenarbeitete? Wahrscheinlich kam er nach meinen Worten zu dem Schluss, dass es sinnlos war, seinen Betrieb neu aufzubauen, dass er Irland besser verlassen und wieder nach Hause zurückkehren sollte.

Natürlich war es angesichts all dessen verständlich, dass die Familie Concannon ihre Ruhe haben wollte. Kevin trieb mich zur Eile an, drängte mich, die Arbeiten im Haus so rasch wie möglich abzuschließen.

»Nicht bummeln«, schärfte er mir ein, und ich wusste genau, was er meinte. Er hatte mir einmal erzählt, dass seine Mutter genau diese Worte zu einem Kellner im Restaurant gesagt hatte.

Doch ich begriff erst mit Verspätung, dass dies auch das Ende unserer Freundschaft war. Eine gute Woche danach verließ ich das Haus endgültig. Ich hatte den ganzen Tag gearbeitet, um alles fertigzustellen, von Dunkelheit zu Dunkelheit, wie Johnny Concannon gesagt hätte. Rita zog in das Royal Marine Hotel am Hafen, während der Putz trocknete. Dann wurden die Dielen abgeschliffen, und zuletzt kamen die Maler.

Nachdem ich fertig war, erfüllte mich eine heitere Betrübnis. Ich trank Tee und sprach mit den anderen Handwerkern. Ich wusste, dass ich jetzt nur noch ein Angestellter wie sie war. Einer der Maler erzählte, dass er ein uneheliches Kind sei, um es altmodisch auszudrücken. Er war in einem protestantischen Waisenhaus aufgewachsen und hatte erst kürzlich entdeckt, wer seine wahre Mutter war. Sie mussten sich heimlich treffen, um ihre neue Familie nicht zu beunruhigen. Er besuchte sie zweimal pro Monat in Kilkenny, wo sie ein oder zwei Stunden im Café saßen. Er erzählte von seiner Arbeit, und sie erzählte von seinen Halbbrüdern und Halbschwestern, die er nie kennenlernen würde. Danach kehrten sie in ihr jeweiliges Leben zurück.

Ganz zuletzt bat ich den Maler, mir beim Einräumen der Möbel zu helfen. Nun konnte sich das Haus wieder mit Leben füllen. Es hatte eine Weile mir gehört, und ich würde mich immer an die Geräusche und Schatten erinnern, an die hohlen Stellen, das Knarren, die tragische, zerbrechliche Stimmung. Auf der Treppe schienen Schreie nachzuhallen. Knallende Türen. Der Lärm der vaterlosen Leere. Ich würde diese Familie nie vergessen.

Ich genoss es, ein letztes Mal durch das neue Flügelfenster auf den schmalen Streifen des blauen Meeres zu schauen. Dieser Anblick prägte sich meiner tiefsten Erinnerung ein, gesellte sich zu den anderen geistigen Andenken, die ich gesammelt hatte. Ich war froh, noch einmal an diesem Fenster stehen, es mein Eigen nennen zu können, bevor ich endgültig Abschied nahm. Es bekümmerte mich nicht, dass die von mir vorgenommenen Erneuerungen bald zum Alltag gehören würden. Ich war fast glücklich bei dem Gedanken, dass man mich vergessen würde wie einen meisterhaften Zimmermann, der spurlos verschwand und das Haus im besten Zustand den rechtmäßigen Eigentümern überließ.

Im Sonnenlicht glänzte der Fußboden. Ich konnte einen letzten Hauch Lack riechen. Hervorragende Arbeit, dachte ich, wie aus einer Zeitschrift für Heim und Garten. Ich würde nie die Freude vergessen, die aus Mrs. Concannons Augen sprach, als sie sich ernsthaft und von ganzem Herzen bei mir bedankte.

»Du bist der beste Handwerker, den dieses Haus je gesehen hat«, sagte sie bewegt. »Zuverlässig und ehrlich, egal, was kommt.«

Dann erinnerte sie mich daran, ihr den Haustürschlüssel auszuhändigen.

Das war das Ende. Ich wurde sehr gut, ja weit besser bezahlt, als ich erwartet hatte. Ich brachte Darius seinen Anteil, den er nur widerwillig annahm. Undenkbar, dass er jetzt noch wie geplant mit mir in den Pub ging, um die fertige Arbeit zu begießen, denn unsere Kameradschaft und der Stolz auf die gemeinsame Leistung lagen in Trümmern.

Ich ging allein einen trinken und kehrte abends zu Fuß nach Hause zurück. Ich nahm den längeren Weg, längs des Hafens und des Meeres, und hoffte, dass die Freundschaft mit Kevin wieder aufleben würde, sobald Gras über alles gewachsen war.

Ab und zu drehte ich mich nach möglichen Verfolgern um.

Ich kam am Seniorenheim vorbei. Vermutlich sah Schwester Bridie gerade nach den unruhigen Patienten und scherzte mit ihnen, damit sie endlich einschliefen. Ich schaute in der Hoffnung zu den Fenstern auf, dass sie mich sah und mir winkte, aber dann wurde mir bewusst, dass sie mich nach all der Zeit im Schein der Straßenlaternen nicht mehr erkennen würde. Ich überlegte, sie zu besuchen, ja ich dachte sogar mit einer gewissen Wehmut an das Heim, obwohl ich immer das Gefühl gehabt hatte, dort wie einer der Alten in der Falle zu sitzen. Manche von ihnen hatten sinnlos und wie in fremden Zungen miteinander gesprochen. Dann fiel mir ein, dass ich dem Seniorenheim hatte entfliehen wollen, weil ich Angst davor gehabt hatte, plötzlich zu altern. Stets raste ich durch die Tage. Bewegte mich mit großen Sprüngen voran, lebte mein Leben nur in der Erinnerung und im Rückblick. Ähnlich wie Bridie, die den Trennungsbrief ihres Freundes in ihrer Handtasche aufbewahrte.

28

Nichts. Kein einziges Wort, nicht einmal ein Anruf. Keinerlei Kontakt. Der Herbst brach an, und ich hatte seit der Beendigung meines Jobs nichts mehr von Kevin gehört. Wir waren die dicksten Freunde gewesen, die es in der Geschichte der Freundschaft je gegeben hatte, und nun war weniger als nichts davon übrig. Ich versuchte, in Kontakt zu bleiben. Ich lud ihn immer wieder ein, mit mir Angeln zu fahren, sprach ihm auf die Mailbox, doch er reagierte nicht. Ich rechnete damit, ihm zufällig auf der Straße zu begegnen, an ihm vorbeizugehen, ihm wenigstens winken zu können. Doch er schien eine Karte entdeckt zu haben, mit deren Hilfe er sich unterirdisch fortbewegen konnte, so dass man ihn nicht mehr zu Gesicht bekam.

Ich sah ihn nur ein einziges Mal in seinem Lieblingspub, in dem wir oft zusammen gewesen waren. Er saß mit neuen Freunden an der Bar, ein frisch gezapftes Bier vor sich. Als ich mit einem strahlenden Lächeln auf ihn zuging, drehte er sich um und erblickte mich. Ich erwartete, dass er aufstand, mich umarmte und fragte, was ich trinken wolle, mich seinen Freunden vorstellte. Doch sein Blick blieb ausdruckslos. Er erkannte mich nicht. Vielleicht wollte er mich auch nicht erkennen. Hatte sich gezielt von mir entfremdet.

Er wandte sich ab und stieß seine Freunde mit dem Ellbogen an. Sprach kurz mit ihnen und ging dann. Als dürfte man uns nicht in demselben Pub sehen.

»Was habe ich dir getan?«, fragte ich, als er an mir vorbeiging, doch er antwortete nicht, sondern verließ den Pub, gefolgt von seinen neuen Freunden.

Sie hatten drei unberührte Biere auf der Theke zurückgelassen. Auch der Barkeeper fand es unfassbar, dass jemand sein Bier so angeekelt stehenließ. Er fragte, ob das Bier schal schmecke, räumte es aber nicht weg, weil er glaubte, dass die Männer nach draußen gegangen waren, um eine Zigarette zu rauchen. Die Gläser standen den ganzen Abend da, ein Triptychon, das an eine verlorene Freundschaft erinnerte.

Man musste natürlich seine Stellung bedenken. Er hatte einen guten Grund dafür, nicht mehr mit mir befreundet zu sein. Er hatte mir nach Kräften geholfen, doch ich hatte immer nur für Ärger gesorgt.

Manchmal glaubte ich, dass sich Leute im Internet über mich informierten, in meinem Leben schnüffelten. Ich spürte, dass man mich immer noch mit Serbien und allem in Verbindung brachte, was dort geschehen war.

In der Zwischenzeit erledigte ich einen kleinen Job für eine Frau, die sich Regale aus Treibholz wünschte. Sie bezeichnete sich als umweltbewusst und wollte nicht, dass ich irgendetwas Neues benutzte, nicht einmal neue Regalbretter. Eines Nachmittags kamen wir über meine Heimat ins Gespräch, und sie erzählte mir, dass sie während der Belagerung Sarajevos in Bosnien gewesen sei. Die Frauen aus der Stadt hatten eine Botschaft an alle Frauen auf der Welt gesandt, in der sie um Solidarität gebeten hatten. Frauen aus allen Ländern Europas, aus Kanada und den USA folgten dem Aufruf, die Belagerung zu brechen. Busse standen bereit, um sie in die Stadt zu fahren. Sie hatte Angst, weil die Fahrzeuge alle von Kugeln durchlöchert waren. Manche hätten wie ein Sieb auf Rädern ausgesehen, sagte sie. Die Scheiben fehlten, und auf den Sitzen waren noch braune Blutflecken zu sehen. Sie stieg in den Bus mit den wenigsten Einschusslöchern, weil sie glaubte, darin ein wenig sicherer zu sein. Die nächtliche Fahrt auf gewundenen Bergstraßen würde sie nie vergessen, sagte sie. Meist seien sie ohne Licht gefahren, um die Scharfschützen nicht auf sich aufmerksam zu machen, die rings um die Stadt in den Bergen lauerten. Wenn der Gefechtslärm zu nahe war, mussten die Busse halten. Manchmal krochen sie langsam und ohne Licht weiter, konnten die Straße und den Abgrund daneben nur erahnen. Als sie schließlich in Sarajevo eintrafen, weinten die dortigen Frauen vor Erleichterung, weil sie wieder mit der Außenwelt in Verbindung kamen. Die Besucherinnen hatten Nahrungsmittel, Babykleidung und wichtige Medikamente mitgebracht. Sie fragten die Frauen Sarajevos, ob sie mitkommen wollten, aber diese mochten ihre Familien nicht im Stich lassen. Dann fuhren die Besucherinnen wieder ab, ließen die Frauen in Sarajevo zurück, die durch die bläulichen Dieselabgase winkten. Sie erzählte mir, dass die Rückfahrt noch schrecklicher gewesen sei, denn es sei schwieriger, die Stadt zu verlassen, als dorthin zu gelangen.

Helen war der einzige Mensch, mit dem ich noch reden konnte. Wir verabredeten uns ein- oder zweimal, und es war wie ein Club der einsamen Herzen. Sie nannte uns die Verlassenen und Verlorenen und redete hauptsächlich über Kevin und die gute alte Zeit.

Das Boot, an dem ich gearbeitet hatte, lag jetzt im Wasser und ging auch nicht unter, jedenfalls noch nicht. Mein bootsbauerischer Ehrgeiz überstieg meine Fähigkeiten. Manche Dinge mussten von Generation zu Generation weitergegeben werden, und ich versuchte immer noch herauszufinden, worin mein Erbe bestand. Die Bootsbauerei war es jedenfalls nicht. Hüte dich vor Menschen, die ihre Grenzen nicht kennen – ich war mir sicher, dass auch dies ein altes irisches Sprichwort war.

Eines Tages kam Helen zum Hafen, um mich zu besuchen. Sie trug eine schwarze Lederjacke, Jeans und Laufschuhe. Das Boot schwankte stark, als sie einstieg, und sie musste sich am Dollbord festhalten, um das Gleichgewicht nicht zu verlieren.

»Die Zunge immer in der Mitte des Mundes halten«, scherzte ich, und sie lachte. Aber das stammte nicht von mir, sondern von Kevin, der es beim Angeln zu mir gesagt hatte. Ich ahmte solche Sprüche oft nach, aber trotz vielen Übens klangen sie bei mir nie ganz richtig. Ich blieb sozusagen ein Mensch aus zweiter Hand. Eine Weile hatte ich auch versucht, Witze auswendig zu lernen, aber sie zündeten nicht. Selbst wenn ich die Pointe richtig setzte, klangen sie mit meinem Akzent nie wirklich witzig. Man hatte höchstens aus Höflichkeit darüber gelacht. Da war es leichter zu erreichen, dass die Leute über mich lachten.

Ich ruderte in die Bucht. Der Abend war windstill und warm, aber weil es auf dem Wasser etwas kühler war, schloss Helen ihre Jacke. Sie sah mich hin und wieder an. Sie wusste natürlich, dass das Boot nicht so mühelos dahinglitt, weil ich so flott ruderte, sondern weil die Strömung uns zog. Ich konnte niemandem etwas vormachen. Ich hätte die Ruder ebenso gut aus dem Wasser ziehen und in die Luft halten können. Außerdem war ihr klar, dass ich nie gegen die Strömung hätte anrudern können.

Unterwegs sprachen wir über das Leben in Belgrad. Ich gestand ihr endlich, dass ich die Musik verabscheute, vor allem den während des Krieges aufgeblasenen Turbo-Folk. Sie musste lachen und erwiderte, dass es sich mit den irischen Freiheitsballaden, die man während der Unruhen gesungen habe, ganz ähnlich verhalte.

Wir legten an der Insel an. Ich klemmte das Tau in einen Felsspalt und ließ genug Leine für das Ablaufen der Flut. Wir setzten uns auf die Felsen und plauderten. Außer uns war niemand da.

»Es ist zwar nicht Dursey Island«, sagte sie, »aber es muss reichen.«

Helen, die oft witzige Bilder fand, fügte hinzu, mein Lachen erinnere sie an ein implodierendes Gebäude, das vor den Augen der verblüfften Zuschauer mit einer großen Staubwolke in sich zusammensinke.

Der Himmel drohte mit Regen, und es fielen ein oder zwei Tropfen. Sie nahm mich ohne Vorwarnung in die Arme und küsste mich, als hätte sie der Regen dazu inspiriert. Unsere Augen waren geschlossen, und ich weiß noch, dass sich ihre Unterlippe beim Küssen viel größer anfühlte, als sie aussah. Ich hatte das Gefühl, dass ihre Zähne zurückwichen, aber sie schien weiter zu lächeln. Sie lud meine Zunge ein, in ihren Mund einzudringen. Erklärungen waren überflüssig. Im Grunde war der Kuss das bedeutsamste Wort, das je den Mund eines Menschen verlassen hatte; man konnte es weder aussprechen noch aufschreiben.

»Tun wir das jetzt wegen ihm?«, fragte ich.

»Oh, nein«, erwiderte sie lachend.

Ich verdrängte die in meiner Frage mitschwingende Trauer. Wahrscheinlich hatten wir schon lange geahnt, dass es so kommen würde. Wir hatten uns bei der ersten Begegnung ineinander verliebt, konnten es uns aber nicht eingestehen, da die Freundschaft mit Kevin im Weg stand. Vielleicht war dies der wahre Grund dafür, dass er sich nicht mehr unter Kontrolle gehabt und einen Mann auf der Straße halb tot geschlagen hatte. Vielleicht hatte er in jener Nacht etwas in unseren Augen gesehen, das ihn hatte ausrasten lassen.

Sie wollte nicht nach einem Unterschlupf suchen. Sie öffnete ihre Lederjacke, ermutigte mich, den Ort, an dem wir waren, in Besitz zu nehmen. Wir schliefen auf der Insel miteinander, während die Sonne sank und hin und wieder ein paar Tropfen fielen, was alles noch intensiver machte. Ich erwartete, die ganze Welt um mich herum zu vergessen, aber das Gegenteil trat ein. Während wir im Gras lagen, kehrten die Erinnerungen zurück. Die Nähe Helens öffnete eine Tür zu meiner Vergangenheit. Das Gefühl ihres glatten Bauches. Ein winziger Regentropfen auf einem ihrer Augenlider. Ihr Atem an meinem Ohr, lauter als jede Welle, die sich in der Nähe auf den Felsen brach.

Sie drängte mich nicht, etwas zu erzählen. Sie war eine gute Zuhörerin, die alles entdeckte, was zwischen den zerklüfteten Felsen der Vergangenheit verborgen war, Erinnerungen, die wie Krabben aus ihren Verstecken krochen.

Ich erzählte, dass mein Vater in Belgrad bei der Geheimpolizei gewesen sei. Sein Vorgesetzter, ein Mann namens Stanišić, war wegen Kriegsverbrechen angeklagt worden. Ich wusste nicht genau, worin die Arbeit meines Vaters bestanden hatte. Angeblich war er ein talentierter Gesprächsführer gewesen und hatte auf Polizeiwachen an Verhören teilgenommen.

»Während meiner Jugend wusste ich nichts davon«, erklärte ich ihr. »Er war der liebste Mensch auf Erden. Ein guter Vater.«

»Erzähl mir von dem Autounfall.«

Sie ließ ihren Arm auf meinen Schultern liegen und wartete darauf, dass sich die Geschichte entspann. Ich erzählte ihr von der Hochzeit meiner Schwester Branka. Lange nach Kriegsende, in Friedenszeiten. Die Hochzeit sollte in den Bergen stattfinden, in dem Ort, aus dem ihr zukünftiger Ehemann stammte und in dem sie sich niederlassen wollten, weil er dort eine aufgegebene Autowerkstatt übernommen hatte. Mein Vater trug seinen Anzug, meine Mutter einen blauen Hut und ein dazu passendes Kleid. Die Hochzeitstorte, in einem der besten Belgrader Cafés bestellt, stand neben mir auf der Rückbank.

Am Morgen der Hochzeit war es heiß. Das ganze Dorf hatte sich vor der Kirche versammelt. Meine Schwester trug ein weißes Brautkleid. Bald würden die Feierlichkeiten beginnen, und die Blaskapelle wartete auf ihren Einsatz. Ich konnte mich an die Fahrt über Land erinnern. Die Torte war mit Butterbrotpapier bedeckt, ihr süßer Duft erfüllte das ganze Auto. Mein Vater war aufgeregt und redete wie ein Wasserfall, denn es passierte ja nicht jeden Tag, dass die eigene Tochter heiratete. Die Hochzeit sollte in einer Gegend stattfinden, die im Krieg schwer gelitten hatte. Die Menschen waren damals geflohen, und ich erinnerte mich daran, dass wir an ausgebrannten Häusern vorbeifuhren, ohne dass ich mir etwas dabei gedacht hätte, weil meine Eltern kein Wort über die Landschaft verloren, die ohne Rinder oder Ziegen öde und leer wirkte.

Dann geriet das Auto plötzlich außer Kontrolle und krachte mit der Beifahrerseite gegen eine Mauer. Meine Mutter war sofort tot.

Ich erzählte Helen, dass ich mich an den Unfallhergang nicht mehr hatte erinnern können. Ich wusste nur, was mir später von anderen darüber erzählt worden war. Wahrscheinlich war ich eine ganze Weile bewusstlos. Ja, vielleicht kam ich erst jetzt allmählich wieder zu Bewusstsein.

»Damals wusste ich nicht einmal mehr, dass das Auto auf der Seite gelegen hatte.«

Alle diese Dinge waren mir erst kürzlich wieder eingefallen: Dass die Torte plötzlich in meinem Schoß gelegen hatte; dass die Windschutzscheibe schon vor dem Aufprall in Scherben gegangen war; dass kurz nach dem Unfall ein Motorrad mit dem surrenden Geräusch einer Mücke in den Hügeln verschwunden war. Ich erinnerte mich an das sich drehende Hinterrad, an das Blut, das sich im Ohr meines Vaters gesammelt hatte.

Mein Vater war durch einen Schuss in das linke Auge getötet worden. Durch ein Bleigeschoss, das sich auf dem Weg durch sein Leben zu einem unförmigen Kieselstein verklumpt und in einer Hochzeitstorte stecken geblieben war, die nie angeschnitten wurde.

»Wollte sich jemand an ihm rächen?«, fragte Helen.

»Ich weiß nicht genau«, erwiderte ich.

»Wer sonst hätte ihn töten sollen?«

»Ich glaube, es war einer seiner eigenen Leute«, sagte ich. »Vielleicht bereute er plötzlich manches und hatte vor, Geheimnisse preiszugeben.«

»War er in Srebrenica?«

»Keine Ahnung«, antwortete ich. »Ich weiß nur, dass man ihn irgendwann zum Militär versetzt hat.«

»Möchtest du es wissen?«

»Ich habe geschworen, nie zurückzukehren.«

Wir stiegen wieder in das Boot. Die Strömung war so stark, dass ich in einem krummen Winkel über den Sund zwischen Insel und Festland rudern musste. Ich hielt auf eine Stelle zu, wo wir Kurs auf einen kleinen Hafen nehmen konnten, denn sonst hätte uns die Strömung längs der Küste mitgerissen, vorbei an den Felsen, wo die Züge in den Tunnel fuhren, auf der anderen Seite des Hügels wieder herauskamen und schließlich auf einer Höhe mit dem Strand dahinsausten.

»Wir könnten gemeinsam hinfahren, wenn du möchtest«, bot Helen an, als wir wieder an Land waren.

»Wie meinst du das?«

»Nach Serbien«, sagte sie. »Und Bosnien. Ich begleite dich. Wir könnten auch Srebrenica besuchen.«

Wir ließen das am Kai vertäute Boot zurück. Die Sonne war

untergegangen, überall glitzerten Lichter. Als wir auf den Hügel gingen, schob sie eine kalte Hand unter mein Hemd, und ich musste lachen, als würde ein ganzes Kaufhaus zu Schutt und Staub zerfallen.

29

Ellis war schwanger und wusste nicht, was sie tun sollte. Helen erzählte mir, dass sie sich mit ihr in Verbindung gesetzt hatte, weil sie sich an niemand anderen wenden konnte. Diller, ihr Freund, war spurlos verschwunden. Rita war außer sich gewesen. Kevin hatte ihr vorgeworfen, die Familie zu zerstören und keine Rücksicht auf die Gefühle ihrer Mutter zu nehmen, die vor Sorge und Enttäuschung schon ganz krank sei.

»Ich habe Angst um sie«, sagte Helen am Telefon zu mir. Kevin hatte Ellis angebrüllt. Sie sei gerade erst mit der Schule fertig, hatte er gesagt, und es sei kein Vergnügen, in ihrem Alter alleinerziehende Mutter zu sein. Sie habe von der Familie keine Hilfe zu erwarten. Dann beschrieb er ihr auf seine einmalige Art ihr zukünftiges Leben: Ihr stehe ein endloser Kreislauf aus Windeln und Unglück bevor, und sie werde ohne einen Plan für die Zukunft vor dem Fernseher hocken und ihre Begabung vergeuden. Außerdem sei es verrückt, in so unsicheren Zeiten ein Baby zur Welt zu bringen. Das Land sei sowieso übervölkert und stecke tief in der Krise. Ein Baby sei das Letzte, was die Welt jetzt brauche.

»Er hat ihr zu einer Abtreibung geraten«, sagte Helen.

»Was meinst du dazu?«, fragte ich, denn in meiner Heimat trieben junge Mädchen sehr häufig ab. Doch Helen erklärte, dass Ellis dazu ins Ausland reisen müsse, weil ein solcher Eingriff in Irland verboten sei.

»Sie muss selbst eine Entscheidung treffen. Ohne von ihrer Familie unter Druck gesetzt zu werden.«

»Du solltest mit ihr reden«, sagte ich.

Helen konnte Menschen helfen, ihre eigenen Wünsche zu formulieren, ohne selbst etwas zu sagen. Während sie unterwegs war, um sich mit Ellis zu treffen, besuchte ich Johnny im Yachtclub. Ich klopfte an die Tür, und er öffnete mir. Er freute sich über die Gesellschaft und nahm mich mit nach oben, wo er die Boote über Nacht durch ein großes Fenster im Auge behielt. Es gab auch zwei Bildschirme; einer zeigte die an einer Mole vertäuten Boote, der andere die Boote im Trockendock. Für den Fall, dass man seinem Bericht über mögliche Vorkommnisse nicht glaubte, wurden die Aufnahmen gespeichert.

Johnny hatte mir einige kleinere Jobs vermittelt. Auf seine Empfehlung hin bekam ich Aufträge für den Bau mehrerer Pokalschränke und brachte Seekarten an Wänden an. Diese Arbeiten gefielen mir, und ich hielt mich gern im Yachtclub auf, zumal dort viele Seestücke hingen.

Eines der Gemälde ging mir nicht mehr aus dem Kopf. Es zeigte ein Schiff in Seenot. Man konnte es kaum noch erkennen, denn es befand sich mitten im Sturm, hatte starke Schlagseite und war dem Tosen der Wellen hilflos ausgeliefert. Die Szene wurde von einem Blitz erhellt, in dessen Licht das Schiff so klein wirkte wie ein Insekt auf der Hand. Es schien den Naturgewalten kaum noch standhalten zu können. Man hatte den Eindruck, dass nur noch ein fester Glaube es davor bewahren konnte, in den haushohen Wellen unterzugehen. Wenn man vor diesem Gemälde stand, hatte man die Rufe der Seeleute im Ohr, die das Schiff im jaulenden Sturm unter Kontrolle zu halten versuchten. Sich bei jeder Welle bekreuzigten, die über ihnen zusammenbrach. Bei den Salzwasserfluten, die mit immer größerer Wucht über sie hinwegschwappten. Man konnte hören, wie das Holz stöhnte. Spürte die Spannung, unter der die Taue standen. Die rasende Geschwindigkeit, mit der den Männern Dinge aus den Händen gerissen wurden. Das herumwirbelnde Steuer. Das wie ein Scheunentor hin und her schlagende Ruder. Und ringsumher das tiefe, dunkle Wasser. Die Männer konnte sich nur noch an Geländer und Klampen und andere fest verankerte Sachen klammern. An den Gedanken an ihre Familien. An ihre Erinnerungen. Ihren eigenen Namen. All die lieben Menschen, die sie an Land zurückgelassen hatten und die für ihre wohlbehaltene Heimkehr beteten.

Ich erzählte Johnny von Ellis. Ich gehörte zwar nicht mehr zur Familie, machte mir aber trotzdem Sorgen.

»Ich muss ihr ein Eis kaufen«, sagte er und starrte durch das Fenster auf das Meer.

»Und das soll ihr helfen?«, fragte ich.

Er erzählte von einem Laden namens Teddy's, wo es hervorragendes Softeis gab. Angeblich das beste Softeis auf der ganzen Welt. Im Sommer kamen Leute von überall her, um sich für ein Eis anzustellen. Sogar am späten Abend, nach Einbruch der Dunkelheit, was ich befremdlich fand, denn ich hatte immer geglaubt, Eis wäre nur etwas für Kinder und würde bei Tag verspeist werden. Die Leute standen sogar mitten im Winter und an Weihnachten für Teddy's Softeis Schlange, wenn das Meer auf die Straße peitschte und Seetangfetzen wie braune Eidechsen gegen die Häuser geweht wurden.

Ich konnte bestätigen, dass es das beste Softeis auf der ganzen Welt war. Nicht, weil ich an so vielen Orten Softeis probiert hätte, sondern weil ich den Leuten glaubte, bis ich eines Besseren belehrt wurde. Da Teddy's nicht weit vom Haus der Concannons entfernt war, probierte ich das Eis und musste zugeben, dass es stimmte.

Johnny erzählte mir, dass er sich an dem Tag, als er Dún

Laoghaire zum ersten Mal verlassen hatte, um nach Holyhead überzusetzen, ein Eis bei Teddy's gekauft hatte. Er hatte den Geschmack nie vergessen. Vor der Abfahrt des Schiffes hatte er viel Zeit totschlagen müssen, und er war mehrmals an Teddy's vorbeigelaufen, bis er endlich beschlossen hatte, ein Eis zu kaufen. Er stellte sich an, obwohl es ihm peinlich war, als Erwachsener ein Eis in der Waffel zu verlangen. Natürlich hatte es in Connemara auch Eis gegeben, aber so eines wie dieses hatte er noch nie gekostet, und auf einmal fühlte er sich wieder wie ein kleiner Junge.

Man stellte das Eis auch nach dreißig Jahren immer noch nach dem gleichen Rezept her, und er meinte, es sei gut, dass manches beim Alten geblieben sei.

»Damals hielt ich es für Geldverschwendung«, sagte er. »Was für ein Luxus, ein Eis zu kaufen!«

Er erklärte mir, dass er in einer Zeit aufgewachsen sei, in der man Ausgaben für Essen als Vergeudung angesehen habe. Essen war zwar notwendig, aber Trinken war viel wichtiger. Er wusste nicht mehr genau, von wem er diese Einstellung geerbt hatte, aber die meisten seiner Freunde hatten genauso gedacht, obwohl sie sehr gern aßen und immer am Verhungern waren. Es war ihnen peinlich, wenn man sie beim Essen ertappte, und sie hatten zur Ablenkung viele Redewendungen parat. Ich könnte den Arsch einer Nonne durch eine Hecke fressen. Ich könnte ein Steak verputzen. Ich könnte alles verputzen, egal was, meinetwegen ein Sushi oder die Hand, die mich nährt. Sie hatten keine Achtung vor dem Essen, sondern lachten darüber, als wäre es der Feind des Trinkens.

Johnny war ein hagerer Mann, der hauptsächlich von Zigaretten und Alkohol gelebt hatte. Aber durch das Gerede von berühmten Köchen und die Wettkämpfe im Fernsehen, bei denen man gefülltes Hühnchen zubereiten musste, hatte sich vieles verändert. Johnny bedauerte es, nicht kochen oder für sich selbst sorgen zu können.

»Ist das in deiner Heimat auch so?«

»Die Leute trinken viel«, sagte ich. »Und sie essen auch gern Eiscreme.«

Teddy's Eisladen war zwischen Küstenstraße und Eisenbahntrasse eingezwängt. Eine einmalige Lage. Hinter dem Laden tat sich der Eisenbahntunnel auf. Eltern, die aus dem People's Park kamen, hoben ihre Kinder hoch, damit sie über die Mauer schauen konnten. Wenn man auf der Küstenstraße fuhr, konnte man Teddy's nicht übersehen. Der Laden war blau gestrichen und hatte aufgrund seiner Lage einen ungewöhnlichen, dreieckigen Grundriss. Obwohl die gegenüberliegende Badestelle schon vor dreißig Jahren geschlossen worden war und langsam verfiel, kamen immer noch Leute, um Eis zu kaufen. Vorn im Laden hatte man früher Tee und Brötchen angeboten, und hinten, im spitzen Ende, gab es eine kleine, blaue Luke, durch die das Eis verkauft wurde. Da der Bürgersteig sehr hoch war, ragten die Kunden über der Luke auf, und die Verkäuferin sah aus, als würde sie unter der Erde leben, dort, wo die Pendlerzüge ratterten. Man konnte ihr Gesicht kaum erkennen und sah nur ihre Hand, die das Eis hinausreichte und das Geld nahm. Die Maschine presste das Eis mit einem Brummen heraus, und die Verkäuferin drehte die Waffel so, dass eine Spirale mit gerader Spitze entstand.

Man konnte ein Eis ohne alles bekommen oder eines mit einem leuchtenden Klecks Erdbeersoße oder mit Hunderten oder gar Tausenden von Schokoladenstückchen, Ninety-Nine genannt. Johnny erzählte mir, dass der Italiener, der das Ninety-Nine-Eis erfunden habe, mit genau neunundneunzig Jahren gestorben sei. In Belfast, soweit er wusste. Das habe er in der Zeitung gelesen, und es sei doch eine glückliche Fügung, oder?

Während des ganzen Sommers standen die Leute für Teddy's Softeis Schlange. Eigentlich verrückt, dass sich Kinder und Erwachsene an diesem Ort versammelten, denn der Bürgersteig war schmal, und beim Überqueren der Straße musste man nach rechts und nach links schauen, obwohl man eigentlich nur Augen für sein Eis hatte. Die Fahrer gingen vom Gas, wenn sie Leute mit Eiswaffeln sahen. Manchmal sah man einen Vater, der die Straße mit vier oder fünf Waffeln überquerte und sie durch die Fenster seiner im Auto sitzenden Familie reichte, bevor er sich wieder ans Steuer setzte. Man konnte eine Mutter sagen hören, dass sie keines wolle, weil sie auf Diät sei, aber dann probierte sie ein wenig vom Eis ihres Mannes und noch ein wenig mehr vom Eis ihrer Kinder, und am Ende hatte sie vermutlich mehr als die anderen gegessen. Andere Mütter wischten Softeis von den Autositzen und den Schnuten ihrer Kinder. Wenn die Kinder sehr klein waren, schmolz das Eis schneller, als sie es essen konnten, und lief von der Waffel in den Ärmel. Ich beobachtete einmal, wie ein Vater die Hände seiner Kinder der Reihe nach in den Mund nahm, um das Eis abzulecken. Manche Kinder wussten, wann man die Spitze der Waffel abbeißen musste, um das Eis zu schlürfen. Paare mochten Eis in der Waffel besonders gern und spendierten sich gegenseitig eines, weil der Verzehr von Eis etwas sehr Intimes sein konnte. Wenn man sein Eis allein aß, wirkte man immer ein wenig schuldbewusst, und dieses unerklärliche Gefühl hatte auch Johnny gehabt. Wahrscheinlich war dies ein Grund, warum die Leute überhaupt Kinder bekamen: So konnten sie ohne Skrupel ein Eis in der Waffel kaufen.

Und noch etwas. Manchmal sah man ein Eis am Boden liegen, aus dem die Spitze der Waffel tragisch aufragte. Dann kaufte der Vater kurzerhand noch eines, um das weinende Kind zu trösten, dem das Eis aus der Hand gefallen war. Später sah man dann eine Krähe, die das Eis mit schräg gehaltenem Kopf vom Bürgersteig pickte und mit dem Rest der Waffel davonflog.

Gelegentlich hörte man die Leute sagen, dass sich Teddy's Eiscreme im Laufe der Jahre verändert habe und nicht mehr wie früher schmecke. Wahrscheinlich habe man das Rezept verändert oder das Eis verwässert. Aber das war unwahrscheinlich, weil die Schlange vor Teddy's Laden nach all den Jahren nicht kürzer war. Das Problem bestand eher darin, dass das Softeis nicht mit der Erinnerung mithalten konnte. Denn in der Kindheit schmeckt das Eis am besten.

»Für ein Eis von Teddy's«, hatte Johnny in jedem Brief geschrieben, den er nach Hause geschickt hatte. Er hatte immer ein bisschen Geld für die Kinder dazugetan. Er hatte geglaubt, dass sich Ellis bei ihrem Wiedersehen an all die Eisportionen erinnern würde, musste aber feststellen, dass man seine Briefe nie geöffnet hatte. Und als Ellis das Geld endlich bekam, war sie zu alt für Softeis und gab stattdessen alles auf einen Schlag für Drogen aus.

Wir hörten, wie das Seenotrettungsboot gerufen wurde. Zwei aufeinanderfolgende Kanonenschüsse, ein Signal, das jeder hier mit Problemen auf See in Verbindung brachte. Johnny stand auf und sah durch ein Fernglas, doch er konnte nichts erkennen, und vielleicht war es wie so oft ein falscher Alarm.

Ich erkundigte mich nach seinem Haus in Furbo. Er würde es gern Ellis vererben, sagte er, aber die in Kanada und den USA lebenden Brüder waren sich uneins über einen Verkauf.

Er sagte, im Sommer sei es herrlich, und wenn Ellis dort wohnen würde, wäre sie bestimmt sehr glücklich, würde Gälisch sprechen und die Leute kennenlernen.

»Weißt du was?«, sagte er. »Am Strand von Furbo konnte man im Sommer viele Sandflöhe sehen. Kleine Insekten, ein bisschen wie Fliegen, die sinnlos vor den Füßen auf und ab hüpften.«

»Warum hüpfen Sandflöhe?«, wollte ich wissen.

»Gute Frage.«

Man hatte ihm erzählt, dass sie aus Freude hüpften. Diese Erklärung hatte er geglaubt. Wenn die Sonne sich zeigte, veranstalteten sie ein spontanes Sandflohfestival und sprangen wild herum. Es hatte nichts mit Fortpflanzung, Partnerwerbung oder Überlebensinstinkt zu tun. Es war auch kein Wettkampf darum, wer am höchsten, längsten oder regelmäßigsten sprang. Eines Tages, meinte er, würde man eine wissenschaftliche Erklärung dafür finden wie für den Freudentanz, den Wiesel bei Sonnenuntergang aufführten. Dieser verdanke sich einem Parasiten, der sich in ihrem Gehirn eingenistet habe. Die Wissenschaftler, sagte er, hielten uns nur zum Narren. Er glaube lieber an sein eigenes, fortgesetztes Sandfloh-Überleben.

»Das wollte ich Ellis immer schon sagen«, fügte er hinzu. »Erzählst du es ihr bei der nächsten Begegnung? Sag ihr, dass sie hüpfen, weil sie glücklich sind.«

In diesem Moment flog ein Hubschrauber über uns hinweg. Auf dem Meer war tatsächlich etwas passiert. Da Johnny seinen Posten nicht verlassen durfte, wollte ich nachschauen, was los war.

»Richte ihr aus, dass sie mich besuchen soll«, sagte er. »Ich kaufe ihr dann ein Eis.«

Während ich am Hafen entlangging, rief Helen an, um mir mitzuteilen, dass Ellis nicht erschienen war. Sie habe eine ganze Stunde gewartet und hoffe, dass alles in Ordnung sei.

Ich konnte nur Mutmaßungen anstellen, die auf der relativ kurzen Zeit fußten, die ich in diesem Land verbracht hatte. Und auf dem, was mir erzählt worden war.

Ich rannte auf den Hubschrauber zu, der tief über das Wasser flog. Schließlich verlangsamte ich mein Tempo, weil ich mir sagte, dass kein Grund zur Sorge oder Beunruhigung bestand, bevor nicht wirklich etwas passiert war. Ich war wie ein Hiobsbote, der immer erwartete, dass die Dinge ein böses Ende nahmen.

Schaulustige standen neben ihren Autos, in denen noch das Radio lief. Ich eilte auf dem Pier am Musikpavillon und der Plakette für den berühmten irischen Schriftsteller vorbei, der gesagt hatte, man müsse das Dunkel in Schach halten.

Der Abend war still. Das Meer ruhig und schwarz. Ein paar abendliche Spaziergänger schauten über die Mauer des Piers zum Hubschrauber, der außerhalb des Hafens in einiger Entfernung vom Leuchtturm in der Luft hing. Motorenlärm und Propellersausen waren einmal lauter, dann wieder leiser. Das Seenotrettungsboot zog seine Kreise, und der an einem Fleck verharrende Hubschrauber ließ den Suchscheinwerfer über eine bestimmte Stelle gleiten.

Irgendjemand hatte etwas im Wasser gesehen und daraufhin den Seenotrettungsdienst alarmiert. Einer der abendlichen Spaziergänger. Das Boot zog größere Bögen auf dem Meer, unterstützt vom Scheinwerfer des Hubschraubers. Ganz vorn auf dem Pier hatte sich eine kleine Schar von Schaulustigen versammelt. Als ich wissen wollte, was los war, zuckte einer von ihnen mit den Schultern. Ich versuchte, gelassen und unbeteiligt zu klingen, aber die Besorgnis in meiner Stimme war sicher nicht zu überhören.

»Ertrinken ist das Schlimmste«, murmelte jemand.

Ich wartete noch eine Weile, ohne erkennen zu können, was vor sich ging, aber dann flog der Hubschrauber davon, und das Seenotrettungsboot kehrte zurück. Am Ufer wartete ein Rettungswagen, dessen Blaulicht über den Carlisle-Pier zuckte. Ich kam gerade noch rechtzeitig, um zu sehen, wie man eine Person auf einer Trage vom Boot zum Wagen brachte. Ich fragte ein Besatzungsmitglied, ob man die Person identifiziert habe, erhielt aber keine Antwort. Vielleicht hatte ich die Frage falsch formuliert, denn alle Umstehenden schienen auch so Bescheid zu wissen. Man schob die Trage in den Rettungswagen, und die Sanitäter stellten nach einer kurzen Untersuchung den Tod fest. Eine Hand glitt unter dem Laken hervor, genauso weiß wie die in Gummihandschuhen steckenden Hände der Sanitäter, aber leblos.

Im gelben Licht sah ihr Gesicht blass und fremd aus. Sie war nicht wiederzuerkennen. Dann wurde mir bewusst, dass ihr Haar viel zu kurz war. Es konnte nicht Ellis sein. Es war ganz sicher kein Mädchen. Nein, auf keinen Fall Ellis, murmelte ich halblaut. Ich hörte, dass die Polizei von einem jungen Mann sprach, und man kann sich nicht vorstellen, was ich fühlte, nachdem sich meine schlimmsten Befürchtungen als grundlos erwiesen hatten. Ich war so euphorisch, dass ich die Realität dessen vergaß, was sich vor mir abspielte, und keinen Gedanken an die Trauer der Familie dieses jungen Mannes verschwendete.

Die Stille im Hafen wurde immer wieder durch den Polizeifunk unterbrochen, der vom Motorrad herüberdrang. Der Polizist bahnte einen Weg für den Rettungswagen, der schließlich mit einem letzten Aufheulen der Sirene verschwand. Die zurückgebliebenen Menschen traten von einem Fuß auf den anderen, entfernten sich zögernd und versuchten, das Ereignis zu verdauen.

Ich war fast glücklich, als ich mich umschaute. Die anderen wunderten sich bestimmt über meine Gemütsverfassung, denn ich fühlte mich wie ein Sandfloh und konnte den Drang, herumzuhüpfen, kaum unterdrücken.

30

Ich würde Kevin wieder über den Weg laufen, so viel stand fest. Die Welt war zu klein, als dass wir uns nicht irgendwann wieder gegenüberstehen würden. Ich hoffte immer noch, dass er so großmütig wäre, Helen und mir seinen Segen zu geben. Früher oder später würden wir die unterbrochene Freundschaft fortsetzen, und es wäre das großartigste Comeback der Geschichte.

Doch die Umstände unseres Wiedersehens überrumpelten mich. Niemand hatte ahnen können, dass die Familie auf eine so unerwartete und tragische Weise zusammenfinden würde. Die Concannons waren am Ende wieder vereint, aber nicht so, wie man es sich gewünscht hätte.

Die meisten Einzelheiten standen in den Polizeiprotokollen. Wurden während der frühen Morgenstunden von Beamten in Zivil und Uniform rekonstruiert. Man hielt alles fest und ging es zur Sicherheit mehrmals durch. Doch zu jenem Zeitpunkt war natürlich schon alles geschehen, und es gab kein Zurück mehr.

Meine eigene Erinnerung war nicht sehr zuverlässig, und so musste man auf andere Art nachvollziehen, was passiert war. War es die Angst, die ich in dieses Land mitgebracht hatte? Oder war es etwas, das ich nach meiner Ankunft entwickelt hatte? Außerdem hatte ich ein zu schwaches Urteilsvermögen und war nicht arglistig genug, um die Tatsachen zu meinen Gunsten zu verändern. Ich hatte kein Interesse mehr daran, meinen Namen reinzuwaschen, und beantwortete die Fragen deshalb viel zu ehrlich und neutral, als gut für mich war.

Zuerst, erzählte ich den Beamten, hatte ich geglaubt, dass mich Leute vom Seenotrettungsboot verfolgen würden. Ich war so glücklich wie ein Sandfloh und bildete mir ein, dass diese Tiere meinen Schritten Schwung verliehen, während ich mich vom Ort des Ertrinkens entfernte. Ich hatte damals einiges gar nicht bemerkt, obwohl es für die Ermittlungen wichtiger war, als ich geglaubt hatte, zum Beispiel das Geräusch zuknallender Autotüren.

Man erkennt erst während des Verhörs auf der Polizeiwache, was man sich während des Vorfalls alles hätte einprägen müssen. Eigentlich müsste man sich für den Fall, dass man Ärger bekam, von morgens bis abends Notizen machen. Denn manchmal unterschätzt man die Gefahr. Ich hätte wissen müssen, dass ich meinem Umfeld nicht so viel Vertrauen schenken konnte. Ich hätte mehr auf die Schritte hinter mir achten sollen.

Anfangs wirkten sie recht freundlich. Sie waren zu dritt, und sie waren etwas jünger als ich. Ich hätte manche Zeichen als feindselig deuten müssen, verdrängte sie aber, denn warum sollte ich mir Sorgen machen, bevor etwas passiert war? So war es doch, oder? Alle hatten die Kapuze aufgesetzt. Alle konnten spucken, ohne sich zu bewegen. Einer wirbelte eine Colaflasche am Hals herum, als wäre es ihm egal, ob sie hinfiel oder nicht. Ich ahnte natürlich, dass die Cola eine starke Zutat enthielt, denn sonst hätte er sie nicht an seine Freunde weitergereicht. Sonst hätte er sich wahrscheinlich nicht geärgert, dass etwas überschwappte, als er sie wiederbekam. Auch ihre Gesichter hatten etwas Merkwürdiges, denn ihre Augen glänzten so eisig wie die von Huskys. Die blauen Ringe um die schwarzen Pupillen loderten wie Gasflammen.

Sie waren weder abendliche Spaziergänger, noch schienen sie

ein dringendes Ziel zu haben. Sie hatten offenbar jede Menge Zeit. Sie kannten meinen Namen, hatten ihn aber missverstanden und nannten mich Vim. Und, wichtiger noch, sie wussten, woher ich stammte.

»Hey, wir haben nur eine Frage.«

Sie bauten sich wie ein kleines Untersuchungstribunal vor mir auf, und ich wich zu meinem Schutz instinktiv gegen die nächste Granitmauer zurück. Irgendetwas sagte mir, dass sie gekommen waren, um mich aus meinem Elend zu erlösen, doch ich schwieg und blieb höflich, weil ich sie nicht unsympathisch fand und nie als Dreckskerle bezeichnet hätte.

Zuerst erinnerten sie mich daran, dass der Elektriker seine Tochter, die ein sechs Monate altes Baby hatte, draußen vor dem Pub vor mir gerettet hatte.

»Du wolltest sie vergewaltigen, richtig?«

An diesem Punkt musste ich unwillkürlich lachen. Ich mochte Übertreibungen und versuchte, auf die gleiche Art zu antworten.

»Aber klar.«

Da sauste ein Kopf auf mein Gesicht zu. Ich hatte wirklich den Eindruck, als hätte er sich vom Hals gelöst. Er knallte gegen meine linke Wange. Ich konnte im letzten Moment ausweichen, so dass meine Nase nicht die volle Wucht des Stoßes abbekam. Ich war wie durch einen Blitz geblendet, wie durch die Scheinwerfer eines direkt auf mich zukommenden Autos.

Der Kopf, der mich gestoßen hatte, schien sich wieder mit seinem Körper zu verbinden, und die Situation entspannte sich kurz. Ich stand da, eine Hand auf dem gebrochenen Wangenknochen, und fragte mich, warum sie nicht weitermachten, nicht vollendeten, was sie sich vorgenommen hatten. Wie sich zeigte, wollten sie ganz genau wissen, wie der Elektriker damals auf der Straße zusammengeschlagen worden war.

»Wer war in der Nacht bei dir?«

»Ein Pole?«

Ich schwieg. Offenbar hatte mich Kevin bestens darauf gedrillt, um jeden Preis den Mund zu halten. Doch die Ausrede, dass ich wegen eines Autounfalls ein schlechtes Gedächtnis hatte, würde bei diesen Typen nicht ziehen.

»Nenn uns den Namen, dann lassen wir dich laufen.«

»Wir wissen, dass du es nicht warst«, fügte ein anderer hinzu.

»War es der Kerl, mit dem du zusammenarbeitest? Dieser Darius?«

»Nein«, antwortete ich wie aus der Pistole geschossen. »Er war es nicht.«

Ich durfte den Namen auf keinen Fall verraten. Eigentlich ein Wunder, dass sie es nicht längst herausgefunden hatten, aber Kevin hatte offensichtlich zu sehr wie mein Arbeitgeber gewirkt, als dass sie ihn für einen Komplizen oder Freund gehalten hätten.

Ich musste plötzlich daran denken, wie mein Vater Leute in Belgrad verhört und ausgequetscht hatte, um an wichtige Informationen zu kommen, die sie angeblich nicht hatten. Vielleicht half mir das, mit dieser Situation umzugehen, vielleicht hatte ich ja sein Talent geerbt und konnte es umgekehrt anwenden und so tun, als wüsste ich von nichts.

Sie wurden ungeduldig. Eine Faust schoss aus dem Nichts und traf mich auf den Mund. Ich war verwirrt, weil sie die Hände in den Taschen hatten. Da war nur die Hand, die die Colaflasche hielt, und ich konnte beim besten Willen nicht sagen, wer zugeschlagen hatte. Ich versuchte sogar, ihre Fäuste zu zählen, als wäre noch jemand anwesend, den ich nicht bemerkt hatte.

»Spuck den Namen aus, sonst machen wir dich fertig. Dann musst du für ihn büßen.«

Sie hatten ihre Hausaufgaben gemacht. Sie sagten, sie wüssten alles über mich und mein Heimatland. Sie würden auch meine Adresse kennen.

Ich ließ eine Hand in die Tasche gleiten, um die Schnellwahl auf meinem Handy zu betätigen, aber sie merkten es sofort und traten mir das Handy aus der Hand. Einer hob es auf und warf es in das Hafenbecken.

Dann probierte ich den Trick aus, den Rita Concannon angewendet hatte, als sie von einem Handtaschenräuber überfallen worden war.

»Johnny!«, schrie ich. »Ruf die Polizei.«

Sie sahen sich um, merkten aber sofort, was gespielt wurde, und lachten. Ich wusste, dass sie in den Taschen ihre Fäuste ballten, und ich hatte keine andere Wahl mehr, als mich zu verteidigen. Ich griff in meine Tasche, die ein paar Werkzeuge enthielt, und holte einen Hammer heraus, den ich für eine bessere Wahl als Schraubenzieher oder Meißel hielt, weil er weniger auf eine Tötungsabsicht hindeutete. Einer der Typen zückte ein Klappmesser, das ich ihm instinktiv aus der Hand schlug. Ich spürte das weiche Knacken der Fingerknöchel, es drang durch den Hammerstiel bis in meine Hand. Das Messer klapperte zu Boden. Der Junge reckte die verletzte Hand, als würde sie nicht mehr ihm gehören, als wollte er sie loswerden. Er schrie gequält auf.

»Tut mir leid«, sagte ich, denn ich wollte niemandem wehtun, sondern mich retten.

Während alle die gebrochene Hand anstarrten, konnte ich die Flucht ergreifen. Sie hoben erst das Messer auf, bevor sie die Verfolgung aufnahmen.

Es war ein Fehler gewesen, mich zu verteidigen. Denn jetzt schwirrte mir vor Angst der Kopf. Vor Angreifern zu fliehen war leichter, als vor den eigenen Albträumen wegzulaufen.

Außerdem hatte ich Angst vor dem, was ich möglicherweise tun würde, um meine Haut zu retten. Ich vollzog den Moment schon jetzt mit noch größerer Brutalität nach, wünschte mir, der Hammer hätte einen Kopf oder ein Auge getroffen oder wäre mitten in die Zähne geknallt.

Ich lief zum Yachtclub, in dem Johnny arbeitete. Ich hätte die Waffen strecken sollen, damit sie mich ein für alle Mal aus meinem Elend erlösten. Aber ich klammerte mich an einen Überlebensinstinkt. Wie ein dummer Sandfloh rannte ich an der Eingangstür des Gebäudes vorbei, weil ich noch nicht klopfen oder um Hilfe rufen wollte. Irgendeine höhere Intelligenz warnte mich davor, Johnny in die Sache zu verwickeln.

Ich war erstaunt, dass an diesem Abend so wenige Menschen spazieren gingen. Da war niemand, der die Polizei hätte rufen können. Irgendwann drehte ich mich um und schleuderte den Hammer auf meine Verfolger, aber das hielt sie nur kurz auf und versorgte sie mit einer weiteren Waffe.

Da ich oft bei Johnny im Yachtclub gewesen war, kannte ich die Schwachstellen des Zauns, der das Trockendock umgab. Also rannte ich zur günstigsten Stelle und kletterte hinauf. Ich hievte mich oben auf die Kante, bevor sie mich erreichten. Sie sprangen hoch und versuchten, mich hinunterzuziehen. Da sie meinen Fuß nicht packen konnten, schnellte einer mit dem Hammer in der Hand in die Höhe. Obwohl er meinen Knöchel nur streifte, durchzuckte mich etwas, das ich nur als die Essenz aller Schmerzen beschreiben kann. Es dauerte einen Moment, bis ich meinen Fuß über den Stacheldraht ziehen konnte, wobei ich meinem Bein weiteren Schaden zufügte. Mein Knöchel fühlte sich an, als wäre er eine ewig vibrierende Stimmgabel.

Ich sprang auf der anderen Seite hinunter und humpelte davon wie ein Xylophon auf Beinen, was die Sache noch weiter verschlimmerte. Ich hatte nur den Trost, dass ich auf dem

Gelände war. Vielleicht ging mein improvisierter Plan auf, und ich konnte an den Kameras vorbeigehen, um Johnny auf meine Lage aufmerksam zu machen. Sobald er mich auf dem Bildschirm sah, würde er Hilfe rufen. Ich überlegte sogar, dies meinen Verfolgern zuzurufen, damit sie ihre Zeit nicht mehr mit mir verschwendeten: Passt auf, ihr werdet gleich von Überwachungskameras aufgezeichnet und in *Crime Time* landesweite Berühmtheit erlangen!

Als ich eine Stelle erreichte, wo sich meines Wissens nach eine Kamera befand, schrie und winkte ich. Ich rief Johnny zu, er solle sofort Hilfe rufen.

Im Yachtclub rührte sich nichts, aber das war egal, denn ich wurde ja gefilmt. Ich blieb in Reichweite der Kameras, bis die Typen über den Zaun geklettert waren und auf mich zukamen. Sie hatten meine Tasche gefunden. Außerdem gab es hier Dinge wie Ruder, Anker, Ketten und Bleitaljen, eine ganze Palette von Werkzeugen, die alle dazu genutzt werden konnten, Schmerz und Tod zu bringen.

Ich versteckte mich hinter einem Boot, damit sie mich suchen mussten. So hatte Johnny Zeit, um zu handeln. Ich erwog, mit ihnen zu verhandeln, damit wir auf Wichtigeres zu sprechen kamen, zum Beispiel auf Fußball, Computerspiele oder Sex, aber das wäre wohl sinnlos gewesen.

Hinter den Fenstern des Yachtclubs rührte sich nichts, und mir kam der Gedanke, dass Johnny vielleicht gar nicht vor den Bildschirmen saß. Wahrscheinlich hatte er wie immer einen Flachmann mit Whisky dabei, lehnte sich zurück und verließ sich auf die Aufzeichnungen. das war das Problem mit Überwachungskameras: sie sollten zwar abschrecken, ermutigten Täter aber eher, weil sie verrieten, dass niemand da war. Es war wie eine Aufforderung, vor den Augen des Gesetzes Verbrechen zu begehen.

Meine Verfolger kamen näher. Sie schienen mich mit Wärmesensoren aufzuspüren. Ich griff nach einem Ankerschäkel und warf ihn auf das Fenster, hinter dem Johnny saß. Ich war sehr zielgenau und wäre im Krieg vermutlich Scharfschütze geworden. Das Fenster ging in Scherben, und ich erblickte Johnny. Das gab mir die Chance, aus meinem Versteck hervorzukommen und an einer Reihe mit Segeltuch abgedeckter Boote vor die Kameras und den Augenzeugen Johnny Concannon zu laufen. Ich rannte bis zur Mole. Obwohl es eine Sackgasse war, tröstete mich der Gedanke, dass alles aufgezeichnet wurde und später als Beweismaterial verwendet werden konnte.

Dann stürzte ich, weil mir ein Verfolger eine Gaffel vor die Füße warf. Vielleicht sprang ich sogar freiwillig ins Wasser, weil ich keinen anderen Ausweg sah. Ich schwamm unter die Mole. Dort versuchten sie, mich mit der Gaffel an den Kleidern herauszuziehen. Ich glitt noch tiefer unter die Mole, hielt den Mund über Wasser, um atmen zu können. Sie stießen durch die Spalten mit allen möglichen Werkzeugen nach mir. Sie konnten mich im Dunkeln nicht erkennen, ahnten aber, wo ich mich befand, weil ich hustete und keuchte.

Ich konnte zum ersten Mal etwas bestätigen, was ich nur vom Hörensagen kannte – Ertrinken war der schlimmste Tod. Öliges Meerwasser zu schlucken war wohl eines der grauenhaftesten Gefühle überhaupt. Offenbar gab es einen Zeitpunkt, an dem sich der Schließmechanismus hinten in der Kehle unwillkürlich öffnete. Dann verwechselte man in seiner Panik Wasser mit Luft und zog es direkt in die Lungen. Unfassbar, dass sich manche Leute für einen Tod durch Ertrinken entschieden. Mir kam der Gedanke, dass dies einer Schwangeren kaum möglich war, außer man half ihr dabei.

Ich machte immer mehr Krach. Ich schluckte Luft oder das, was ich für Luft hielt. Ich lärmte unter der Mole, als wäre sie ein Käfig, in dem ich absaufen sollte. Sie trafen mich mit den Werkzeugen, drückten mich tiefer unter Wasser. Ich wusste, dass man später nicht mehr genau feststellen konnte, ob mir die Verletzungen vor oder nach dem Ertrinken, über oder unter Wasser zugefügt worden waren.

Das Seltsame am Ertrinken ist, dass das Überleben nur wenige Atemzüge entfernt zu sein scheint. Es gibt sogar ein Phänomen namens Phantomertrinken oder falsches Ertrinken, das verdeutlicht, wie man stirbt, wenn sich die Lungen mit Wasser füllen. Der panische Kampf um das Überleben führt zum Tod. Man gesellt sich freiwillig zu all jenen, die im Laufe der Zeit ertrunken und gestorben sind, weil sie nicht die Ruhe bewahrt haben. Man kann sehen, wie sie im Dunkeln über den Meeresgrund treiben, mit blinden Augen, singend trotz fehlender Lippen. Sie haben sich dem Dasein unter Wasser angepasst. Ihre Haare fließen in die Höhe, und sie strecken zur Begrüßung die Seesternhände aus. Ihre klitschnassen Kleider wehen in der Strömung, ihre schweren Schuhe sorgen für Bodenhaftung. Sie haben Sand, Steine und Muschelreste in den Taschen. Ihre Gliedmaßen sind schon halb von den Aasfressern des Meeres zernagt, die ihnen Gesellschaft leisten. Hunderte von Ertrunkenen warten vor der Hafeneinfahrt wie ein Chor, der eine Unterwasserklage singt.

Die Maden haben deine Augen. Die Krabben haben deine Lippen.

Ich würde bald aus meinem Elend erlöst werden. Ich konnte der Mole entkommen und schwamm zu einer Yacht, aber die Typen folgten mir, und ich hatte keine Kraft mehr, um zu tauchen.

Dann war plötzlich alles vorbei. Es kam mir so vor, als hätten sie die Lust verloren. Vielleicht glaubten sie auch, dass ich mich zum Chor der Ertrunkenen gesellt hatte.

Ich ahnte nicht, dass Johnny das Gebäude verlassen hatte, um mir beizustehen. Genau das hatte ich unbedingt verhindern wollen. Nachdem eine Weile alles still geblieben war, fasste ich den Mut, zu den Lebenden zurückzukehren. Ich wollte so gern in diesem Land leben. Obwohl ich damit rechnen musste, dass sie mich endgültig erledigten, hievte ich mich aus dem Wasser. Ich hustete und spuckte, und deshalb dauerte es eine Weile, bis ich mich umsah.

Da hörte ich ein Keuchen auf der Mole. Es klang, als ob jemand an seinem Blut erstickte, und dann erblickte ich den auf dem Rücken liegenden Johnny. Die Gaffel steckte in einer Wange. Er versuchte vergeblich, sie herauszuziehen. Jede Bewegung führte zu noch mehr Schmerzen und noch größerem Blutverlust.

Ich rannte zu ihm und hielt seinen Kopf. Überall war Blut, und Johnny konnte nicht sprechen. Ich versuchte, es ihm bequem zu machen, zog die nasse Jacke aus und schob sie unter seinen Kopf. Dann wurde mir bewusst, dass nicht die Gaffel das Problem war, sondern einer meiner Meißel, der mitten in seiner Brust steckte. Ich hörte eine Sirene in der Ferne, sie heulte in den Straßen, und ich wünschte, sie würde schneller näher kommen. Beim Eintreffen der Sanitäter war Johnny sehr still. Er wurde sofort weggebracht. Sie trugen ihn durch das Gebäude, weil alle Tore versperrt waren.

Ich wurde verhaftet und mitgenommen, und das leuchtete ein, denn ich hatte im Trockendock nichts zu suchen, und meine Hände und Kleider waren voller Blut. Johnny konnte nicht für mich aussagen. Ich erklärte die Sache lang und breit, aber mein Akzent und meine Wortwahl schienen gegen mich zu sprechen und mich zum Hauptverdächtigen zu machen. Da es keine anderen Täter gab, war es nur logisch, dass mich die Polizei vorsichtshalber in Gewahrsam nahm. Trotzdem bestand ich darauf, dass man meinen Rechtsbeistand und Freund herbeirief, bevor ich etwas sagte.

Sie legten mir in der Hoffnung Worte in den Mund, dass ich wenigstens nicken würde. Doch ich schüttelte den Kopf wie ein echter Verbrecher und sagte, dass ich vor dem Eintreffen meines Freundes nichts erzählen wolle. Sie riefen ihn an, doch er erschien nicht. Er weigerte sich, mir beizustehen, er ließ mich im Stich. Sie fragten, ob sie für den rechtlichen Beistand sorgen sollten, doch ich lehnte ab. Sie verhörten mich bis in die frühen Morgenstunden, versuchten, mich gegen meinen Willen zum Reden zu bringen, bis meine stumme Erinnerung an die Ereignisse schließlich durch die Videoaufzeichnungen bestätigt wurde.

31

Man kann sich nicht verzeihen, noch am Leben zu sein. Es heißt, dass die Lebenden manchmal die Toten beneiden, aber die Wahrheit dieser Worte wurde mir erst nach Johnnys Tod bewusst.

Er rang im Krankenhaus drei Tage mit dem Tod. Am meisten belastete mich, dass er mit meinem Meißel ermordet worden war. Nach meiner Entlassung aus der Untersuchungshaft wollte ich zu ihm, aber die Familie verbot sowohl mir als auch Helen, ihn zu besuchen. Nur Familienangehörige, sagten die Krankenschwestern.

Da er nicht wieder zu Bewusstsein kam, wäre es wohl sinnlos gewesen, mit ihm zu reden, aber es hätte vielleicht meine Schuldgefühle gelindert. Während er noch lebte, lief ich in einer schrecklichen Verfassung durch die Straßen, quälte mich mit Sorgen und warf mir vor, Unheil über dieses Land gebracht zu haben. Als ich von seinem Tod erfuhr, wurde es noch schwerer. Man lernte so was ja nicht in der Schule. Wie man trauert. Niemand lehrte uns, wie man geliebte Menschen losließ, die einem gewaltsam genommen wurden.

Das einzig Gute bestand darin, dass die Familie wieder zusammenfand. Das war zwar kein Grund zum Jubeln, aber die Familie Concannon trauerte gemeinsam um den Vater, und es war erfreulich, dass diese Tragödie sie einander nähergebracht hatte.

»Johnny, Michael, Máire Concannon. Furbo und Dublin. Geliebter Ehemann und Vater, schmerzlich vermisst von seiner Frau Rita und seinen Kindern, Kevin, Jane und Ellis, von seinen Brüdern in Kanada und den USA und von Freunden im In- und Ausland.«

Im Tod war er endlich heimgekehrt. Er gehörte wieder in das Land, das ihn immer lieben würde, wie es im Lied hieß. Er betrat das Haus zwar nicht mehr, doch als er im Krankenhaus seinen letzten Atemzug tat, war das Bett schön gemacht, und seine nächsten Angehörigen waren anwesend.

Die Todesanzeige stand in der Zeitung. Die Beerdigung solle im »engsten Familienkreis« stattfinden, stand da, und man bat darum, keine Blumen in die Kirche oder nach Hause zu schicken, sondern das Geld einer Wohltätigkeitsorganisation zu spenden.

»Im engsten Familienkreis« bedeutete wohl, dass die Öffentlichkeit ausgeschlossen war, aber es wäre mir nie in den Sinn gekommen, der Beerdigung fernzubleiben. Ich besprach die Sache mit Helen, und sie bestärkte mich in meinem Entschluss, weil ich Johnnys Freund gewesen war. Sie war ihm nie begegnet und wollte die Familie durch ihr Erscheinen nicht in Verlegenheit bringen. Also schickte sie Kevin nur ein Beileidsschreiben.

Der Vormittag, an dem die Beerdigung stattfand, war still und feucht. Es regnete zwar nicht, aber die Wolken hingen wie eine Persenning über den Trauernden. Obwohl nur der engste Familienkreis geladen war, hatten sich ziemlich viele Menschen in der Kirche versammelt. Die Besatzung des Seenotrettungsbootes war ebenso gekommen wie zahlreiche Leute aus den Yachtclubs. Die Polizisten und Sanitäter, die am Abend der Tat Dienst gehabt hatten, waren erschienen, und die Krankenschwestern, die ihn bis zum Tod gepflegt hatten, waren auch da.

Ich fand es bewegend, dass sich alle freigenommen hatten, um der Beerdigung beizuwohnen.

Ich konnte Rita Concannon sehen, die zwischen Kevin und ihren Töchtern in der zweiten Reihe saß. Während der Zeremonie hielt sie Ellis im Arm. Dem Brauch gemäß, trat der Sohn vor die Kanzel, um ein paar Worte zu sprechen. Das sanfte Bedauern, das in seiner Stimme lag, rührte die ganze Trauergemeinde. Er sagte, sein Vater sei ein großer Sänger und Hurling-Spieler gewesen, habe die irische Sprache geliebt und stehe für eine vergangene Zeit, die wohl nie mehr wiederkehren würde. Sein Tod sei nicht nur ein Verlust für die Familie, sondern auch für zahlreiche Freunde, ja für das ganze Land. Er werde für immer in der Erinnerung weiterleben.

Ich hatte das Gefühl, als würde er direkt zu mir sprechen und mir sogar in die Augen sehen, und ich ertappte mich dabei, zustimmend zu nicken. Ich bildete mir ein, dass uns diese Tragödie endlich wieder zusammenbrachte, dass ich jetzt wieder zur Familie gehörte. Aber ich machte mir nur etwas vor.

Man hatte ein besonderes Lied für diese Gelegenheit ausgewählt, das von einer jungen Cousine der Concannons gesungen wurde. Sie hatte eine einmalige Stimme, ein raues Echo tief in der Kehle, das ich noch nie gehört hatte. Da es sich um ein altes, vertrautes Lied handelte, gingen die zärtlichen Worte, die von dieser jungen Frau mit frischer, neuer Stimme gesungen wurden, allen zu Herzen.

»Bringt die schönsten Blumen und die seltensten Rosen.«

Im Anschluss versammelten sich die Trauergäste vor der Kirche. Auch das lernte man nicht: Wie man sich gegenüber trauernden Familienangehörigen verhalten musste. Deshalb ging ich nicht zuerst zu Rita, sondern zu Rosie, ihrer Nachbarin. Die Familie wurde von Nachbarn und Freunden bedrängt, niemand hatte den Hinweis auf den engsten Familienkreis beherzigt. Vielleicht hatte man damit nur unerwünschte Gäste fernhalten wollen. Johnny sei ein wunderbarer Mensch gewesen, sagten die Leute, und es sei ein Verbrechen, dass man ihn so brutal aus dem Leben gerissen habe. Einer der in Kanada lebenden Brüder war gekommen, und er sah Johnny sehr ähnlich, nur dass er gesünder wirkte und viel besser gekleidet war. Die Leute redeten über alles Mögliche und erzählten Geschichten, die mit Johnnys Tod nichts zu tun hatten. Anders gesagt, das Leben ging mit Volldampf weiter.

Als ich schließlich vor Rita stand, erstarrte sie, und ich wusste nicht, was ich sagen sollte.

»Es tut mir so leid«, sagte ich, weil mir nichts Besseres einfiel und weil mir die übrigen Worte in der Kehle stecken blieben.

Ich erinnerte mich an die Beerdigung meiner Eltern und die Trauergäste, die mich draußen vor der Kirche umringt hatten, so dass ich fast erstickt wäre. Ich erinnerte mich daran, mir gewünscht zu haben, sie würden alle verschwinden und mich nicht mit ihrer Trauer belästigen. Ich begriff meinen Verlust nicht, denn man hatte mich nie gelehrt, was es hieß, beide Eltern auf einmal zu verlieren und mit der Schuld umgehen zu müssen, die sie durch ihre Taten auf sich geladen hatten.

Außerdem glaubte ich nicht wirklich an ein Leben nach dem Tod. Diese Vorstellung diente nur dazu, die von den Toten hinterlassene Leere zu füllen. Wir waren das Leben nach dem Tod, dachte ich. Wir, die Zurückgebliebenen.

Ich verstand, warum es Rita schwerfiel, mit mir zu sprechen. Um die Herzlichkeit anderer anzunehmen, brauchte man Mut und musste selbst eine gewisse Herzlichkeit besitzen. Nach einer Weile gab sie mir doch die Hand. Sie wollte etwas sagen, fand aber nicht die richtigen Worte, weil sie gleichzeitig weinte.

»Ich war so ungerecht gegen ihn«, sagte sie, schien sich dann aber anders zu besinnen, weil Jane sie am Arm davonzog.

»Komm schon, Mama«, sagte sie mit gewohnt strenger Miene.

Man glaubt zwar, irgendwie hilfreich sein zu können, aber das ist Unsinn. Man spricht sein Beileid aus und versucht, den Trauernden Kraft zu spenden, bewirkt aber das Gegenteil. Denn die Trauergäste sorgen für Aufruhr bei den Angehörigen und setzen ihnen alle möglichen Flausen in den Kopf. Die nächsten Angehörigen sind es, die den Rest der Welt auf ihren Schultern tragen.

Kevin kam durch die Menge direkt auf mich zu. Er hatte ausgewählte Gäste diskret zu einem Empfang im Haus der Concannons eingeladen. Ich erwartete nicht, dabei zu sein, zumal es absurd gewesen wäre, in dem Zimmer, das ich monatelang renoviert hatte, herumzustehen und Sandwiches zu essen, ganz gleich, wie gern ich es voller Menschen gesehen hätte. Natürlich hätte es mich interessiert, ob der Fußboden tragfähig war. Ob ich den Dielenbrettern genug Luft gelassen hatte, nicht zu viel und nicht zu wenig. Es wäre schrecklich gewesen, wenn die Gläser auf dem Sideboard bei jedem Schritt auf den Dielen vibriert hätten. Ich war schon in Häusern gewesen, wo der Fußboden eher einem Trampolin geähnelt hatte.

Vermutlich ahnten die Leute, dass Kevin mir etwas sehr Persönliches zu sagen hatte. Sie wussten, dass ich mit ihm befreundet war. Außerdem kannten sie die Umstände von Johnnys Heimkehr und wussten, dass er Hausverbot gehabt hatte. Doch wenn eine Geschichte gut ausgeht, wendet sich angeblich alles zum Besseren.

Kevin legte mir wie früher einen Arm um die Schultern und führte mich mit schnellen Schritten neben die Kirche. Ich spürte die schwere Last der Freundschaft auf den Schultern.

»Es tut mir leid«, sagte ich, aber schon der Versuch, etwas zu sagen, erwies sich als sinnlos.

Wir standen neben der wunderschön gebauten Kirchenmauer aus Granit. Ein Blitzableiter aus Kupfer führte von der Spitze des Turms nach unten und verschwand neben uns in der Erde. Das Metall war grau und grün korrodiert.

Kevin sah mir in die Augen. Er legte mir eine Hand auf die Schulter, so dass ich eine Armlänge von ihm entfernt war. Er schwieg kurz, wählte seine Worte mit all der Sorgfalt, die er während seiner Ausbildung zum Anwalt gelernt hatte, denn sie sollten klar und deutlich sein, und er wollte sie nicht noch einmal wiederholen.

»Wie kannst du es wagen, hier zu erscheinen?«, fragte er. Eine tiefe Verbitterung lag in seinen Augen. »Wie kannst du so dreist sein, dich nach allem, was passiert ist, meiner Mutter zu nähern? Seit deiner Ankunft hast du nichts als Unheil über meine Familie gebracht.«

Mir fiel kein Gegenargument ein. Er hatte vollkommen recht. Ich hatte all dieses Unheil gebracht.

»Halt dich ja von uns fern, verstanden?«

Er sprach diese Worte mit großem Nachdruck, packte mich dann am Kragen und stieß mich gegen die Granitmauer. Sein Griff war so fest, dass ich nur noch an das Gefühl des Ertrinkens denken konnte.

»Ich will dich nie wieder sehen. Wenn du zum Friedhof mitgehst, rufe ich die Polizei, kapiert?«

Vielleicht war dies das wahre Ende unserer Freundschaft, der amtliche Abschied. Er hatte sich unmissverständlich ausgedrückt.

Er ließ mich los, und ich wandte halbherzig ein, er könne es mir nicht verwehren, Johnny wie alle anderen die letzte Ehre zu erweisen.

»Hau ab und pflanz irgendwo einen Baum«, erwiderte er.

Er trug seinen schönen Anzug, dazu eine hellgraue Krawatte.

Er starrte mich an, als wäre ich ein Angeklagter vor Gericht. Er wollte schon gehen, als ihm noch etwas einfiel. Als wäre da noch eine handschriftliche Notiz ganz unten auf seinem Notizblock, die ihn daran erinnerte, vor dem Verschwinden noch etwas Wichtiges anzusprechen.

»Wenn du dich an Helen heranmachst, bringe ich dich um.«

»Wie bitte?«

»Du warst immer ein Parasit, Vid. Ein Auge auf das Geld, das andere auf die Frau gerichtet.«

»Das ist unfair«, sagte ich.

»Wenn du Helen auch nur mit einem Finger betatschst, werde ich dich höchstpersönlich umbringen, glaub mir.«

Ich dachte daran, ihm zu sagen, dass es längst zu spät war. Doch er würde es früher oder später herausfinden, und dem wollte ich nicht vorgreifen.

Er bereute offensichtlich, mich je kennengelernt zu haben. Er ärgerte sich, weil er mich ins Vertrauen gezogen und mit vielen Informationen und intimen Details versorgt hatte. All das entriss er mir jetzt auf einen Schlag. Alle Geschichten, die er mir erzählt hatte, all den Spaß, den wir gemeinsam gehabt hatten, all die Witze. Jeden einzelnen Pub, den wir gemeinsam besucht hatten. Alle Pints, die wir zusammen getrunken hatten. Das Angeln, die Reisen, die Sehenswürdigkeiten, die er mir gezeigt hatte. Er entzog mir die ganze Landkarte. Mein bisheriger Aufenthalt in diesem Land wurde ausradiert. Plötzlich stand ich im Ungewissen, und es war der traurigste Ort der Welt. Als er in der Menge verschwand und schließlich in der schwarzen Limousine zum Friedhof fuhr, einen Arm um seine Mutter, den anderen um Ellis gelegt, fühlte ich mich so leer, als hätte er mir sogar das Recht abgesprochen, einsam zu sein.

Der Schmerz breitete sich unten in meinem Magen aus, als hätte ich seit einem Monat nichts mehr gegessen. Doch es hatte nichts mit Essen zu tun, sondern lag einzig und allein daran, dass man mir gewaltsam den Boden unter den Füßen entzogen hatte. Eine ganze Weile stand ich einfach nur da. Irgendwann legte ich die Finger auf den Blitzableiter vor der Kirchenmauer, nur aus Neugier und weil ich nichts Besseres zu tun hatte.

Helen war der einzige Mensch, mit dem ich jetzt reden wollte. Vielleicht war ich nur ein Gast in diesem Land, aber ich würde mich ganz bestimmt nicht von ihr fernhalten, auch wenn ich dadurch Kevins Zorn auf mich zog. Ich rief sie an, und sie sagte, es sei eine Schande, dass man mir verwehrt habe, einem Mann die letzte Ehre zu erweisen, der bei dem Versuch gestorben sei, mir das Leben zu retten. Sie bestand darauf, zum Friedhof zu kommen und Arm in Arm mit mir zur kleinen Trauergemeinde zu gehen. Der Sarg stand auf dem Gestell und würde gleich in das Grab gesenkt werden. Der Pfarrer sprach die letzten Gebete und die Trauergäste nahmen zum letzten Mal Abschied.

Ich war froh, dass ich noch hörte, wie der Pfarrer einige Worte in Johnnys Sprache sagte, auf Gälisch. Wir erregten keine Aufmerksamkeit, weil wir weiter weg standen, waren aber nahe genug, um die gälischen Worte zu hören, die durch die kühle Herbstluft zu uns herüberdrangen. Helen übersetzte sie für mich.

Während der Sarg in die Erde gesenkt wurde, flüsterte sie mir zu, ich solle mir Ellis anschauen.

»Da stimmt etwas nicht«, sagte sie.

»Wieso?«, fragte ich, denn ich hatte den Eindruck, dass sie jetzt eine harmonische Familie waren. Alle klammerten sich aneinander, stützten die Mutter, zeigten ihr, dass sie nicht allein war.

»Das passt nicht zu ihr«, sagte Helen. »So mit ihrer Familie dazustehen.«

»Glaubst du, dass sie die Abtreibung schon hatte?«

»Bei dem, was in letzter Zeit alles passiert ist? Sehr unwahrscheinlich.«

»Vielleicht will sie das Baby bekommen.«

»Sieh sie doch an«, sagte Helen. »Diese Fügsamkeit passt nicht zu ihr.«

Das stimmte. Ellis wirkte gehorsam und zerstreut. Sie sah zu einer Krähe, die auf einem Grabstein landete, zu den Fenstern der Häuser außerhalb des Friedhofs, zu der grauen Feuerlöschdecke, die auf dem Sarggestell lag. Sie befand sich in ihrer eigenen Welt, so weit weg von diesem geweihten Ort wie möglich.

Sie schaufelten Erde auf den Sarg. Es klang wie fallende Glasperlen. Ellis wollte wie ein spielendes Kind noch mehr Erde auf den Sarg werfen, aber Kevin führte sie fort, zwang sie fast, wie mir schien, und sorgte dafür, dass sie dem Griff der Familie nicht mehr entkam.

Nichts konnte mich noch daran hindern, mich von Johnny zu verabschieden. Nachdem alle Trauergäste weg waren, trat ich ans Grab und betrachtete den Sarg. Ich zog das Papier aus der Tasche, in das er das Kästchen mit der Hurling-Medaille verpackt hatte. Ich hatte ihm versprochen, die Medaille zu behalten, doch ich trug das Geschenkpapier sauber gefaltet bei mir. Ich faltete es auseinander und ließ es fallen. Die Farben Galways segelten lautlos in sein Grab.

32

An diesem Punkt fand ich endlich Eingang in die Geschichte dieses Landes. Ich wurde ein Teilnehmer, ein Spieler, ein handelnder Eingeweihter. Ich war nicht mehr der Einwanderer, der alles um sich herum geschehen ließ, als würde es ihn nichts angehen. Ich versuchte nicht, mir einen Namen oder dergleichen zu machen, aber ich durfte meine Rolle als ganz gewöhnlicher Bürger dieses Landes spielen.

Helen bezeichnete es als Notbesuch. Am Abend nach der Beerdigung beschlossen wir, etwas zu unternehmen, um Ellis zu retten. Wir hätten im Leben noch genug Zeit zum Schwatzen, aber jetzt mussten wir eingreifen.

»Wir müssen ihr helfen«, sagte Helen. »Sie geht nicht an ihr Handy.«

Ich wusste genau, was zu tun war. Wir trafen am späten Abend ein, nachdem alle Trauergäste weg waren. Als Helen am Haus der Concannons vorbeifuhr, sahen wir unten ein Licht, vermutlich hinten in der Küche. Es war ein schwacher Schimmer der Schlaflosigkeit, der da durch Oberlicht und Buntglasscheiben drang. Helen parkte das Auto am Ende der Straße, dicht am Meer und mit dem Heck zum Haus, so dass wir schnell verschwinden konnten.

Als wir dann zu Fuß am Haus vorbeigingen, fiel mir eine über der Tür angebrachte Überwachungskamera auf. Ein Bewegungsmelder löste Scheinwerfer aus, die den gesamten

Vorgarten wie ein Fußballstadion erhellten. Wir bogen in die Gasse neben dem Haus ein und gingen zur Rückseite. Ich fand einen Vorsprung in der Granitmauer, stieg hinauf und schaute hinüber. Rita saß in der Küche vor einem Laptop und las etwas oder starrte einfach ins Leere. Ihr Gesicht war bläulich. In Ellis' Zimmer war auch noch Licht. Wir verabredeten, dass ich zuerst in das Haus eindringen sollte, um Helen die Eingangstür zu öffnen. Dann würde sie nach oben gehen und mit Ellis reden.

Das war genau genommen Hausfriedensbruch, vielleicht sogar ein Einbruch. Ich wusste nicht genau, welche Strafen darauf standen. Wegen meiner Fingerabdrücke machte ich mir jedenfalls keine Sorgen, denn sie waren sowieso überall im Haus zu finden. Auf der Rückseite hatte man auch Kameras angebracht, und die Vorstellung, wieder vor Gericht zu stehen, dieses Mal mit der Familie Concannon als Kläger, behagte mir nicht.

Ich setzte eine Baseballkappe auf, schlang einen Schal um Mund und Nase und kletterte über die Granitmauer. Von dort schlich ich zum Küchenanbau, wobei ich darauf achtete, nicht zur Kamera zu schauen und so wenig Lärm zu machen wie eine über das Dach laufende Katze. Da ich mich gut auskannte, wusste ich, dass das Fenster des Badezimmers im Mittelgeschoss keinen Riegel hatte. Es war leicht zu öffnen. Ich wusste sogar noch, an welcher Stelle es klemmte. Ich hätte dies und vieles andere repariert, wenn man mir erlaubt hätte, im Haus weiterzuarbeiten. Die Bleischarniere im Rahmen mussten erneuert werden, und ich hatte vorgehabt, das Holz auszufräsen und Doppelglasscheiben einzusetzen.

Durch das Fenster einzusteigen war kinderleicht. Ich musste darauf achten, nicht auf die Kloschüssel zu treten oder mich auf das Waschbecken zu stützen, weil die alten Halterungen nicht mehr viel aushielten. Dazu kam der Fußboden. Man erinnert sich oft instinktiv an die Geräusche in einem Haus, und so verließ ich mich darauf, dass ich noch wusste, wo etwas knarrte oder knackte, als ich aus dem Badezimmer auf den Treppenabsatz trat.

Vielleicht funktionierte die Erinnerung an die Dielen ähnlich wie die an ein Musikstück oder einen Liedtext, an den sich Sänger während des Auftritts mühelos erinnern können. Ich hatte einmal von einem Test gelesen, den man mit Konzertpianisten durchgeführt hatte und der bewies, dass ihnen ein Fehler Millisekunden vorher bewusst war. Aber da war es schon zu spät. So ähnlich war es, wenn man auf ein knarrendes Dielenbrett trat. Wichtig war, dass man mit Selbstvertrauen weitermachte und nicht verriet, dass man gerade einen Fehler begangen hatte.

Das Haus blieb still. Obwohl diese Beschreibung nicht zu einem nächtlichen Haus passte, denn es war voller Schreie, die auf der Treppe nachhallten, voller Abwesenheiten, voller Worte und Erinnerungen, voller Gelächter und Tränen, die noch in den Zimmern hingen. Es war von allem erfüllt, was in der Familie je gesagt und nicht gesagt worden war. Meine eigene Stimme, die Hammerschläge auf Holz und das Jaulen beim Herausziehen alter Nägel eingeschlossen.

Bei unserer Ankunft war uns nicht aufgefallen, dass Kevins Auto am Straßenrand stand. Als ich die Treppe hinunterging, sah ich es durch das Oberlicht. Schlief er im Haus, oder war er am Abend der Beerdigung seines Vaters ausgegangen? Ich ließ den Zweifel für ihn sprechen und nahm an, dass er oben im Bett lag.

Doch es konnte unerwartete Probleme geben. So vermutete ich, dass die Haustür mit der Alarmanlage verbunden war. Als ich Helen öffnete, überraschte es mich, dass kein Alarm ausgelöst wurde.

Helen hatte sich wegen der Kamera die Lederjacke über den Kopf gezogen. Das leise Klicken, mit dem ich die Haustür zuzog, glich dem Geräusch, mit dem eine Schnecke aus einer Delle in der Granitmauer draußen fiel. Ich führte Helen die Treppe hinauf und zeigte ihr, wo sie hintreten musste. Es war hilfreich, dass sie viel leichter war als ich.

Schließlich standen wir oben vor Ellis' Tür. Helen öffnete sie leise und ging in das Zimmer. Rita war immer noch unten in der Küche. Ich hätte in ihrem Schlafzimmer gern das Licht angeknipst, um zu schauen, ob die Schränke aus Schwarzesche wirklich so hässlich waren, wie ich sie in Erinnerung hatte. Und da ich jetzt ein richtiger Eindringling war, hätte ich gleich noch die Briefe von Johnny Concannon stehlen können, in denen das Geld für die Eiscreme gesteckt hatte. Doch ich tat nichts dergleichen, sondern wartete, bis Helen mit der angezogenen und reisefertigen Ellis herauskam.

Ellis lächelte mich an und wollte etwas sagen, doch Helen legte ihr einen Zeigefinger auf die Lippen.

Wir schlichen nach unten, aber dann erschallte das, was jeder Musiker am meisten fürchtet: Gelächter. Die Spannung, unter der man während des Auftritts steht, hat zur Folge, dass man vorübergehend nicht mehr ernst nimmt, was man tut. Der Konzentrationsdruck öffnet die Falltür der Komik, und es tritt ein Augenblick tiefster Erleichterung ein, in dem man nur noch die lustige Seite der Dinge sieht. Man lacht, obwohl man genau weiß, dass man es auf keinen Fall tun darf. So etwas passiert immer an ehrwürdigen Orten, während eines Interviews, in der Kirche, auf der Polizeiwache. Sogar beim Sex. Im Grunde ist es eine Blasphemie, die eintritt, weil man plötzlich von einer Art Schwindel ergriffen wird und dem Drang nachgibt, sich in die Katastrophe eines unstatthaften Lachens zu stürzen.

Ellis konnte sich nicht mehr beherrschen. Die Vorstellung, aus den Klauen ihrer Familie befreit zu werden, schien ihr zu Kopf gestiegen zu sein. Der Schwindel der Befreiung, kurz vor ihrer Rettung. Es waren die Nerven, die sich endlich entspannten. Sie konnte nicht mehr weitergehen, hielt sich mit einer Hand am Treppengeländer und mit der anderen an Helens Schulter fest und versuchte vergeblich, sich zusammenzureißen. Helen ermahnte uns mit gerunzelter Stirn, nicht alles zu verderben, aber das machte es nur noch schlimmer. Wir standen auf den untersten Stufen. Bis zur Haustür waren es nur noch wenige Meter.

Ellis lachte so heftig, dass sie mit dem rechten Knie auf eine Stufe sank. Blicke zu tauschen, ist das Schlimmste, was man in einer solchen Situation tun kann, aber es war längst zu spät. Als Ellis mir in die Augen schaute, wurde ich sofort von ihrem Lachen angesteckt. Ich brach zusammen wie ein Wohnblock, der aus stadtplanerischen Gründen gesprengt wurde. Helen gab mir einen Klaps auf den Hinterkopf, und ich sah sie so verdutzt und beleidigt an, dass auch sie lachen musste.

Das war es dann. Wir standen auf der Treppe und lachten so leise wie möglich, bis Ellis schließlich aufstöhnte, als wäre sie in einen Nagel getreten.

Im Flur ging das Licht an, und das Gelächter verstummte so plötzlich, wie es begonnen hatte. Als wir den Blick senkten, sahen wir Rita Concannon in der Küchentür.

»Was ist hier los?«, fragte sie.

Rita trug ihren Bademantel, unter dem die operierte Brust als flache Stelle zu erkennen war. Sie tat mir aufrichtig leid, denn sie hatte alles verloren, und nun nahmen wir ihr auch noch Ellis. Sie verengte die Augen, ihr Mund war ein schmaler Strich, in ihrem Blick lag das ganze Muster ihres Lebens.

»Kevin«, rief sie. »Es gibt Ärger.«

Niemand wusste etwas zu sagen, zumal es der Abend nach der Beerdigung war. Schließlich versuchte ich, die Lage zu entschärfen.

»Sie kommt wieder«, sagte ich. »Warten Sie's ab, Mrs. Concannon. Sie wird nicht lange fort sein.«

»Einbrecher«, schrie sie.

»Wir entführen sie nicht«, sagte ich. »Sie kommt freiwillig mit. Sie möchte nach Furbo.«

Eigentlich ging es nicht so sehr um Bewegungsfreiheit, sondern darum, dass wir Ellis zeigen wollten, wo ihr Vater aufgewachsen war und wo man die ertrunkene Frau entdeckt hatte. All das konnte ich Mrs. Concannon unmöglich in einem Satz erklären.

»Ellis«, sagte sie, ohne mich zu beachten. »Du brauchst jetzt unsere Hilfe.«

Ellis erzählte uns später, dass sie schon einen Platz in einer Londoner Klinik gehabt hatte, die auf Familienplanung und Abtreibungen spezialisiert war. Für Flug und Unterkunft war gesorgt. Kevin hatte versprochen, sie zu begleiten. Sie hatte diesem Plan zunächst zugestimmt, ihre Meinung aber auf der Treppe geändert.

»Ich werde mein Kind bekommen«, sagte sie sowohl zu ihrer eigenen Überraschung als auch zu der aller anderen.

»Du hast dir die Sache nicht genügend überlegt, Ellis«, erwiderte ihre Mutter.

»Sie werden am Ende froh sein«, sagte ich zu Rita wie ein professioneller Familienberater.

»Hör nicht auf sie, Ellis.«

»Ich habe mich entschieden«, sagte Ellis. »So sicher war ich mir noch nie im Leben.«

Sie starrten einander an, und ich befürchtete, dass Ellis gleich wieder lachen würde.

»Durch ein Baby wird alles wieder gut«, sagte ich. »Warten Sie's nur ab.«

Ich hätte auch noch sagen können, dass Babys alle unsere

Fehler korrigierten. Sie waren auf dieser Welt die großen Korrigierer. Sie heilten alle familiären Probleme, auch wenn diese Hunderte von Jahren alt waren, sie reparierten alles, was im Laufe der Geschichte angeknackst worden war. Dies war Ritas Chance, nicht mehr nur zurückzublicken, sondern endlich nach vorne zu schauen.

Doch es war überflüssig, auf all dies hinzuweisen, weil Rita Concannon schon bekehrt war. Wir warteten nur noch darauf, dass sie auf ihre Tochter zuging und sie in die Arme schloss.

Da regte sich oben etwas. Wir hörten die Schritte nackter Füße. Es war Jane. Dann erschien auch Kevin, der durch den Lärm auf der Treppe geweckt worden war. Manchmal weiß man nicht mehr so recht, was zuerst geschieht. Ergriffen wir die Flucht oder warteten wir, bis Kevin oben auf den Treppenabsatz trat? Vermutlich passierte alles auf einmal, so als würde man ein Streichholz anreißen oder ein Lied anstimmen.

»Schon gut, Kevin. Lass sie gehen«, sagte Rita.

Da waren wir längst zur Haustür hinaus und eilten auf dem Terracottapfad zur Pforte. Als wir auf der Straße zum Auto rannten, warf ich einen Blick zurück und sah das Flügelfenster. Ich blieb kurz stehen und dachte noch einmal, dass Darius und ich hervorragende Arbeit geleistet hatten. Wir hatten alles bis ins Letzte durchdacht. Dann sah ich Kevin aus der Haustür rennen. Er steckte mit bloßen Füßen in den Schuhen, zog im Laufen den Mantel an. Rita stand am Flügelfenster und sah uns nach.

Ich dachte daran, was er durchmachte. All die Schuldgefühle, mit denen er sich plagte, weil er die Medaille von seinem Vater nicht angenommen, Helen verlassen und mir den Rücken gekehrt hatte, obwohl ich der einzige Freund war, dem er vertrauen konnte. Außerdem war ihm sicher bewusst, dass ich der Grund für seine Gewalttätigkeit gewesen war. Er hatte wohl schon am Abend der ersten Begegnung zwischen Helen und mir geahnt, dass sich etwas anbahnte. Und nun nahmen wir auch noch Ellis mit.

Helen zog mich am Arm, und wir liefen weiter.

Kevin verfolgte uns zu Fuß, weil er sein Auto hätte wenden müssen. Ich wäre am liebsten stehen geblieben, um ihm zu erklären, dass wir seine Schwester nicht entführten, sondern mit ihr zu den Inseln fuhren. Doch es war zu spät für Worte, und er hätte wohl auch nicht verstanden, was ich meinte, sondern sofort zugeschlagen.

Wir stiegen in das Auto, und Helen machte alles richtig. Sie steckte den Schlüssel in das Zündschloss, ließ den Motor in allerletzter Sekunde an und fuhr los, bevor er uns erreichte. Gut möglich, dass er noch mit der Faust gegen eine Scheibe schlug. Ellis sah besorgt durch die Heckscheibe, und Helen fragte, ob sie halten solle.

»Nein«, antwortete Ellis. Also fuhren wir weiter. Ich mochte Kevin, der mit offenem Mantel und ohne Strümpfe in den Schuhen auf der Straße stand, nicht anschauen.

Doch nach kurzer Zeit mussten wir halten, weil Ellis übel wurde. Sie trat auf den Bürgersteig. Helen hielt sie unter den Achseln, während ich die Straße beobachtete. Mir schwante wie üblich Böses. Als die beiden Frauen wieder eingestiegen waren, kam Kevin angerast. Helen gab Gas, und wir fuhren los. Ellis schrie. Ich wusste, dass unser Fluchtversuch zum Scheitern verurteilt war. Kevins Auto war schneller, und er war wagemutiger und scheute sicher nicht davor zurück, das Leben aller aufs Spiel zu setzen, um zu zeigen, wer im Recht war. Er würde uns ins Meer abdrängen.

Innerhalb von Sekunden hatte er uns überholt, scherte vor uns ein und zwang Helen zu einem so heftigen Bremsmanöver, dass das Auto auf den Bürgersteig rumpelte. Der Motor wurde abgewürgt. Die Straße war ruhig, und Bäume und Häuser lagen so weit zurück, dass niemand etwas gehört hatte.

Wir saßen reglos da und warteten. Dann schwang seine Tür auf, und er stieg aus. Unter seinem Mantel war die nackte Brust zu sehen, und als er auf uns zukam, schimmerte sein sandfarbenes Haar im Laternenschein wie Gold. Er blieb vor Helens Auto stehen und sah jedem von uns der Reihe nach in die Augen. Wir hatten genug Zeit, uns sowohl an seine guten als auch an seine schlechten Seiten zu erinnern. Genug Zeit, uns zu wünschen, dass er die neue Situation akzeptierte und es nicht als demütigend empfand, einzuwilligen und sich als großzügig zu erweisen.

Er ließ uns die Kraft seiner Intelligenz spüren, konfrontierte jeden von uns mit der ganzen Wucht seiner Anklage, als stünden wir vor Gericht. Er war ein so guter Redner, dass er gar nichts sagen musste. Er wartete mit dem Selbstvertrauen eines Anwalts darauf, dass wir uns schuldig bekannten. Erst starrte er die am Steuer sitzende Helen und dann mich an, entlockte uns ein stummes Geständnis, während er überlegte, wie er uns mit geballter Kraft der verdienten Strafe zuführen konnte. Er holte tief Luft, fuhr sich mit einer Hand durchs Haar. Sein Blick verriet, dass er unter Hochspannung stand. Seine gesammelte Wut wartete darauf, sich entladen zu können.

Er kam auf uns zu, ging an der Beifahrerseite des Autos vorbei und öffnete die hintere Tür. Ellis sah zu ihm auf, ohne sich zu regen. Ein leiser, verängstigter Laut, vielleicht ein verwirrtes Kichern, entwich ihrer Kehle.

Es war klar, dass keiner von uns Widerstand leisten würde, und Helen legte mir vorsichtshalber eine Hand auf den Arm, um mich zurückzuhalten.

Kevin stützte einen Ellbogen auf das Dach, beugte sich in das Auto und zeigte auf Ellis.

»Wenn du das Baby bekommst«, sagte er. Dann kam er ins Stocken. Er suchte eine Weile nach Worten, die das, was er sagen wollte, am deutlichsten zum Ausdruck brachten.

»Was ich dir sagen wollte«, fuhr er schließlich fort. »Alles wird gut, Ellis. Egal, welche Entscheidung du triffst, sie ist gut und richtig.«

Er trat zurück und blieb kurz stehen. Dann schloss er die Tür und ging davon. Er wartete unsere Reaktion nicht ab. Er war sich seiner selbst so sicher, dass er sich nicht einmal mehr umdrehte. Wie ein Konzertpianist, der keinen Applaus nötig hatte. Er wollte unsere Bewunderung nicht. Er war über seinen eigenen Schatten gesprungen, hatte sich über all seine Zweifel hinweggesetzt und die brillanteste Vorstellung hingelegt, die ich je miterlebt hatte. Er stieg in sein Auto und fuhr weg, und wir saßen da, unfähig, uns zu rühren.

33

Wir fuhren mit der Sonne im Rücken. Helen und Ellis saßen vorn und unterhielten sich, und ich saß schweigend auf der Rückbank und versuchte, alles Revue passieren zu lassen, was ich über dieses Land gelernt hatte. Ich wollte wissen, ob meine ersten Eindrücke noch Bestand hatten.

Die Autobahn lenkte von der Landschaft ab, als wollte sie nichts anderes gelten lassen. Die Sonne verbarg sich kurz hinter Wolken, und ihre Strahlen fielen wie ein Spinnennetz auf die nassen Felder. Das Licht sickerte durch die Hecken, glühte stellenweise so intensiv, als würden Stückchen aus Silberfolie hinter den Bäumen hängen. Ich hatte das Gefühl, als würden wir durch eine innere Welt fahren. Alles schien näher zu rücken. Kleiner zu sein. Pferde und Vieh waren zum Greifen nah. Es gab kaum Schatten. Und auf den Dächern ferner Häuser glänzten Solarzellen.

Die Landschaft hatte etwas Trauriges, fand ich. Aber man konnte ja nicht fragen: Warum sieht euer Land zur Zeit so traurig aus? Vermutlich hatte es mit dem Licht oder mit dem fehlenden Licht zu tun, mit der Menschenleere. Ich fragte mich, ob all dies durch das Schwatzen, die Scherze und die Freundschaften kompensiert wurde.

Als wir am Nachmittag Furbo erreichten, hatte sich der Himmel aufgeklart, und zwischen den Wolken zeigte sich Blau. Wir gingen auf der Hauptstraße bis zu dem Haus, in dem Johnny

Concannon aufgewachsen war, ein zweistöckiges, jetzt verlassenes Cottage. In der Küche gab es noch einige Stühle und einen rostigen Toaster. Im Wohnzimmer ein Sofa und einen Fernseher, der auf dem Boden lag. Auf der Fassade wuchsen Flechten, unter den Giebeln zeigte sich der rosa Putz. Hinter dem Haus lag ein grasbewachsener Haufen Torf. Außerdem gab es dort struppige Fuchsienhecken, wie erstarrt auf ihrer Flucht vor dem vom Meer kommenden Wind. Wir gingen um das Haus, und Ellis meinte, sie würde es gern renovieren und nach der Geburt ihres Babys hier leben. Das war ein guter Satz am Tag nach der Beerdigung. Sie versprach, ihrem Kind die von ihrem Vater hinterlassene Sprache beizubringen.

Wir gingen zum Ufer und erblickten den üblichen, vom Meer freigegebenen Müll. Ich entdeckte ein ausgeblichenes, blaues Hanftau, das in einem Spalt zwischen zwei Felsen steckte, und versuchte, es wie ein Treibgutsammler herauszuziehen. Doch das Tau war durch die Wucht der Wellen so fest in die Felsen gezwängt worden, dass es Wurzeln geschlagen zu haben schien. Ich konnte es leider nicht lösen, denn sonst würde ich es jetzt bei mir tragen.

Am Strand schauten wir eine Weile auf das Meer. Die Wellen hatten lange, parallele Gischtkämme. In der Ferne leuchteten die Inseln, die Fähre durchschnitt die Wellen und kam auf uns zu. Wir schwiegen. Wir hatten es nicht eilig und sahen zu, wie die Flut auf allen Seiten auflief. Sandflöhe waren nicht zu sehen. Da waren nur die Wellen, die über den Sand schäumten und losen Seetang anspülten. Helen zog Ellis am Arm, damit ihre Schuhe nicht nass wurden.

Wir fuhren nach Ros a'Mhíl, um die Fähre nach Inishmore zu besteigen. Wir parkten das Auto und gingen zum Kai. Helen und Ellis liefen Arm in Arm, und ich besorgte die Fahrkarten. Hier waren viele Boote vertäut, doch die wenigsten stachen in

See, denn es war keine Saison, und es gab nur wenige Besucher. Ein Paar aus Berlin trank Dosenbier, um dem Schwanken des Schiffes etwas entgegensetzen zu können. Einige junge Franzosen mit Dreadlocks und Provianttaschen studierten eine Karte. Es gab auch ein paar Inselbewohner, die von einer Einkaufstour aus Galway zurückkamen und sich auf Gälisch über Fernsehberühmtheiten unterhielten. Helen erzählte mir, dass sich ein Mann über die Frauen lustig machte. Er sagte immer wieder: »Wisst ihr, was mir an euch aufgefallen ist?«, ohne dies genauer auszuführen, und schließlich kehrten die Frauen ihm den Rücken zu und sagten, es sei ihnen egal, was er über sie denke.

Die See war rauer als erwartet. Das Schiff schwankte so stark, dass das Land bei einem Blick aus dem Fenster vom Himmel ins Meer zu fallen und danach wieder daraus aufzutauchen schien. Es wäre sinnlos gewesen, dieser Illusion auf den Grund zu gehen, denn man wäre nur seekrank geworden. Genau das passierte Ellis, obwohl sie nichts gegessen hatte. Für solche Fälle gab es Papiertüten auf der Rückseite der Sitze, aber Helen beschloss, mit Ellis an Deck zu gehen, wo ihr dünnflüssiges Erbrochenes vom Wind davongetragen wurde. Als wir den Windschatten der Inseln erreichten und auf den Anleger zuhielten, wurde die See etwas ruhiger.

Helen hatte sich mit einem Freund aus Inishmore verabredet. Er wartete am Kai auf uns. Er hieß Michael und war Direktor der Schule in Kilronan. Er sprach sie auf Gälisch an und wusste genau, wohin er uns bringen musste. Er fuhr uns zu einem Ort, der weder für Touristen noch für Einheimische von Interesse war, und hielt an einer Stelle, wo die schmale Straße vor einer Steinmauer auslief. Dahinter gab es nur noch den breiten Uferstreifen aus zerklüfteten, grauen Felsen.

Er berichtete, dass ihm sein Vater von der ertrunkenen Máire Concannon erzählt hatte. Inzwischen lebte niemand mehr, der es noch miterlebt hatte, aber Michael ging alle Versionen und Gerüchte durch, die im Laufe der Jahre von den Wellen angespült worden waren. Ringsumher ragten spitze Kalksteinfelsen auf, und man sah sofort, warum sie so gut für die Errichtung der oft fotografierten Mauern geeignet waren, für die die Insel berühmt war. Man dürfe dem Wetter nicht trauen, hieß es. Die Mauern würden jedem Sturm standhalten, den der Atlantik auf die Insel loslasse.

Michael zeigte über das Meer auf Furbo, wo wir gerade gewesen waren. Wir überlegten, wie lange ein Ertrunkener brauchte, um von der Flut hierhergespült zu werden. Er sagte, das könne man schwer schätzen, aber es sei besser, dass sie hier angespült worden sei, denn erfahrungsgemäß seien Leichen, die man auf der anderen Seite der Insel finde, oft bis zur Unkenntlichkeit entstellt. Manchmal finde man nur noch eine Hand oder einen Arm. Einen Turnschuh mit einem unidentifizierbaren Fuß darin, der von Gott-weiß-wo stamme.

Michael stand hinter mir und erzählte, und vor mir hörte ich die Wellen, die sich am Ufer brachen. Ich hatte das Gefühl, zwischen zwei Gesprächen zu stehen. Das Ufer war zu weit entfernt, und die zerklüfteten Felsen waren nicht begehbar. Der Fundort der Leiche Máire Concannons war nicht mehr genau zu bestimmen. Aber dann führte Michael uns zu einer Mauer, die das Ufer vom ersten Acker trennte. Auf jeder Seite der Mauer hatte man einen flachen Trittstein eingesetzt. Wir stiegen hinüber und folgten ihm längs der Mauer, bis er stehen blieb.

»Hier hat man sie begraben«, sagte er.

Er zeigte auf zwei abgerundete Granitsteine, die einen Meter hinter der Mauer in der Erde versenkt worden waren. Sie waren glatt und weiß, einen halben Meter hoch und von Gras umgeben, und ihr Abstand betrug ungefähr eine Körperlänge, vielleicht ein wenig mehr.

»Dies ist die erste Stelle hinter den Felsen, wo die Erde tief genug ist, um einen Leichnam aufzunehmen«, sagte Michael.

Ellis hatte eine Hand auf ihren Bauch gelegt und lehnte ihren Kopf an Helens Schulter. Wir standen wenige Schritte vor dem hastig ausgehobenen Grab, in dem Máire Concannon zur letzten Ruhe gebettet worden war. Mir kam es vor, als hätte man sie erst gestern auf den Felsen entdeckt und auf einem Brett hierhergetragen, vom Meer versehrt. Und vielleicht war unser Besuch ihre wahre, wenn auch verspätete Beerdigung. Zwei schlichte Felsen markierten ihre Ruhestätte. Welcher von beiden vor ihrem Kopf stand oder wie herum sie lag, blieb offen. Aber man konnte wohl davon ausgehen, dass die Männer, die sie vor so vielen Jahren im Schutz der Nacht begraben hatten, dafür gesorgt hatten, dass ihr Kopf nach Furbo zeigte, dorthin, wo sie zu Hause gewesen war.

NACHWORT

Die Geschichte der auf den Aran Islands ertrunkenen Frau wurde mir im Sommer 2008 vom irischen Künstler Páraic Reaney aus Carraroe bei der Vernissage einer Ausstellung seiner Bilder in Galway erzählt. Er kannte die Geschichte von Michael Gill, dem Direktor der Kilronan Secondary School in Inishmore. Im Herbst desselben Jahres besuchte ich Inishmore, und bei dieser Gelegenheit erzählten mir Michael und Olwyn Gill die ganze Geschichte, wobei sie die Tatsachen von den Gerüchten trennten. Michael zeigte mir die Stelle bei *Pointe*, auf der Landspitze von *Carraigh Fhada* (Langes Riff), die mit zwei fast weißen Steinen markiert ist. Er kannte die Geschichte von seinem Vater und konnte mir bestätigen, dass die Stelle auf der Insel als *Bean Bháite* (Ertrunkene Frau) bekannt ist. Michael und Olwyn wussten auch, dass die Tote *Máire Conceannain* hieß (Mary Concannon) und aus *Na Forbacha* (Furbo) in Connemara stammte. Olwyn erzählte mir von einer Begegnung mit einer Verwandten Máire Concannons, die vor einigen Jahren aus den USA nach Inishmore gekommen war, um die genauen Todesumstände zu erforschen und in einem Krankenhaus in Galway eine alte Tante zu besuchen, die sich noch an das Ereignis erinnern konnte.

Gut möglich, dass irgendwann weitere Beweise auftauchen, aber außer einer kurzen Erwähnung des Ortes *Bean Bháite* in Tim Robinsons großartigem Buch über die Aran Islands scheint es keinen schriftlichen Bericht über die Sache zu geben.

In einem Gedicht mit dem Titel *Athrú Trá* (Gezeitenwechsel) stellt Michael Gill eine Verbindung zwischen der Toten und den Steinen her, die ihr Grab markieren. Ihre Leiche wurde bei Nordwind angespült, und ihre Grabsteine wurden von den schmelzenden Gletschern zurückgelassen. Granitfelsen sind auf diesen Inseln eine geologische Abnormität; sie werden von Einheimischen »Aran Besucher« genannt.

Nur die mündliche Überlieferung nennt ihren Namen und ihre Todesumstände. Im Nachhinein kann man das Ereignis nicht mehr datieren, aber da es zu Lebzeiten der alten, im Krankenhaus liegenden Frau stattgefunden hat, die im Jahr 2000 davon zu berichten wusste, kann es nicht ganz so lange her sein.

In den Zeitungen ist weder ein Hinweis auf Máire Concannon noch ein Bericht über polizeiliche Ermittlungen zu finden, und es gibt auch keinen Totenschein. Pádraic Ó Conaire, der sozial engagierte gälische Schriftsteller, dem man auf dem Eyre Square in Galway ein Denkmal gesetzt hat, hielt sich während der ersten Jahre des zwanzigsten Jahrhunderts in London auf. In seinen Werken schildert er die Lebensbedingungen im Westen Irlands und berichtet, dass zu seiner Zeit nicht weniger als achthundert aus Connemara stammende Prostituierte in London arbeiteten. Den Tod von Máire Concannon erwähnt er nicht. Ein weiteres berühmtes Buch über die Aran Islands stammt von dem irischen Dichter John Millington Synge, und es beginnt mit den Worten: »Ich bin in Aranmore, sitze an einem Torffeuer und lausche dem gälischen Gemurmel, das aus der kleinen Schankstube unter mir heraufdringt.« Auch in seinem Buch werden weder die Ertrunkene noch der Ort erwähnt, an dem man sie entdeckt hat. Synge hätte sich eine solche Geschichte bestimmt nicht entgehen lassen. Hätte er sie gekannt, dann hätte er wohl ein Theaterstück darüber verfasst oder sie wenigstens in seinen Reisebüchern erwähnt. Ihr Tod muss sich also etwas später zugetragen haben, zu einer Zeit, als Synge die Aran Islands nicht mehr besuchte, vielleicht auch nach 1909, als er als Schriftsteller plötzlich verstummte.

Mein Dank gilt Michael und Olwyn Gill, Páraic Reaney, dem serbischen Schriftsteller Dragan Velikić, Schwester Máire vom Presentation Convent Rahoon, Galway, Baibre Ní Fhloinn vom Folklore Department des University College Dublin, Peter Brown vom RTE (*Radió Teilifis Éireann*), Siobhán Ní Laoire vom Dublin Institute of Technology, Professor Tom Inglis vom University College Dublin, Frank Hamilton, Brian J. Cregan, Pat Johnston, Alice Friend, Timothy O'Neill, Thomond Coogan, Jerry Parr, vor allem aber Nicholas Pearson, Georg Reuchlein, Peter Straus und Petra Eggers.

Die Zeile von Beckett stammt aus *Das letzte Band*. Bei den zitierten Liedern handelt es sich um die traditionelle Hymne *The Queen of May* und die alte irische Totenklage *Caoineadh Liam Ui Raghallaigh* (Klage für Liam Ó Raghallagh oder Willie O'Reilly). Eine von Darach Ó Catháin auf Gälisch gesungene Aufnahme findet sich auf dem Album *Reacaireacht an Riadaigh*, publiziert von Gael Linn, einer Organisation für die irische Sprache, bei der ich während der achtziger Jahre für irische Musik zuständig war. Der Rest ist frei erfunden, wie es so schön heißt.

Mo mhíle buíochas arís, go tháirithe le Michael agus Olwyn Gill, Cillrónáin, Inis Mór, Oileann Árainn.

Henes-Karnahl · Kurs auf den Erfolg

*Mein Dank gilt all denjenigen Frauen und Männern,
die mir in langen Gesprächen
mit wertvollen Informationen zur Verfügung
gestanden haben.*